천국에서 다시 만나요

천국에서 다시 만나요

초   판 제1쇄 인쇄 1999. 6. 9
초   판 제1쇄 발행 1999. 6. 15
지은이 크리스텔·이자벨 차헤르트
옮긴이 서 정 희
펴낸이 김 경 희
펴낸곳 (주) 지식산업사
등록번호 1 - 363
등록날짜 1969. 5. 8
주   소 서울특별시 종로구 통의동 35-18
전   화 (02)734-1978. 1958 ; 735-1216
전   송 (02)720-7900
천리안ID jisikco
홈페이지 www.jisik.co.kr
책   값 7,000원

ⓒ Christel and Isabell Zachert. 1999

ISBN 89-423-7544-8   03850

이 책을 읽고 옮긴이에게 문의하고자 하는 이는
지식산업사 편집부로 연락바랍니다.

이자벨의 자화상

항암제로 머리카락이 빠진 모습 아래 "Warum(어째서)?"이라고 써 있다

1981년 11월 이자벨이 희망찬 내일을 꿈꾸고 있다.

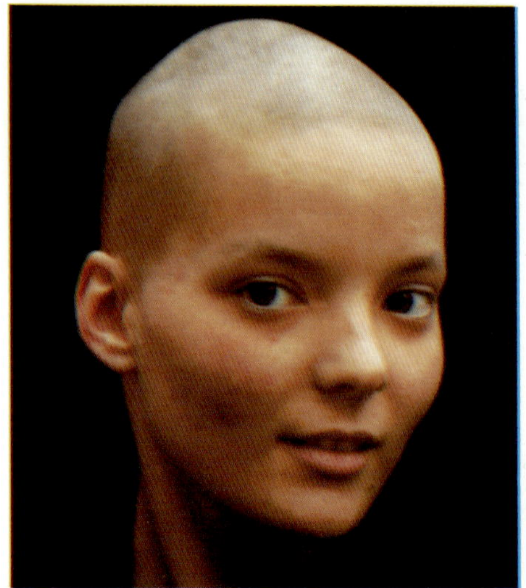

이자벨이 처음 항암치료를
받고 머리카락이 빠지자
다 깎아 버린 모습

1981년 11월 차헤르트 씨 가족 사진 / 왼쪽 앞줄 크리스찬, 이자벨,
마티아스 뒷줄 어머니 크리스텔 그리고 아버지 한스

천국에서 다시 만나요

크리스텔·이자벨 차헤르트 __ 서정희 옮김

지식산업사

이 책을 남편과 두 아들 크리스찬과 마티아스에게 바칩니다.
우정을 아낌없이 베풀어주신 퇴벨리우스 박사님과
헌신적인 어머니의 사랑을 나누어준 로베크 부인에게
감사드립니다.

크리스텔 차헤르트

나는 내가 죽을 때
그가 내 손을 잡아주길 언제나 바랬다.
그는 참으로 재미있다.
나는 그를 토비라고 했다.
정말 내가 그렇게 불러도 될지?
그러나 그는 끝내 그 누구의 토비가 아닌
나의 토비였다.

1982년 11월 15일

10년이 지나고

사랑하는 우리 딸에게!

나는 알덴지방(독일과 벨기에 국경지역)에 있는 친구의 별장에 와
있어.

이 조용한 시골에서는 너만 생각하고 너하고만 이야기할 수 있는
한가로움이 있어 기쁘기 그지없다.

너는 10년 전 우리 곁을 떠나 네 천국으로 갔어.

그러나 우리는-네 말 그대로-너를 잃은 것이 아니었어.

너는 어떤 힘으로 늘 네가 곁에 있다는 것을

우리가 느끼도록 하여 주었니?

네가 깊은 잠에 빠진 뒤에

내가 네 일기장을-우리에게 남겨 준- 읽는 순간

그 내용을 언젠가는 다른 사람들에게도 알려 주어야겠다는

소원을 갖게 되었어. 너도 찬성하리라 믿고 있어.

네 기억을 더듬으면서 내가 눈물의 늪에 빠지지 않기를 바라고
있어. 다행히 내 친구가-이 친구는 너를 만나 보지는 못 했지만
나에게서 이야기를 많이 들어 너를 잘 알고 있어-극진히 나를
보살펴 주고 있어서 조금도 불편한 것 없이 지내고 있어.

이 친구는 내 계획을 적극 격려해 주었고

내가 자기 별장에 머물면서

계획을 실천할 수 있도록 배려해 주고 있어.

그래서 나는 너를 떠올리면서도 눈물을 흘리지 않을 것 같애.
내 인생에서 가장 힘들었던 시절이 바로 네가 마지막으로 살았
던 1년이었어. 나는 지금 그 시절을 마음속으로 다시 체험해 보
려고 하고 있어.
그 마지막 1년은 희망과 좌절의 연속이었고, 이루 말로 다 표현할
수 없이 괴로웠던 시절이었어. 그러나 감명 깊은 1년이기도 했지.
나이 어린 평범한 여자아이였던 네가
성숙한 여자로 달라져가던 1년이었지.
너와 우리의 기막힌 운명을 가슴 아파하며 지켜보던 모든 사람들이
-더구나 의사 선생님들과 간호사들-네 그러한 신비스러운 힘에
매혹되기도 했지.
사랑하던 식구들과 친지 한 사람 한 사람들에게
침착하게 작별하고 담담하게-마치 여왕처럼-죽어 가던 네 모습은
바로 네 운명의 승화요 은총이었어.
내가 죽었을 때 하느님이 삶의 보람을 어디서 찾았느냐고
물으신다면,
네 삶과 죽음이 우리에게 남겨 준 교훈을 다른 사람에게 전해 주려
힘썼노라고 나는 주저 않고 대답하게 될 거야.

1

네 아빠와 내가 로마에 갔다가 돌아오던 날이었지.

우리는 결혼한 뒤 처음으로 둘이서만 여행을 했어.

너희들도—오빠 크리스찬, 동생 마티아스, 그리고 너—일주일 동안 너희들끼리만 지낼 수 있게 된 것을 몹시 즐거워했고 자랑스러워했지.

이젠 너희들도 그만큼 자랐기 때문에 앞으로는 우리 내외도 좀 다른 새로운 생활을 할 수 있겠구나 싶었고, 또 이번 여행에서 많은 것을 보고 배우고 느낄 수 있었기 때문에 무척 즐거운 마음으로 집으로 돌아왔어.

그때가 토요일 저녁이었지? 마침 이날이 마티아스가 만 열네 살 되는 생일이어서 우리는 서둘러 차를 몰고 왔던 거야. 크리스찬과 마티아스가 우리를 반갑게 맞아 주었어.

그런데 네 모습이 보이지 않는 게 이상해서 그 애들에게 물었더니 아마 자고 있을 거라고 했어. 사실 그때 우리는 좀 많이 이상하다고 생각했지만 그런가 보다 하고 말았어.

한참 뒤에서야 네가 잠에서 막 깨어난 듯 방에서 나왔어. 그런데 너는 마치 중병을 앓는 사람처럼 핏기없고 기진맥진해 있었어.

우리는 너무 놀라 다음날 아침 곧장 아빠가 너를 데리고—일요일이었지만—우리 집 주치여의사에게 갔어. 그 여의사는 심한 몸살이라고 진단하고 열이 떨어지면 폐를 방사선 검사 받으라고 권유하면서 항생제 처방만 해 주었지.

일요일인 이날 우리는 여행 이야기로 꽃을 피우며 지냈어. 그런 가운데도 네가 그렇게 심한 몸살을 앓는다면 무언가 잘못된 게 있지 않느냐 싶어 너희들에게 여러 가지 캐묻기도 하였지.

네가 어느 파티에 다녀왔다고 했으나 그것이 원인이 될 수 없다는 아빠의 말에, 너는 이틀 전 헬스클럽에 가서 수영을 오래 한 다음 사우나를 하였고, 또 서둘러 자전거를 타고 집에 왔다고 하였어. 그래서 우리는 그 자전거가 속도 조절 기어도 없는 고물이라 네가 타고 오는 데 힘이 많이 들어 무리를 한 것으로만 짐작하고 말았어.

그러나 네가 그날 느닷없이

"엄마. 제가 만일 어떤 병에 걸렸다면요, 그 병은 심상치 않은 병일 것 같구요, 또 제법 오래된 병일 것 같아요."
하고 엉뚱한 소리를 해 나를 어리둥절하게 만들었어.

다음날인 월요일과 화요일에 열은 내렸지만 너는 더 기운을 차리지 못하였어. 그뿐 아니라 네 가슴에는 이상하게 자그마한 혹이 나 있었어.

나는 속으로 어떻게 멍이 들지도 않았는데 혹이 생겼을까 이상하게 여기면서도 그냥 지나치고 말았지. — 4주 전에 네가 수

학여행을 다녀와서는 여행하다가 가슴을 부딪쳤다고 했잖니.

그 다음날인 수요일에는 이상하게도 네가 일요일에 한 엉뚱한 말이 자꾸 마음에 걸렸어. 그러다가 침대에 앉아 힘겹게 숨을 쉬고 있는 너를 보았어. 그래서 불길한 예감에 싸여 아빠에게 곧바로 연락하였고, 아빠는 근무 시간인데도 곧장 집으로 달려와 우리와 함께 종합병원으로 갔지. 그러면서도 아빠와 나는 네가 폐렴에 걸린 것이라고만 생각하고 있었어.

그러나 병원에 간 지 한 시간 만에, 우리는 네가 악성종양에 걸려 있다는 사실을 알게 되었다. 네 폐 방사선 사진을 검토한 의사 선생님이 너는 벌써 생명이 위험한 상태에 있으니 바로 입원 치료를 받아야 한다는 날벼락 같은 말을 한 것이었어.

곧 과장 선생님인 페트리 박사가 달려왔고, 그는 네가 당장에라도 숨이 막힐 수 있다고 판단해서, 폐에 주사바늘을 꽂아 호스로 폐에 고인 복수를 뽑기 시작했어. 아빠와 나는 네 곁을 떠나지 않고 마음을 졸이며 폐에서 시뻘건 복수를 뽑아내는 것을 지켜보고 있었어.

페트리 박사는 뽑아낸 복수를 병리검사실로 보내 곧장 검사할 것을 지시한 다음 원장인 퇴벨리우스 박사에게

"원장님, 어린 아가씨가 입원하였는데 원장님이 꼭 한 번 보셔야 할 것 같습니다."
고 하며 다급하게 전화로 말했어.

그 뒤 매우 긴장되고 침울한 분위기에서 검사는 진행되었으나 어느 누구도 우리에게 한마디 설명을 해 주지를 않았어. 아빠와 나는 몹시 불안한 마음으로 검사하는 것만 지켜볼밖에 다른 도리가 없었지.

너는 그 고통스러운 검사를 놀랍도록 잘 참아 내었지. 의사선생님들이 두 번인가 세 번 연달아서 주사바늘을 꽂아 복수를 뽑아 내다가, 이번에는 순환장애가 염려된다며 도중에 그만두지 않을 수 없게 되었어. 그러는 동안 병원에서는 너와 나이가 비슷한 여자아이가 입원해 있는 병실에 네 침대를 마련해 주었지.

네가 지칠 대로 지친 상태에서 병실로 옮겨진 뒤 아빠와 나는 페트리 박사님을 찾아 나섰지. 그러다 병리검사실에서 만나게 되었어. 우리는 궁금한 나머지 딱 잘라 무슨 병이냐고 물었더니 박사님은 침통한 말투로 악성종양이 거의 마지막 단계로까지 발전하고 말았다고 솔직하게 알려 주었어.

이 말을 듣고 아빠와 나는 하늘이 무너지는 것 같은 충격을 받았고, 한동안 몸도 가눌 수 없을 만큼 놀랐어. 순간 22년 전의 일들이 번개처럼 내 머리를 스쳐갔어.

엄마가 열아홉 살 때였어. 우리 엄마 곧 네 외할머니를 진찰했던 의사 선생님이 우리 네 형제 앞에서 벌써 네 외할머니는 폐에까지 종양이 번져 버렸기 때문에 하느님도 쾌유시킬 수 없다고 잘라 말하는 것이었어. 그 뒤 네 외할머니는 2주일 만에 세상을 떠나셨지.

그런 일이 있었기 때문에 나는 페트리 박사의 말을 듣는 순간 너와 우리 식구에게 몰아닥친 운명이 얼마나 심각한지 분명히 깨달을 수 있었던 거야. 우리는 너에게 되도록 암담하고 괴로운 심정을 나타내지 않으려고 애를 썼어. 네가 용기를 잃지 않고 고통을 이겨 내야 하기 때문에 사실을 말해 줄 수 없었던 거야.

그런데 마침 이날은 네 친할머니가 일본 여행에서 돌아오시는 날이었어. 그래서 우리는 본래 비행장에 할머니 마중을 나갔다

가 모두 함께 할머니 집으로 가서 무사히 돌아오신 것을 축하할
계획이었지.

이번 할머니의 여행은 여러 가지로 매우 뜻깊은 것이었어. 할
머니의 아버지 곧 네 외증조할아버지는 젊은 시절 일본에서 교
수로 계시다가 일본 여자와 혼인을 하게 되었고 그래서 할머니
는 일본에서 태어나 일본에서 오래 생활하셨기에 지금도 일본말
을 유창하게 하시는 거야.

외증조할아버지께서는 마츠모도대학에서 독일어와 독일 문화
사를 강의하셨고 돌아가신 지 오래된 지금까지도 추앙받고 계
셔. 그래서 그 제자들이 돌아가신 은사님을 추모하는 뜻에서 이
번에 할머니를 초청하여 극진히 대접하였던 것이었어.

할머니는 일흔 넷의 고령에 이런 여행을 할 수 있었던 것을
고맙고 자랑스럽게 생각하시면서 이날 독일로 돌아오시고 있었
던 거야.

병원에 있던 아빠와 나는 처음 계획을 모두 바꾸지 않을 수
없었어. 저녁때가 되어 네가 지쳐 잠이 들고 난 뒤에야 아빠와
내가 할머니에게 달려가서 인사를 드리고 자초지종을 말씀드렸
지. 하지만 내 기억으로는 그때 종양이라는 말은 입밖에도 내지
않고 네가 몹시 아프다고만 말씀드렸던 것 같아.

할머니는 너에게 전하라고 하시면서 가와사키에서 가지고 오
신 작은 나무상자 속에 들어 있는 금으로 된 부적 목걸이를 주
셨어. 이 물건은 이지가와라는 가문의 가보였으나 외증조할아버
지의 제자였던 이지가와 요노츠케 씨가 할머니에게 선물한 것이
었어.

할머니는 이 목걸이가 너에게 행운을 꼭 갖다 줄 것이라고 말

씀하시면서 너에게 주셨지.

할머니를 만나고 돌아오는 길에 우리는 다시 병원에 들렀어. 그날 야근을 하고 있던 젊은 간호사는 너를 한 번 보고 가라고 권했지만 우리는 너를 쳐다볼 용기마저 나지 않아 네 입원실 밖에 서서 한참이나 울고 있었어.

그랬더니 그 젊은 간호사는 우리를 가엾게 생각했던지 네 입원실에 들어갔다 나와, 네가 깊은 잠에 빠져 있다고 알려 주면서 우리를 위로해 주었어.

집에 돌아와서 네 오빠와 동생에게 네 병에 대한 얘기를 대충 알려 주었어. 그 애들은 너무나 놀라 말을 잃고 어찌 할 바를 몰라했어. 돌이켜보면 이날로서 네 오빠와 동생에게는 꿈 많고 즐거웠던 어린 시절이 끝난 것이 아니었던가 생각 돼.

아빠와 나는 밤새도록 눈물을 흘리면서 너에게 사실을 알려 주어야 할 것인가. 또 가까운 사람들에게는 무엇이라고 말을 할 것인가 의논하다가 잠이 들었던 것 같구나.

2

다음날은 몹시 바빴어. 우선 너는 전날의 치료를 또 받아야 했고, 이어서 온갖 의료기구들이 동원된 가운데 줄곧 여러 가지 검사를 받아야 했어. 그리고 아빠와 나는 네가 예전에 다녔던 병원을 다니며 각종 검사 자료들과 방사선 사진들을 수집해 와야 했지. 네가 마지막으로 병원에서 검사 받은 것이 4주 전이었으니까 수집해야 할 자료들이 꽤 많았던 거야.

4주 전 네가 보트를 타고 네덜란드에 있는 많은 운하들로 수학여행을 갔는데, 여행할 때 오른쪽 가슴을 심하게 부딪친 일이 있었고, 그 뒤부터 아프다고 했기 때문이지.

그래서 주치여의사에게 너를 보내 검사를 받게 했던 거야. 그러나 검사 결과 다행히 아무런 이상이 없는 것으로 판명되었어. 그 밖에도 발목 수술에 관한 진단서도 찾아왔어. 그해 여름에 발목뼈에 이상이 생겨 대학병원에서 진료를 받았으며 데데리히 교수가 수술을 권하였지.

다행히 조직검사로는 이상이 없는 것으로 판명되었지만 이 수술 뒤 너는 운동을 못 하게 되었고 거동도 제한을 받게 되었어. 더욱이 네가 수술한 뒤 가장 충격 받은 것은 테니스를 더 이상 할 수 없다는 거였어. 너는 테니스에 소질이 있어서 시합에서 여러 번 이겼잖니. 네가 받아온 트로피들을 지금까지도 나는 소중하게 간직하고 있단다.

그 수술 뒤에는 조깅도 금지되었지. 이것을 네가 어쩔 수 없는 사실로 받아들이는 데는 어려움이 많았어. 수술 뒤 가벼운 수영을 하거나 자전거를 타는 것은 좋으나 힘든 운동은 삼가야 한다는 의사의 말에 너는 얼마나 불만스러워했니.

그 밖에도 심지어 1968년도 파일까지 찾아 왔어. 네가 두 살 때 높은 곳에서 떨어져 뇌진탕으로 무려 석 달이나 고생을 했지. 네가 기적같이 다 나았을 때 우리는 하느님에게 깊이 감사드렸어.

이렇게 모든 자료를 수집하였으나 의사 선생님들에게는 별로 큰 도움이 되지 못했어.

오후가 되자 의사 선생님들은 그 동안 했던 검사 결과만으로 벌써 암세포가 네 몸 전체로 퍼진 것을 알고 있었지만 우리에게는 알려 주지 않았어.

저녁이 되자 퇴벨리우스 박사가 외과 과장과 함께 네 병실을 찾아왔어. 나는 매우 긴장하였고 두 의사 선생님의 표정만 유심히 관찰하고 있었지. 그들은 네 등 뒤로 침대에 걸터앉아 네 등 허리를 오랫동안 세심하게 검진하고 있었어. 그분들은 말을 하지 않은 채 눈짓으로 생각을 주고받고 있었어. 그러다가 검진이 끝날 무렵 외과 과장이 네 등을 부드럽게 쓰다듬으면서 입만 움직이며 '전부'라고 말하는 것을 알아차릴 수 있었어. 이때에야 비로소 나는 검진 결과를 눈치로 알아 버린 거지.

두 의사 선생님은 그래도 수술하여 종양의 조직을 검사해 보기로 합의하였어. 그렇게 하여서라도 종양의 성격을 밝혀 내야 한다는 의견이었던 거야. 그렇게 되니 수술을 하기 전에 먼저 폐에 고인 액체를 뽑아 내어야 한다는 것이었고, 바로 다음날 네 가슴에다 카테터를 꽂게 되었어.

다음날인 금요일이 되어서야 비로소 아빠와 나는 퇴벨리우스 박사님과 오랫동안 이야기를 할 수 있었어. 그때까지 나온 검사 결과는 너무 절망스러웠어. 복수에서 확인된 종양은 잇달아 번져 간 악성종양인 육종(肉腫)이었던 거야.

"우리 이자벨이 도대체 앞으로 얼마나 살 수 있다고 생각하세요, 박사님?"
하고 내가 물었을 때, 박사님은 한참을 대답하지 않으셨어. 그래서 나는 다그쳐
"이대로 진행이 되면 4, 5일 정도밖에 못 사는 것이지요?"
하고 또다시 물었더니 박사님은 놀라 눈을 크게 뜨고 나를 바라보셨어. 나는 기적이 일어나지 않는 한 네 죽음은 벌써 눈앞에 닥쳐왔다는 것을 짐작할 수 있었어.

그래도 박사님은 우리에게 어떤 기적에 대한 믿음을 심어 주어 희망을 잃지 않게 하기 위하여 애쓰시면서, 더구나 너에게 이런 희망을 꼭 심어 주어야 한다고 하셨어. 이런 박사님의 자상한 배려에 우리는 고마움을 느꼈고 더욱 퇴벨리우스 박사님을 믿게 되었지.

다음 월요일에는 네가 수술을 받고, 폐 조직을 떼어 내어 검

사 받기로 계획되어 있었어. 아빠와 나는 잠시도 네 곁을 떠나지 않았어. 수술 받을 때까지 병원으로 너를 찾아온 사람들이 많았지. 모두들 너를 한 번 더 보고 싶어 몰려왔던 거야. 그래서 그들과 시간을 보내느라 너는 수술에 대한 두려움과 불안을 잊을 수 있었고, 우리에게 검사 결과나 의사 선생님들이 한 이야기에 대해 캐묻지 않았지. 참으로 다행이었어.

토요일 오후에는 네 막내 외삼촌 지그프리트가 숙모 울리와 태어난 지 4주 된 딸 사샤를 데리고 300킬로나 떨어진 만하임에서 너를 찾아왔지. 네 외삼촌은 눈물을 감추느라 무진 애를 썼단다. 평소 때처럼 카메라를 손에 들고 자꾸 사진을 찍었지. 그래서 너는 외삼촌의 붉어진 눈을 다행히 보지 못한 거야.

너는 사샤를 안고 좋아하며 눈부셔하고 있었어. 외삼촌과 숙모가 이 갓난아기의 생명력이 신비하다는 것을 너에게 보여 주어 네가 희망을 갖고 용기를 내도록 해 주려고 사샤를 데리고 온 것이었단다.

너는 병원에 입원한 뒤부터 편지를 열심히 쓰기 시작했어. 입원한 지 이틀째인 금요일에 벌써 네 세례모인 이네스에게 편지를 썼어. 이네스는 그 당시—반 년째—암과 싸우고 있었어. 그래서 너는 평소에 몹시 마음 아파했으며, 이네스에게 각별히 동정심을 보이고 있었어.

　　사랑하는 이네스 언니.
　　나는 또 병원에 입원했어요. 그 동안 우리 집에 있었던 일들을 언니에게 순서대로 이야기 해 주려고 펜을 잡았어요.
　　우리 부모님이 일 주일 동안 로마에 가신 것은 내가 언니에게 벌써 알려 주었지요? 로마에서 공부하고 있던 아는 사람이 마침 미국에 갔고, 그래서 그분의 아파트가 비어 있어 좋은 기회가 생겼던 거예요. 부모님들은 우리 다섯 명에게 여러 가지 당부를 단단히 하시고 친구분 내외와 함께 지난 29일 자동차로 로마로 떠나셨어요. 왜 우리가 다섯이냐고요?

1. 우리 삼남매

2. 마리라고 벨기에서 온 프랑스어 하는 언니(20살)가 우리 집에 와 있는데, 우리와 아주 친하게 지내요.

3. 그리고 역시 벨기에서 온 내 친구 캐롤린. 지난 겨울에 내가 갔던 집 딸이에요.

크리스찬 오빠나 마티아스는 남자들이어서 그런지 집안 일을 보살필 생각을 조금도 안 하는 거예요. 그렇다고 손님으로 온 언니나 친구에게 맡겨둘 수도 없고. 그래서 내가 집안 살림을 맡았고 마리 언니가 나를 잘 도와주었어요.

이 일 주일 동안 나는 이상하게도 점점 숨쉬기가 어려워졌고 그 증세가 날마다 심해져 갔어요. 물론 의사에게는 가지 않았어요. 나는 단순한 감기로 생각했거든요.

집안 살림을 맡았고, 거기다 오빠와 마티아스 뒷바라지를 하느라 몹시 바쁘기도 했고⋯⋯. 금요일에는 캐롤린과 마리가 벨기에로 돌아갔어요. 그 동안 캐롤린이 나를 학교에 데려다 주기도 했는데⋯⋯.

토요일에는 집안 청소를 하였으며, 그날 저녁에 부모님이 로마에서 돌아오셨어요. 그런데 부모님이 나 때문에 많이 놀라신 모양이에요. 왜냐하면 내 얼굴이 무척 핏기 없고 거기다 숨쉬는 것이 힘들어 허둥대었거든요.

일요일 아침에는 아빠가 나를 우리 집 주치의에게 데리고 가셨어요. 그런데 그 여의사는 감기 몸살에 폐렴기가 있다고 진단하고 약만 주었어요. 그런데 다음날에는 다행히 열도 내리고 다른 증상도 좋아졌어요. 그러나 숨쉬는 것은 여전히 어려웠어요. 그리고 이상한 일은 오른쪽 어깨가 몹시 아프기 시작했어요. 수요일에는 주치여의사가 종합병원에 가 방사선 검사를 받을 수 있도록 주선해 주어 검사를 받으러 갔지요.

그런데 검사를 시작하자마자 내가 목숨이 위독한 상태에 있다고 온통 난리가 나 버린 거예요. 내 오른쪽 폐에 물이 차서 심장과 반대편 폐를 누른다는 거예요. 그러면서 의사들은 곧바로 나를 입원시켰고 주사바늘을 갈비뼈 사이로 폐에 꽂아 물을 뽑기 시작했어요. 다음날인 목요일에도 여러 가지 검사를 받았고 의사들은 내 등허리 척추에서도 주사바늘로 골수를 뽑아 검사하였어요. 그 다음날인 금요일에도 다시 폐 속의 물을 자꾸 뽑아 내야 한다고 갈비뼈 사이로 폐에 카테터를 꽂아 놓았어요.

내가 이런 지긋지긋한 일을 당하게 되리라는 것은 꿈에도 생각해 본 일이 없었어요. 그러나 병원에 계시는 모든 분들은 말할 수 없이 친절하였어요. 내가 여러 번 병원에 있어 보았지만 여기에 계신 분들처럼 친절한 분들은 없었어요.

그리고 참 언니, 할머니가 일본에서 돌아오셨어요. 우리에게 선물을 많이 가지고 오셨어요. 우리 볼코 삼촌에게는 워크맨을 사 오셨어요. 이어폰이 붙은 손바닥만큼 작은 카세트 레코드를 워크맨이라고 그래요. 그런데 삼촌은 어제 나에게 왔다가 이것을 굳이 나에게 선물하는 거예요. 정말 너무 고맙지요?

엄마와 아빠는 잠시도 나를 혼자 두지 않으려고 애쓰고 계세요. 크리스찬 오빠와 마티아스도 자주 찾아와 주고 있어요. 지금까지는 날마다 적어도 일곱 넘게 찾아오는 셈이에요. 한번은 열다섯이나 왔지 뭐예요. 식구들과 둘레의 모든 분들이 너무 잘 해 주려고 해요. 생각하면 나는 너무 행복한 것 같아요.

언니가 나에게 준 시계가 멋있다고 여러 사람들이 칭찬해 주고 있어요. 내가 날마다 차고 들여다보면서 언니 생각을 함께 하고 있어요. 그럼 언니 집 식구들에게 안부 전해 주세요. 언니에게 언제나 많은 행운이 있길 빌어요. 안녕히 계세요.

1981. 11. 14

언니를 사랑하는 이자벨

*추신 통증이 심하여 글을 잘 쓸 수 없어요. 미안해요.

3

월요일이 되자 너는 조직검사를 위한 수술을 받았어. 네가 너무 허약하여 몹시 걱정했는데 다행히 이상 없이 마취도 잘 견뎌 내었어.

너는 수술 뒤에 독방 병실로 옮겨졌지. 또 간호사들이 보호자 침대를 가져다주어 이날부터는 아빠나 내가 밤에도 네 곁에 있을 수 있게 되었단다.

수술 결과를 기다리는 동안 아빠와 나는 불안한 생각에 빠져 견딜 수 없었어. 과연 네가 아직 치료라도 해 볼 수 있는 것인지? 도대체 치료를 한다면 얼마나 희망이 있는 것인지? 그렇게 해서 네가 산다면 얼마나 더 살 수 있는지? 꿈속에서라도 너를 살릴 수 있는 방법을 찾지 않을 수 없게 된 것이었어.

이런 불안한 생각이나 의문들을 네 앞에서는 내색하지 않으려고 우리는 애를 썼어. 아빠와 나는 네 앞에서는 눈짓으로 말을 주고받으면서 잠깐씩 병실 밖으로 나와 이야기를 하곤 했지. 어쩌면 너도 이때 눈치를 차리고 같은 걱정을 하고 있었던 것은 아닌지 모르겠어.

지금 생각해 보면 그때 너는 우리 앞에서 아픈 것을 애써 숨기려고 아무 말도 하지 않은 것 같기도 하고, 아니면 너무 지쳐 있었던 것 같기도 해.

그날 밤 나 혼자서 너를 지키고 있을 때는 자꾸만 우리 어머니가 22년 전 죽음을 앞두고 투병했던 마지막 2주일이 생각나더구나. 말로 다 할 수 없는 통증, 차라리 빨리 죽게 해 달라고 애원하던 그때의 어머니 모습이 자꾸만 눈앞에 떠오르고 내 머리 속을 떠나지 않았어.

밤에 잠을 이루지 못하고 네 곁에 누워 있다가 네 숨결이라도 좀더 느껴 보고 싶어 너를 들여다보면서 기도도 하고 울기도 많이 하였지. 때로는 무서운 생각에 사로잡혀 깜짝 놀라기도 하였고. 차라리 사랑스러운 내 딸을 그러한 고통을 당하지 않게 해 주는 것이 옳지 않은가 싶어 괴로워도 했지. 나는 마음이 자꾸만 약해져 갔어. 그러나 다행히도 기적을 기다리는 실낱같은 희망이 갈팡질팡하는 나를 붙잡아 주고 지탱시켜 주었어. 사랑하는 자식이 고통받는 모습을 지켜보아야 한다는 것은 너무나 잔인한 일이더구나. 아빠도 줄곧 너에 대한 생각밖에 하지 않았단다.

　　가장 사랑하는 우리 이자벨에게.
　　잠들기 전에 잠시 너와 이렇게라도 이야기를 나누고 싶어 이 글을 쓴다. 네가 언제나 잠자리에 들기 전 '안녕히 주무세요, 아빠' 하면서 뽀뽀해 주던 것이 아쉽고 또 네 생각으로 잠을 이루지 못하고 있다. 네가 지금 뽀뽀라도 해 준다면 쉽게 잠들 수 있을 것 같구나. 너는 지금 무엇을 하고 있니? 벌써 잠이 들었니? 혹시 통증에 시달리고 있는 것은 아니니? 온갖 불길한 생각을 이 순간 다 해 보고 있다. 엄마가 네 곁에 있어서 조금은 안심이 되기는 한다 만……. 내가 네 고통을 조금이라도 대신 받을 수 있는 방법이 있다면 좋겠다. 너를 빨리 낫게 하기 위해서라면 나는 무슨 일이든지 하고 싶구나. 우리 식구 모두가 너를 말할 수 없이 사랑하고 있다는 것을 네가 알고 용기를 더 낼 수 있기를 빌고 있어.

너는 착하고 예쁘며 우리 모두를 늘 행복하게 해 주었어. 그래서 너를 언제나 한없이 사랑하며 자랑스럽게 생각하고 있어.

내 딸 이자벨!

빨리 병이 나아 우리들 곁으로 꼭 돌아오길 빈단다. 네가 곁에 없는 것이 너무 아쉽고 허전하구나. 아빠는 이 순간 너를 안고 뽀뽀하는 생각을 해 보고 있다. 꿈에서라도 너를 만나길 바라고 있어.

1981. 11. 17
너를 사랑하는 아빠 씀.

다음날 또 하루가 밝아 왔어. 이날에도 퇴벨리우스 박사님을 만나 많은 이야기를 했지. 박사님은 우리에게 두 가지 사실을 분명히 설명해 주셨어.

첫째는 네가 처해 있는 현실을 분명히 알고 있어야 한다는 것이었어. 너는 지금 죽음에 이르는 병에 시달리고 있고 모든 의사들이 최선을 다한다 하더라도 그것은 네 죽음을 최대한으로 늦추기 위한 것일 뿐이며, 어쩌면 치료를 해서 네 생명을 몇 주일, 잘하면 몇 달쯤 연장할 수 있다는 것, 그러나 치료를 하지 않으면 너는 겨우 며칠밖에 살 수 없다는 사실을 알려 주신 것이었어.

그리고 두 번째로 깨우쳐 준 사실은 우리가 희망을 갖고 기적이라도 기다리는 마음을 가지고 있어야 한다는 것이었어. 그러면서 박사님은 의학으로는 도저히 설명할 수 없지만 환자가 깨끗이 나은 경우를 여러 번 체험하였다고 말씀해 주시면서 몇몇 사례를 들어 용기를 잃지 말라고 당부해 주셨어.

그래서 우리는 항암 요법에 관하여 여러 가지를 물었단다. 그러나 박사님은 네가 예거 교수가 운영하는 쾰른 대학 부속병원의 종양센터에서 집중 치료를 받으면서 희망을 가져 보는 것이 지금 단계에서는 가장 바람직한 일이라고 권유해 주셨어.

우리는 본에 있는 그 병원에 그냥 머물러 있으면서 치료를 받을 수 있는 방법은 없겠느냐고 여쭈어 보았지만 박사님 말씀은 예거 교수의 종양센터 병동에서 전문 치료를 받아야 작은 희망이라도 가져 볼 수 있는 것이라고 말씀하셨어. 그 밖에도 치료 과정에서 네 머리털이 대부분 빠질 것이라는 것, 네가 몹시 고통스러워 할 수 있다는 것, 또 이 치료는 몇 번만에 끝나는 것이 아니라 여러 번 해야 한다는 것도 일러 주셨어. 우리는 박사님의 설명을 듣고 어찌해야 좋을지 결정을 할 수 없었어. 너에게 어떻게 이 사실을 설명해 주어야 할지 난감하기만 했던 거야. 다행히 박사님이 이 일에 도와주시겠다고 약속해 주셨어.

그날 오후에 우리는 박사님과 함께 네 침대 곁에 둘러앉아 이야기를 했지. 박사님이 너에게 검사 결과와 병의 심각성에 대하여 설명하시면서도 '암'이라는 표현은 한 번도 하지 않으셨고 끝까지 종양이라고만 하셨어. 그랬더니 네가 '암'이 아니냐고 묻더군. 박사님은 '암'도 종양의 일종이며 네 종양은 육종(肉腫)이라고 일부러 전문용어를 쓰면서 대답하셨어.

이어 박사님은 네가 치료를 받지 않으면 머지않아 죽게 될 것이라고 설명하시면서 치료받기를 원하느냐고 물으셨어. 그랬더니 너는 죽고 싶지 않고 치료를 받겠다고 대답했지. 박사님이 그러면 너를 쾰른 대학 부속병원에 보내야 한다고 말씀하셨을 때 너는 제발 이 병원에 계속 있을 수 있게 해 달라고 애원했지. 박사님은 예거 교수가 이 분야에서 세계에서 인정하는 권위자라는 사실과, 너를 그 병원으로 옮겨야 효과있는 치료를 할 수 있다는 사실을 설득력 있게 자세히 설명해 주셨어. 박사님은 이때 벌써 예거 교수와 연락하신 뒤였고, 그리고 오는 월요일에 입원할 수 있게 모든 조처를 해 두셨던 것이었어. 박사님은 예거 교수의 병동에서 스탭으로 있는 자기 친구 이야기도 하면서 그분이 너를 잘 보살펴 줄 것이라고 위로해 주셨어. 물론 우리 셋은 본의 그 병원에 그냥 남아 있기를 무엇보다 원했지만.

우리는 앞으로 닥쳐올 일에 대하여 말할 수 없이 불안하고 겁이 났어. 그러나 실오라기 같은 작은 희망이라도 좇아가야 할 형편이었으니 박사님의 말을 따르는 수밖에 달리 도리가 없었지. 박사님은 쾰른 병원으로 너를 찾아와 주시겠다는 약속과 함께 그곳에서 치료 효과가 나타나면 너를 다시 본의 그 병원에 데리고 와서 치료를 하도록 하겠다며 언제든지 네가 올 수 있도록 병실도 마련해 두겠다는 약속도 해 주셨어. 아마 네 애교 섞인 요구에 무엇인가 보답하려고 한 약속이 아니었던가 생각돼.

사랑하는 우리 이자벨에게.
오늘 퇴벨리우스 박사님이 네 병이 무엇이라는 것을 너와 우리에게 자세하게 말씀해 주셨지. 박사님의 설명을 담담하게 듣고 있던 네가 얼마나 자랑스러웠는지 몰라. 네 용기와 자제력에 깊은 감명을 받았다. 사랑하는 우리 딸이 삶과 죽음의 갈림길에 있는 당사자인데도 아빠인 나보다 침착하고 대범하더구나. 어떻게 네가 그렇게도 용감할 수 있는지 감탄하지 않을 수 없었다. 아빠와 엄마는 그저 모든 것이 불안하기만 하지만 그래도 세계에 알려진 권위 있는 교수님이 너를 치료하게 되었으니 네가 깨끗이 낫기만 믿고 기다릴 뿐이다. 이제 우리는 네가 건강해질 수 있도록 모두가 힘을 합해야 할 것이며 이를 굳게 믿어야만 하는 것이다. 꼭 그렇게 될 수 있도록 서로 함께 노력하도록 하자.

1981. 11. 19.
너를 사랑하는 아빠 씀.

사랑하는 아빠,

아빠의 편지를 읽으며 글자 한 자 한 자에 담긴 아빠의 사랑을 흠뻑 느낄 수 있어 저는 말할 수 없이 행복했어요.

저가 이렇게 많은 사랑을 받을 자격이 있는지 의심스러울 때가 있었어요. 저는 이번에 우리 식구들이 얼마나 저를 사랑하고 있는지 확실히 느끼고 있어요. 그리고 그런 귀중한 사랑이 평범한 일상생활 속에서는 파묻혀 있기 때문에 제가 잘 모르고 있었다는 것을 알게 되었어요. 그래요, 아빠! 때로는 평범한 내 둘레의 환경을 벗어나 보아야 이런 중요한 사실을 깨달을 수 있는가 보지요?

저는 마티아스를 이해해 주지 못하고 자주 화를 내었지요, 지금에 와서야 몹시 뉘우치고 있어요. 저는 그 애가 저를 싫어한다고만 생각하고 있었거든요. 그런데 이번에 그 애가 저를 얼마나 사랑하고 있는지, 또 제가 얼마나 잘못 생각했는지 깨닫게 되었어요.

그리고 아빠가 저를 얼마나 많이 사랑하고 걱정하고 계시는지 절실히 깨닫고 있어요. 아빠는 제 마음을 다 알고 계시더군요.

고마워요, 아빠. 엄마도 말할 수 없이 고맙고요. 가끔 제가 엄마에게 투정을 부렸어요. 엄마에게 얼마나 미안한지 몰라요.

그리고 크리스찬 오빠가 어쩌면 그 사이에 그렇게 의젓하고 이해심이 많은 오빠가 되었지요? 모두들 이렇게 저를 사랑하고 있는 것 미처 몰랐어요. 아빠! 아빠가 저를 사랑하는 것이 이렇게 고마울 수 없어요. 제가 방학 때 로우 아줌마 댁에 가 있을 때도 아빠의 사랑이 무척 그리웠어요, 모두가 고맙고 자랑스러워요.

1981. 11. 21.
아빠 딸 이자벨

사랑하는 이자벨에게.

깊은 뜻이 담긴 네 편지 읽고 나니 마음이 착잡하구나. 대화할 때보다 역시 편지가 감정을 더 잘 전달할 수 있는 것 같구나. 나도 될 수 있으면 자주 편지 쓰도록 할게. 그리고 언제나 네 곁에서 고통도 함께 나누어 갖도록 노력할게. 네가 아프기 때문에 우리가 지금 너를 더 생각하고 또 사랑하고 있는 것은 아니다. 언제나 아빠와 엄마의 마음속에는 네가 크게 자리를 차지하고 있은 거야. 사실 평소에는 자식들에게 이런 말을 잘 하지 않게 되지만 지금 네가 위독하여 불안에 싸여 있으니 평소에 그렇게 하지 못한 것을 뉘우치게 되는구나. 네가 아빠의 마음속을 들여다볼 수 있다면 네 자리가 얼마나 크게 차지하고 있는지 알 수 있을 거야. 물론 크리스찬이나 마티아스에 대한 마음도 다를 것은 없지만 그러나 아들의 자리는 다른 것이고 또 그 애들에게 대한 사랑도 조금 성격이 다른 것이란다.

끝없이 사랑하는 우리 이자벨라야! 우리는 네가 깨끗이 낫도록 하느님께 기도를 드리며 도움을 간청하고 있다. 용기를 잃지 말기 바란다.

1981. 11. 21.

너를 사랑하는 아빠 씀.

4

퀼른 병원으로 옮겨 갈 날만을 기다리고 있던 며칠 동안은 바쁘게 지났지. 토요일에는 네 머리를 감겨 주면서 네 그 고운 머리가 치료를 받으면서 빠지게 될 것이라는 사실을 차마 말해 줄 용기가 나지 않았어.

일요일에는 지그프리트 외삼촌이 다시 와 사진을 찍어 주었어. 머리카락을 풀어 흐트러뜨리기도 하고, 위로 잡아 묶기도 하였으며, 바람에 휘날리게도 하고, 고개를 뒤로 젖혀 머리카락이 아래로 처져 내리게도 하면서……. 애교 있는 눈짓도 짓고……. 그 다음 우리는 식구 사진을 많이 찍었잖니? 그때의 네 예쁜 모습을 하나라도 더 남기고 싶었어. 그래서 자꾸 플래시가 터지는 가운데 일요일을 보냈지. 그날 우리의 심경이 말할 수 없이 침울하고 착잡하였지만 네가 눈치채지 않게 하려고 무척 애썼단다.

월요일 아침 우리를 퀼른의 대학병원으로 옮겨 줄 구급차가 일찍 왔어. 두 남자가 와서 우리를 태우고 떠났지. 그런데 가는 도중에 내가 얼마나 놀라고 당황했는지 몰라. 갑자기 네가 어지럽고 역겹다며 숨도 잘 쉬지 못하고 괴로워하기에 고속도로에서 급히 차를 세웠어. 너는 한참이나 구역질을 한 다음 찬 공기를 마시고 나서야 제대로 숨을 쉬게 되었어. 이날이 11월 23일이었어.

한바탕 소란 끝에 지친 상태로 목적지에 닿았는데 병원에서는 우리를 한참이나 기다리게 하는 거였어. 지루하게 기다리고 난 다음에야 입원실이 마련되었는데 나이 많은 할머니와 함께 있게 되었지. 우리가 고대했던 예거 교수님은 학회 참석도 있고 해서 외국에 가서 며칠이 지나야 돌아온다는 말만 듣게 되었을 때, 그 난감함이란 이루 말로 다 할 수 없었어. 더욱이 그날 네 입원실이 있는 층의 당번이었던 젊은 의사가 — 나는 이름도 잊었어. 그 왜, 검은 수염을 기른 사람 있잖니! — 상식 밖의 소리를 함부로 하는 바람에 얼마나 당황했던지……. 예를 들면 '사람은 언젠가는 모두 죽어야 하는 것이에요, 다만 언제인지를 모를 뿐이지……' 하는 식이었어.

오후가 되어서야 퇴벨리우스 박사님이 소개한 L교수가 찾아왔지. 쾰른 병원에 온 뒤 처음으로 자상하고 친절한 의사를 만나게 된 것이었어. 그러나 L교수는 자신이 손수 환자에 대한 처방을 내릴 수 없고 예거 교수가 돌아오는 날을 기다려야 한다는 것이었어. 다만 그때까지 필요한 여러 가지 검사를 미리 끝낼 수 있도록 조치하여 주면서 다음날 CT검사(컴퓨터 단층촬영)부터 받으라고 지시해 주었지.

아빠는 퇴근 뒤 병원으로 오셨어. 그러나 네가 독방에 입원하지 못했기 때문에 우리는 밤에 네 곁을 지키고 있을 수 없었어.

그래서 매우 속상해했지. 이 병동은 요즘 기준으로 보면 상당히 뒤처지고 오래된 낡은 건물이었어. 간호사들은 몇 년 동안 암환자들만 돌보았기 때문인지 모두가 무표정하고 우리를 대하는 태도 또한 몹시 딱딱했어.

그러니 그 동안 초현대식 건물인 데다 의사와 간호사 모두가 친절한 본의 병원에 있다가 간 우리들에게는 네가 이런 곳에서 여러 날을 있어야 한다는 사실이 큰 충격이 아닐 수 없었어. 너도 이런 병원에 혼자 있어야 한다는 생각에 매우 불안해했지. 이날 밤 너를 혼자 남겨 두고 집으로 가면서 가슴이 메여 내내 울었단다.

다음날 아침 일찍 내가 병원에 갔을 때 너는 벌써 CT검사 받으러 병원 본관에 가고 없었고, 네 침대 위에는 '부모님에게'라 적힌 작은 봉투가 놓여 있었어.

아빠, 엄마!
오늘 유난히 아빠 엄마에게 하고 싶은 말이 많아 펜을 잡았지만 수면제 약효가 남은 탓인지 자꾸만 잠에 빠져 버리곤 해요.
아빠 엄마가 곁에 계시지 않는 지금 저는 마치 내팽개쳐져 버린 것처럼 고독하게 느껴지기만 해요. 그래서 아빠 엄마가 저에게 얼마나 중요한가 새삼 느꼈어요. 더구나 두서없는 이 병원에서는 아빠 엄마가 아쉬워 못 견디겠어요.
병을 고칠 수 있는 곳이라고 찾아온 이 병원에 와서 오히려 엄마 아빠 곁을 서둘러 영원히 떠나가게 될 것 같은 느낌을 받게 되어요. 이 병동에 있는 저 간호사들과 의사들은 저에게 별다른 관심이 없나 봐요. 그래서 아빠 엄마가 더욱 그리워요.

1981. 11. 24.
이자벨

이 병원에 온 뒤에도 네 폐에는 자꾸 복수가 찼고 숨쉬는 것이 어려워져 산소호흡기를 줄곧 쓰고 있어야 했어. 네 고통을 잊게 해 주려고 나는 생텍쥐페리의 《어린 왕자》를 읽어 주면서 너를 위로하려고 애썼어.

목요일이 되어서야 그 유명한 예거 교수님이 찾아오셨어. 첫눈에 대단한 인격자이고 많은 경험을 가지신 훌륭한 선생님이란 것을 느낄 수 있어 믿음을 갖게 되었지. 너도 교수님에게 끔찍이 존경심을 보였지. 너는 그 교수님이 기적을 일으켜 너를 낫게 해 주기를 바라고 있었지. 교수님은 내색을 않으셨지만 너를 마치 자기 손녀를 바라보듯 인자한 눈빛으로 대하시는 것을 나는 느낄 수 있었어.

교수님은 조직 검사 결과가 몇 주일 지나야 나오기 때문에 아직 종양의 특성에 대한 결론을 내릴 수 없지만, 지금은 그냥 기다리고만 있을 수는 없는 심각한 상태라고 하시면서 마치 눈을 감고 총을 쏘면서도 꼭 맞춰야 하는 곡예사의 심정과 같다고 말씀하셨어. 그러면서 우선 HOK(항암치료의 일종, 한스 오토 크라인 박사가 이름을 붙였다.) 치료 방법을 결정하셨어. 그래서 그날 정맥 카테터를 목 부위에 꽂게 되었어. 이날 너 혼자 여기저기 끌려 다니며 검사를 받느라 고생을 한 탓인지 저녁에는 열이 매우 심했고 한기로 온몸을 떨고 있었지. 그런데도 우리는 너를 혼자 병원에 남겨 두고 떠날 수밖에 없어 찢어지는 가슴을 안고 무거운 발걸음으로 집으로 돌아왔던 거야.

그런데 이날 밤 너는 말할 수 없이 고생을 했던 모양이야. 불안과 두려움에 싸인 네가 통증마저 심하여 견딜 수가 없어 그 층에 있던 의사라도 불러달라고 했대.

그 의사가 너에게 무슨 말을 했는지는 자세히 알 수 없었지만 어떻게 대했는지는 다음날 짐작할 수 있었어. 어쨌든 그 젊은 의사는 네 머리카락이 곧 다 빠질 것이라는 말까지 서슴지 않고 모두 말해 버렸더구나.

다음날 아침 너에게 갔을 때, 미리 그런 말을 우리가 해 주지 못한 것에 대해 얼마나 가슴 아파하고 후회했는지……. 그러나 용기라는 것은 살 수도, 따로 배울 수도 없는 것이고, 오로지 타고나야 하고, 또 자기 스스로가 마음속에서 길러 내는 것이라는 것을 네가 보여 주었어.

　　사랑하는 로우 아주머니,

　저는 아주머니 편지를 받고 너무나 반가운 나머지 울고 말았어요. 아주머니 말씀대로 언젠가는 아주머니 집에 다시 가게 될 날을 손꼽아 기다리겠어요.

　저는 그 동안 쾰른 병원으로 옮겨왔어요. 그리고 그 유명하다는 예거 교수님한테 치료를 받게 되었어요. 지난 월요일부터 목요일인 어제까지 이 넓은 병원 여기저기를 찾아다니며 검사를 받으러 다녀야 했어요. 제 병동은 외떨어진 곳에 있어 검사를 받으려면 여기저기 건물을 찾아다녀야 해요. 그런데 병원이 너무 커서 셔틀버스를 타야 하는데, 버스가 자주 오지를 않아 때로는 한 시간 이상 기다려야 해요. 어제는 아주 혼이 났어요. 어제 아침에는 10시 30분에 병원 본관으로 가서 주사바늘을 폐에 꽂아 세포를 떼어 내었고, 그 다음에는 오른쪽 어깨뼈 밑의 정맥을 통하여 작은 카테터를 심장에까지 집어넣었어요.

　이 두 가지 검사를 하고 나니 12시 30분이 되었으나 그때부터 다시 방사선 사진을 찍으라고 해 본관 건물에 갔어요. 방사선 사진을 찍고 버스를 기다리고 있었는데 카테터에 연결된 호스에 갑자기 피가 고여 막혀 버렸어요. 그 호스는 물방울같이 생긴 큰 약병에 연결되어 있어 그 약병을 제 손으로 머리 높이로 쳐받들고 여기저기 끌고 다니다 보니 호스에 피가 고여 굳어 버렸던 거예요.

이 본관 건물은 마치 비행장 건물 같이 크고 사람들로 많이 붐 볐어요. 이 건물은 지하 2층에서 지상 18층까지예요. 저는 이 무서운 건물에는 이제 가지 않았으면 좋겠어요.

저의 부모님이 날마다 찾아와 주시고 너무나 잘 해 주세요. 그렇지 않았다면 저는 이런 고통을 도저히 견뎌 내지 못했을 거예요. 지난 화요일에도 엄마를 부둥켜안고 실컷 울어 버린 일이 있었어요.

그런데 어제는 하루 온종일 재수가 없었어요. 그 큰 건물에 처음 갔으니 아무도 저를 아는 사람이 없는데 환자 차트도 와 있지 않더라구요. 그러니 혼자서 모든 것을 해결해야만 했던 거예요. 그러다 보니 제가 얼마나 아픈지 처음으로 실감하게 되었고 무서워서 혼났어요.

이 큰 병원에서는 자칫하면 병을 더 얻을 것 같아요. 그래서 되도록이면 이 병원에서 빨리 나가야 할 것 같아요. 첫 치료가 끝나면 4~6주일 동안은 이 병원에서 퇴원할 수 있다고 하니 집으로 갈 수 있을지도 모르겠어요. 만약 집으로 가게 되더라도 굉장히 조심해야 하나 봐요. 부작용이 있을 수도 있대요. 그리고 치료받는 동안 제 머리카락이 다 빠져 버릴지도 모른대요. 그렇게 되어도 좋으니 부작용만은 없었으면 좋겠어요.

제가 아주머니 댁 식구들을 얼마나 좋아하는지 아시지요? 저한테는 제2의 식구예요. 캐롤린은 저에게 둘도 없는 친구예요. 아주머니가 보내 준 사진 굉장히 반가웠어요. 어디서 찍은 사진인지 금방 알아보았어요.

아주머니! 식구 모두에게 안부 전해 주세요. 캐롤린에게는 곧 따로 편지할 거예요.

1981. 11. 27.
이자벨라 드림

치료는 금요일부터 정식으로 시작되었지. 너는 다른 사람들에 견주어 치료 효과가 굉장히 좋았어. 또 드디어 네가 독방으로 옮겨져 아빠나 엄마 가운데 한 사람이 밤에도 함께 있을 수 있게 되었지.

일요일 점심 때 아빠가 크리스찬과 마티아스를 데리고 병원에 오셨어. 그래서 우리 식구가 모처럼 함께 모인 것을 모두 몹시 기뻐했고 더구나 네가 감명 깊어 했어. 그 사이 운동용품 회사에서 견습으로 일하게 된 크리스찬이 운동복을 너댓 벌 가지고 와 너에게 하나 고르라고 했을 때 너는 오빠를 매우 자랑스럽게 생각하고 즐거워했지.

그러나 그날 우리가 무엇보다 기뻤던 것은 네 병세가 치료 이틀 만에 차도를 보여 산소호흡기를 뗄 수 있었다는 사실이야. 그날은 네가 말도 제대로 할 수 있었고 심지어 우리 식구들에게 읽고 있던 책을 읽어 주기도 했단다. 나는 그날 행복하다고 느꼈고 평생 처음으로 행복이라는 것이 이렇게 힘들게 얻어진다는 것을 알게 되었어.

오후에 아빠와 내가 '임무 교대'를 했지. 우리는 아빠와 내가 너를 번갈아 가면서 맡기고 떠나는 것을 임무 교대라고 했어. 나는 오빠와 마티아스를 데리고 에바 고모 댁으로 갔지. 에바 고모가 할머니와 우리를 첫 강림주일(크리스마스 전 4주간의 첫째 일요일)에 초대를 하였거든. 나는 이날 하느님께 진심으로 감사드렸고 온갖 새로운 희망에 부풀어 있었어.

우리가—치료 기간 중에—네 곁에 함께 있는 것이 매우 중요하고 치료에도 도움이 된다는 것을 깨달았어. 너와 함께 있으면서 우리는 네 불안감을 덜어 주고 네 스스로 희망과 용기를 되찾을 수 있도록 해 주려고 노력했어. 그래서 너를 기쁘게 해 줄 수 있는 일이라면 무엇이든 다 해 주려고 애를 썼지.

HOK 방식의 치료는 8일 걸렸으며 완전 성공이었어. 그제서야 우리도 조금 냉정을 되찾을 수 있었고 이것저것 계획을 세울 마음의 여유도 생기게 되었어. 아빠와 나는 우리 두 사람 가운데 한 사람은 줄곧 네 곁을 지켜야 한다는 생각을 하고 있었지. 그러나 역시 아빠는 직장을 오래 비울 수 없었어. 다행히 나는 반나절만 사무실에 나가니까 자연히 내가 도맡아 네 곁을 지키는 것이 옳다고 생각하고 사표를 내겠다고 했을 때 너는 펄쩍 뛰며 반대했어. 너는 우리의 생활이 너 때문에 희생되는 것을 원하지 않았고, 되도록 일상생활이 정상으로 되돌아가기를 원했어. 뿐만 아니라 내가 직장생활을 하는 뜻과 사회생활이 나에게 얼마나 중요한 것인가를 너는 알고 있었던 거야.

다행히 가까운 친구들이 우리를 도와주겠다고 모두 나서 주었어. 어느 친구는 부부가 각자 타고 다니던 차 한 대를 빌려줘 우리가 날마다 쉽게 '임무 교대'를 할 수 있게 해 주면서 자기들은 함께 타고 다니는 불편을 감수하였어. 그리고 이웃집 브라운 부인은 내가 널어 놓은 빨래를 거두어 다리미질까지 해 주고 있었어. 엄마 친구이자 네 친구 마렌의 엄마인 잉게 아줌마는 마렌이 소아마비로 휠체어에 의존하고 있어서 좀처럼 틈을 낼 수 없는데도 너를 쾰른까지 여러 번 찾아와 주었지.

네 아빠와 마렌의 아버지 한스 아저씨는 어릴 적 일본에서 함께 자랐어. 그래서 코흘리개 친구인 셈이지. 또 마렌과 너는 다섯 살 적부터 함께 유치원에 다녔고 마렌이 몹쓸 병인 소아마비에 걸린 여덟 살까지는 언제나 어울려 지냈지. 그리고 네 할머니와 마렌의 할아버지 할머니는 지금까지도 친하게 왕래하고 계시니, 그 댁과 우리는 삼대에 걸쳐 우정을 나누고 있는 것이란다.

사랑하는 마렌에게.

네 편지 잘 받았어. 고마워! 네 편지는 언제나 나에게 많은 용기를 주고 있어. 네가 나를 위해 지어 준 시는 아주 멋있어. 그래서 침대 곁에 붙여 두고 자주 읽어 봐. 그리고 보내 준 크리스마스 달력과 작은 고슴도치 인형, 그리고 메달도 잘 받았어. 고마워! 고슴도치는 너무 우습게 생겨서 볼 때마다 웃게 돼.

며칠 전 음악 선생인 벨 선생님이 편지를 보내 주셨어. 선생님에게 내가 편지 고마워하고 있다고, 그리고 그 편지가 나에게 많은 용기를 주었다고 꼭 전해 주길 부탁해.

내가 어려운 처지에 있는 지금 네가 내 마음을 가장 잘 이해해 주고 많은 힘을 주고 있어. 고마워. 그런데 어제 우리가 전화할 때 너도 건강이 좋지 않다고 심란하게 말하여서 걱정이 되는구나. 나는 늘 너를 생각하고 있어. 부모님에게 대신 문안 인사 드려 주면 고맙겠어!

1981. 12. 5.
이자벨

잉게 아줌마는 틈이 나면 나에게 연락해 주고 너를 찾아와 준 거야. 그러면 내가 그 틈에 다른 일을 볼 수 있었어. 정말 고마운 친구야. 네 머리 모양 문제에도 좋은 해결 방안을 제시해 주었잖아. 5, 6일 치료를 받았을 때 네 머리카락이 반 이상이나 빠져 버려 너와 내가 난감하게 생각하고 있었잖아. 빗질도 할 수 없고, 머리를 자르기도 곤란하고. 무엇보다 내가 네 머리 이야기를 하기가 민망하여 망설이고만 있을 때였어. 내가 집에서 빨간 베레모를 가져다 주었더니 너는 이 모자를 쓰고 밖으로 삐죽삐죽 나온 머리카락을 모자 밑으로 쑤셔넣고 했지. 거기다 너는 노란색 잠옷을 입고 있었으니 네 모습이 가관이었어. 그런데 너 자신이 앵무새처럼 보일 것이라고 농담을 했을 때 가슴이 미어지는 듯 아파 나는 고개를 돌리고 말았단다. 그랬더니 잉게 아줌마는 네 그 모습은 정말 봐 줄 수 없다며 너와 의논한 다음 남은 머리를 짧게 잘라 주었어. 정말 다행이었어.

할머니도 많이 도와 주셨어. 연세가 많으신데도 대중 교통 수단을 이용하여 몇 차례나 먼 길을 와 주시고 반나절씩 너와 함께 계셔 주셨어. 나는 이번에 친척과 친구가 많은 것이 얼마나 중요한가를 절실히 깨닫게 되었어. 물론 이러한 관계는 평소에 꾸준히 돈독하게 가꾸어 놓아야 하는 것이지만……. 우리가 어려운 경우를 당해 보니 친구 한 사람 한 사람의 참된 인간성도 정확하게 알아볼 수 있게 되더구나. 우리는 친구들 모두에게ㅡ 한 집안만 빼고ㅡ고맙게 생각하고 그들과 나눈 우정을 자랑스럽게 생각하고 있어.

벨기에에 있는 로우 아주머니와 알버트 아저씨도 우리를 많이 도와주었고 우리가 용기를 잃지 않도록 많이 배려해 주었어. 더구나 로우 아주머니는 전화에서 네 침울한 목소리만 들어도 그 먼 거리를 아랑곳하지 않고 두 시간이나 넘게 차를 몰고 와서 네 기분을 돌려주려고 애를 써 주었지. 로우 아줌마의 딸이고 네 동무인 캐롤린은ㅡ지난 2년 동안 본과 앙트와프를 서로 오가며 방학을 함께 지내고 나서부터ㅡ너하고는 늘 편지를 주고받는 좋은 동무였잖니. 그리고 악셀도ㅡ그 집의 하나 있는 아들ㅡ너에게 프랑스어로 편지를 보내왔고. 그 애는 회화는 잘하지만 역시 글을 쓰는 데는 독일어 실력이 부족했던 모양이야. 어쨌든 너는 로우 아주머니와는 물론 그 집 아이들과ㅡ심지어는 그 집의 그 많은 개들하고도ㅡ친하게 지냈잖니.

사랑하는 악셀 오빠에게.

바쁜데도 편지를 보내 주어서 말할 수 없이 기뻤어요. 오빠를 더
잘 이해하려고 프랑스어 공부를 더욱 열심히 해야겠다고 생각했어
요. 오빠 편지 읽어 내느라고 진땀을 흘렸거든요. 오빠는 내 편지
때문에 고생하지 않았으리라 믿어요.

오빠가 모든 시험을 잘 쳤다니 정말 축하해요. 그리고 오빠가 훌
륭한 정원사가 될 것으로 나는 믿고 있어요. 오빠는 생물에 관심이
많잖아요. 온실에서 혼자 실험까지도 하고 있으니까요. 오빠는 이
분야에 특별한 재능을 가지고 있는 것 같아요.

금년에는 내가 가장 잊을 수 없는 크리스마스를 맞게 될 것 같
아요. 병원에서 크리스마스를 지내지 않는 것만도 얼마나 다행한지
모르겠어요. 사랑하는 악셀 오빠, 다시 만날 때까지 안녕!

1981. 12. 17
이자벨

5

첫번째 치료가 끝난 일 주일 뒤, 이 치료의 효과를 알아보기 위한 CT 검사를 받고 나서 우리는 마음을 조이면서 검사 결과를 기다렸지. 다행히 종양이 많이 퇴치되었다는 사실과 치료 방법이 옳은 길로 가고 있다는 것을 알고 우리는 말할 수 없이 기뻐했잖아. 예거 교수님도 겨냥한 목표가 적중되었다고 하시며 무척 기뻐하셨어.

그러나 이제는 치료 뒤에 나타나는 백혈구 감소증을 해결하는 것이 문제였어. 치료를 받는 동안 백혈구가 파괴되어 버리기 때문에 치료가 끝난 시점에서는 몸 속의 면역체계가 완전히 엉망이 되어 버린 거야. 그래서 네 몸은 조그마한 세균한테도 버텨낼 저항력이 없어져 버린 거였어.

그래서 모든 감염 위험을 예방하려면 나까지도 너와 함께 격리되지 않을 수 없었어. 나는 되도록 바깥 출입을 삼갔으며 바깥에 나갔다 올 때는 특수 제작된 가운과 마스크를 하고 있어야 했고, 방문하는 분들의 면회도 되도록 사절해야만 했지.

　사랑하는 로우 아주머니!
　사실은 어제 저녁에 아주머니에게 전화를 드리려고 했어요. 그런데 입이 너무 아파 말을 잘 할 수 없어 그만두었어요. 이것은 치료 뒤에 나타나는 증상 가운데 하나래요.
　아주머니. 지난 토요일로 저의 치료가 일단 끝이 났어요. 그리고 어제는 치료 효과를 알아보기 위한 검사를 받았어요. 검사를 하던 의사 선생님이 그 사이 종양이 많이 나아진 것을 첫눈에 알아보고 말해 주었어요. 저 자신도 많이 좋아진 것을 느끼고 있어요. 그래서 지금은 몇 시간째 혼자 병실에서 지내고 있어요.
　지금은 몸 속에 면역 성분이 부족한 시기래요. 그래서 아무도 저를 찾아올 수 없어요. 그리고 누구나 제 방에 들어올 때는 마스크를 꼭 해야만 해요.
　제가 머지않아 우리 집에 가게 되면 저의 금빛 머리카락을—거의 다 빠지고 없지만—잘라야겠다고 생각하고 있어요. 머리숱이 얼마 없으니 속은 상하지만 한편으로는 손질할 것이 없어 편하기도 할 것 같아요. 그래서 이번 기회에 차라리 깜찍한 짧은 머리 모양을 만들어 달라고 할 생각이에요. 그래야 아주머니 식구들이 저의 흉한 꼴을 보고도 놀라지 않을 것이니까요. 저는 이번 치료를 받는 동안 6킬로그램이나 몸무게가 빠졌어요. 그러니 그전에는 살이 꽤 쪘던 모양이지요?
　곧 우리 집에 돌아가는 것이 너무 기뻐요. 그리고 저의 건강이 좋아진 것을 저 스스로 느낄 수 있어 말할 수 없이 기뻐요. 이번 크리스마스가 저에게는 가장 뜻깊은 크리스마스가 될 것 같아요.
　아주머니! 혹시 틈이 나서 음악을 듣게 되시면 카세트에 녹음해서 저에게 보내 주시길 부탁드려요, 제가 요즘은 워크맨을 늘 듣고 있거든요. 아주머니 댁에는 멋있는 레코드가 많이 있잖아요? 부탁드려요.
　아주머니를 다시 만나 뵙게 될 날을 손꼽아 기다리고 있어요. 모

든 식구들에게 안부 전해 주시고 제가 모두를 말할 수 없이 사랑
한다는 말씀도 전해 주세요.

1981. 12. 9.
건강해져 가는 이자벨 드림

　*추신　개들도 잘 있지요, 아주머니?

　건강한 사람이 격리된다는 것은 쉬운 일이 아니었어. 그래서
나는 이 시간을 어떻게 하면 너와 내가 값있게 보낼 수 있을까
궁리를 했어. 그래서 너는 《바람과 함께 사라지다》와 《앙젤릭》
을 읽었고 나는 '미켈란젤로'와 '반 고흐'의 책을 읽었지. 그때
네 오빠와 로우 아줌마가 카세트 테이프를 많이 보내 주었지.
그리고 병원에서 텔레비전도 하나 얻어다 놓게 되었지. 며칠 지
나고 나서는 네 오빠와 마티아스도 네 방에 와 너와 함께 있을
수 있게 되었지. 그 좁은 방에서 식구들이 함께 북적대면서 얼
마나 행복해했니?

　이 시기에 너는 크리스마스 선물 때문에 걱정이 많았어. 너는
식구들 모두에게 선물을 하나씩 하고 싶어했지. 그래서 이 기간
내내 너는 뜨개질과 편지 쓰는 일로 바쁘게 지냈어. 심지어 네
학교 동무들에게도 편지를 쓰지 않았니? 그 편지를 담임 선생님
이 아이들 앞에서 읽어 주셨대. 그런데 그 편지는 이번에 내가
찾아내지 못하여 안타깝게 생각하고 있어. 내 기억으로는 네가
앓기 시작하고부터 공부를 할 수 있는 것이 얼마나 행복한 것인
지 알게 되었다는 내용이었던 것 같아. 내가 네 담임 선생이었
다면 그 편지를 액자에 넣어 교실 벽에다 걸어 두었을 텐데
……. 이때 네가 이네스에게 보냈던 성탄 축하 편지는 내가 간
직하고 있어.

43

사랑하는 이네스 언니.

언니와 언니 식구에게 즐거운 성탄과 많은 축복을 진심으로 기원해요. 새해에는 언니에게 좋고 즐거운 일이 많이 있기를 빌겠어요.

이제 저에게 끔찍한 불행을 안겨 준 이 해도 얼마 남지 않았어요. 무척이나 지겨웠던 한 해였지만 한편으로는 제가 뒷날 아쉬워하게 될 한 해였던 것 같아요. 이 한 해 동안 저는 부모님과 값진 이야기를 많이 할 수 있었고, 또 건강한 것이 얼마나 행복한 것인가를 비로소 깨달았거든요. 그래서 지금은 저 스스로 되도록 만족하고 그리고 행복하다고 생각하며 지낼 수 있게 되었어요.

뿐만 아니라 많은 분들에게서 예전에는 미처 생각조차 해 본 일이 없는 사랑을 많이 받은 한 해였어요. 평소에는 시간이 없었지만 이번에 내가 아프고 나서부터는 모두들 나를 위해 시간을 많이 내주었고 저를 행복하게 해 주었어요. 그리고 모두가 저의 고통을 함께 나누겠다고 하는 사실은 저에게 큰 힘과 용기를 주었어요.

지금 저는 이번에는 우리 식구들이 어디로 휴가를 갔다 오면 좋을까 하고 곰곰이 생각해 보고 있어요. 제대로 쉬고 와야 제가 완전히 나을 것 같고, 또 부모님 또한 휴가를 가셔야 새로운 힘을 얻을 수 있을 것 같아요.

사랑하는 이네스 언니. 새해에는 언니에게 많은 행운이 있길 빌어요.

1981. 12. 12.

이자벨

네가 입원해 있던 종양센터의 의사 선생님들과 간호사들이 성탄 파티를 한다는 소식을 어디서 듣고 왔지. 그래서 내가 자그마한 샴페인을 사람 수대로 한 병씩 샀고, 너와 함께 병 하나하나를 약병같이 포장을 했지. 그리고는 병마다 의사의 처방지 모양을 한 카드를 달았지. 한 사람 한 사람 앞으로 쓴 카드에 처방문을 적은 거야.

누구에게는 서두르는 병을 고치는 약을 처방한다고 했고 또 다른 사람에게는 자기도취 효과를 높여 주는 마술약을 처방한다고 적었어. 예거 교수에게는 종양세포를 더 많이 적중시킬 탄약을 처방한다고 적었지. 기발하고 재치 있는 생각을 짜내어 모두에게 적절한 처방문을 적었던 거야.

이 선물을 받은 의사 선생님들과 간호사들이 너무나 좋아했으며 손뼉을 치며 웃어 댔다는 소식을 다음날 우리에게 알려 주었지. 그 일이 있은 뒤부터는 네가 이 병동의 귀염둥이가 되었어.

사랑하는 캐롤린에게.

모든 시험 잘 치렀기를 빌어. 너와 케티 언니가 녹음해 보내 준 카세트 테이프 고마워. 전부가 내가 좋아하는 음악들이었어.

나는 크리스마스를 집에서 보낼 수 있게 되어 지금은 집에 가는 날만을 손꼽아 기다리고 있어.

나 이번에 머리를 짧게 자를 계획이라는 것 말했지? 그런데 그렇게 안될 것 같애. 벌써 머리카락 대부분 저절로 빠져 버렸어. 그래서 남은 것을 오늘 내 손으로 잘라 버릴까 하고 있어. 실은 이것이 내가 내 머리카락을 스스로 자를 수 있는 마지막 기회인지도 모르겠어. 지금까지 빠지지 않고 남아 있는 머리카락은 내가 어떻게 자르든 지금 꼬락서니보다는 나아 보일 테니 걱정할 것이 없을 것 같애.

사랑하는 캐롤린,

하루 빨리 만날 수 있게 되길 빌어. 안녕.

1981. 12. 17.

이자벨

6

12월 18일에는 너를 집으로 데리고 갈 수 있게 되었어. 그런데 마침 그날 눈이 많이 내려 길이 막히고 교통이 마비되다시피 했어. 아빠는 그때 비스바덴에 출장을 가셨고 내가 퇴근 뒤에 너를 데려오기로 약속했어.

그러나 길이 너무 미끄러워 내가 너를 데리고 오는 것은 위험할 것 같아 어떤 내 친구에게 도움을 청했지. 그 친구는 카폰이 달린 큰 리무진을 운전기사와 함께 보내 주었으나 길이 미끄럽고 막혀 예정보다 무려 세 시간이나 늦게 너에게 갔지. 그때 너는 몹시 화가 나 있었어. 하긴 너에게 얼마 남지 않은 인생 가운데서 세 시간을, 그것도 병원이 아닌 우리 집에서 지낼 수 있는 짧고 값진 시간 중 세 시간을 기다리는 데 허비하고 말았으니 마음이 상하지 않을 수 없었겠지.

쾰른 병원에서는 우리가 떠나기 전에 집에 있는 동안 먹어야 할 약을 건네주면서 다음 번 치료가 12월 28일부터 시작된다고 알려 주었어. 그러니 우리는 앞으로 9일의 값진 날을, 그것도 성탄까지 곁들어 함께 지낼 수 있게 되었던 거야.

우리는 하루하루를 보람 있고 즐겁게 보낼 수 있도록 노력했지. 그러나 너는 거울 속에 네 모습을 들여다보고 짜증을 부리고 속상해했어. 네 머리는 쥐가 파먹은 듯이 엉성하게 빠져 버렸고, 거기다 서툰 솜씨로 이리저리 잘라 놓았으니 네가 거울 속에 들여다볼 때마다 짜증을 내는 것도 당연하였지.

하는 수 없이 나는 내가 다니는 단골 미장원에다 출장을 부탁하였더니 연세가 많은 베커마이어 씨가 손수 찾아와 주었어. 그는 너와 여러 가지로 의논한 끝에 네 머리를 남자 운동선수 머리처럼 짧게 잘라 주었던 거야.

그제서야 네 예쁜 두상이라도 최소한 칭찬받게 된 셈이랄까. 사실 그 짧은 머리가 네 큰 눈과 잘 어울렸어. 왜 우리가 치료 전에 그 생각을 못 했을까 하고 후회했지.

한편 우리는 정신 없이 서둘면서 크리스마스를 준비했어. 마침 어떤 친구가 크리스마스 트리를 보내 주었고 또 다른 친구들로부터 많은 선물들이 날마다다시피 배달되었지. 성탄 비스킷도 내 친구들이 구워서 보내 주었어. 네가 집에 와서 크리스마스를 지내게 된 것을 내 친구들이 함께 기뻐해 주고 축하해 주어 말할 수 없이 흐뭇하고 마음 든든하였지(독일에서는 크리스마스 전 강림 주간에 집집마다 비스킷을 직접 구워 두고 먹는 전통이 있다.).

네가 병원에 입원한 날부터 지난 몇 주 동안 우리가 얼마나 정신 없이 지냈던지 아빠와 나는 22일이 우리 결혼 20주년이 되는 날인 것도 잊어버리고 있었어. 우리는 집에 중요한 행사가 있을 때면 언제나 친지들과 함께 파티를 해 왔잖니. 그것이 우리 집 전통이었어. 바로 결혼기념일인 22일이 되어서야 내가 이 사실을 깨닫게 되어—그때가 오전 11시였어—우리 식구들이 자주 다니던 마테누스 레스토랑을 찾아갔지. 마침 그날 저녁에는 별실이 예약되지 않고 있었어. 주인 아주머니와 주문할 것을 의논하여 급히 결정한 뒤 네 건강 상태를 설명해 주고 감기 들지 않고 기침하지 않는 웨이터 한 사람을 우리에게 전용으로 배정해 달라고 부탁했어. 그런 다음 서둘러 집으로 돌아왔을 때는 벌써 정오가 지나 있었어. 저녁 8시에 자축만찬을 서둘러 예약은 해 두고 왔지만 아직도 손님을 초대하지 않았던 거야. 너는 내 이야기를 듣고 얼른 찬성하고 좋아했어. 물론 크리스찬과 마티아스도 대찬성이었어. 아빠는 전날 다시 비스바덴에 갔으며 이날 사무실 직원들과 성탄파티를 하고 여덟 시가 넘어서야 집에 오시기로 예정되어 있었단다. 본에 사는 브리깃트 고모와 할머니, 그리고 잉게 아줌마와 그 집 식구들은 바로 참석하겠다고 약속해 주었어. 이어 만하임에 있는 네 외삼촌 내외와 앙트와프의 로우 아주머니에게도 연락하여 참석해 주길 부탁했어. 눈이 와서 길이 미끄러운데도 모두들 참석하겠다고 약속해 주더구나. 그래서 모두들 곧장 식당으로 도착하도록 부탁했어. 그런 다음 비스바덴에 있는 아빠 사무실의 여비서에게 연락하여 아빠가 저녁 여덟 시까지 레스토랑으로 꼭 오시게 해 달라고 부탁했지. 사전에 아무 말도 하지 않고 아빠를 놀라게 해 주고 싶었거든.

　모두들 7시 30분쯤에 레스토랑에 와 주었어. 그날은 네가 주빈 자리에 앉게 되었고 네 양옆에 앉을 신사를 고르도록 했던 거야. 그랬더니 너는 잉게 아주머니의 남편인 한스 율겐 아저씨와 그 집 아들인 하요에게 그 영광을 주었어. 네 친구 마렌이 함께 오지 않아 네가 몹시 서운해했지. 하필이면 그날 마렌이 감기에 걸려 기침을 하였기 때문에 너에게 옮길 것을 두려워한 나머지 잉게 아주머니가 그 애를 못 오게 한 것이었어. 마렌은 오빠인 하요 편에 예쁜 반지 하나를 선물로 보내 왔지. —그 반지는 내가 오늘도 끼고 있어.

아빠가 8시쯤에 식당에 와서 파티가 준비된 것을 보고서야 그날이 결혼기념일인 것을 깨닫고 매우 당황하였단다. 아빠는 나에게 미안하게 생각했지만 그때 아빠의 감격은 매우 컸어. 우리는 모든 것에 정말 고마운 마음으로 그날 저녁을 즐겁게 지냈으며 10시쯤에 —네가 지친 것 같아 —집으로 돌아갔지. 물론 이날 파티에 참석한 것은 너에게 무리였겠지만 나는 그래도 나름대로 큰 뜻이 있었다고 믿었어. 아빠와 나는 네가 자리를 함께한 것이 무엇보다 고마웠고 감격스러웠어.

성탄 이브에는 우리 모두가 성당에 가자고 유난히 네가 고집했지. 그러나 우리가 속한 본당 신부님과는 그 당시 좀 어색한 관계에 있었어. 너에게 견진성사(유아세례를 받은 사람이 그 신앙을 고백해서 교회원이 되는 의식)를 지도해 주셨던 신부님이 다른 성당으로 전근되고 난 뒤 후임 신부님과 우리 집 식구 모두는 어쩐지 친해지지 못했어. 그래서 마티아스는 학교 동무가 다니는 다른 성당에 가서 견진성사를 위한 교리 공부를 받고 있었어. 그래서 우리는 이날 마티아스가 다니던 그 성당에 가서 미사에 참여하기로 하였어. 우리는 성당에 가서 각자 종이쪽지에 붉은 별을 그리고 거기다 자기의 소원을 적기로 하였어. 그랬더니 한 사람도 빠지지 않고 '이자벨이 건강해지는 것'이라고 적었던 거야.

밤늦게 성당에서 돌아와 아빠는 예년과 다름없이 크리스마스 트리에 촛불을 켰고 식구들은 '주님 오셨네'를 합창하였지. 그런데 이것이 말썽이었어. 촛불이 타면서 방안에 산소가 부족해져 네가 갑자기 숨이 막혀 쓰러지기에 이른 거야. 누군가가 급히 베란다 문을 활짝 열었고, 우리는 이 순간 모두가 눈물 흘렸어. 잠시 뒤 네가 숨을 돌이킬 수 있었고 우리도 진정하게 되었지. 그제서야 각자가 크리스마스 트리 앞에 쌓아 두었던 선물들을 그 주인을 찾아 나누어 주었어. 그날 밤 여러 사람들의 선물 가운데에서 가장 값지고 멋있는 것이 네가 준 선물이었어. 나는 네가 뜨개질한 흰 스웨터를 받았고, 마티아스는 테니스 조끼를 받았어. 우리는 저마다 받은 선물 하나하나를 풀어 보고 선물 속에 있는 편지를 모두들 앞에서 읽었어. 많은 친지들이 너와 우리에게 선물과 함께 용기와 기쁨을 담아 보냈지. 그날 받은 선물 가운데에 아직도 인상깊게 남아 있는 것은 할머니와 친분 이 두터웠던 일본대사관 직원들 부인들이 네가 많이 아프다는 소식을 전해 듣고 네가 낫게 되길 바라는 희망의 상징으로 종이 로 접은 학을 100개 넘게 보내 왔던 거야. 그날 크리스마스는 촛불 사건으로 모두들 잠시 충격을 받긴 했지만 영원히 잊을 수 없는 감명 깊은 크리스마스였어.

성탄 다음날, 크리스찬과 마티아스가 '검은 숲'에 있는 베크 씨의 콘도로 떠났지. 우리 식구들은 벌써 14년째 크리스마스를 그 곳에서 지내고 있었어. 그래서 우리는 베크 씨 내외와는 한 집안 식구처럼 가까이 지나는 사이가 되었어. 마침 베크 부인이 그해 크리스마스 전에―우리 집 소식을 듣고―연락하여 크리 스찬과 마티아스만이라도 보내라고 했어. 12월 28일이면 너와 나는 다시 병원으로 가야 하므로 그해에는 송년회도 함께 할 수 없는 형편이었으니 그 애들이라도 떠난 것은 다행이었어.

우리가 그 동안 너에게만 모든 관심을 쏟느라 자연 그 애들에 게는 소홀할 수밖에 없었어. 그러나 생각해 보면 마티아스는 막내인데다 이제 14살에 지나지 않았으니 그 애로서는 여러 가지로 서운했던 점이 있었을 거야. 물론 가정부인 테레사 아줌마가 정성껏 돌보아 주었지만 그것이 어디 아빠나 엄마의 사랑을 대신할 수 있겠니? 그래서 그 애들을 베크 씨가 운영하는 콘도로 보내 마음껏 뛰놀고 오게 했던 거야. 마침 그 애들 동무들도 그곳에 온다고 해서 다행이라 생각했어.

　사람이 마음이 많이 아프면 넋이 빠지는 법인가 봐. 그 동안 마티아스도 마음이 아파서 넋이 빠져 있었던지 자칫하면 그때 큰 사고가 날 뻔했어. 벌써 말했듯이 그해에는 눈이 많이 왔고 검은 숲도 예외가 아니었어. 그 애들이 목적지에 닿았을 때 동무들이 플랫폼까지 마중을 나왔다는구나. 그래서 크리스찬은 먼저 내려 친구들과 껴안고 악수하느라 정신이 없었대. 그러다가 문득 보니 기차를 함께 타고 온 마티아스가 보이지 않더래. 그래서 미처 내리지 않은 것으로 생각하고 기차 창문 밖에서 이름을 부르며 찾느라 야단법석을 했는데도 보이지 않더래. 그러는 사이 기차는 떠나갔고……. 기차가 플랫폼을 다 빠져나가자 마티아스가 기차가 지나간 선로 건너편 깊은 눈덩이 속에 트렁크를 들고 빠져 있더래 글쎄. 마티아스가 넋이 나가 플랫폼 반대편으로 내렸던 것이었어. 물론 그때 모두들 웃고 말았지만 그렇게 멍하니 있다가 사고를 당할 뻔했지. 이 말을 듣고 나는 정말 아찔했어.

7

12월 28일에 다시 퀼른 병원으로 가게 되었지. 이제는 우리도 얼굴이 익어 의사나 간호사들은 물론 다른 입원 환자들도 우리를 반갑게 맞아 주었어. 이 종양센터에서는 치료를 오래 받을수록 환자들 사이에는 운명공동체 같은 유대의식이 자연히 생긴다는 것을 우리는 그때까지 모르고 있었어.

우리가 병원을 떠나기 전 자주 보았던 스카프로 머리를 멋있게 묶고 있던 젊은 여인과 머리가 유난히 희던 할머니가 보이지 않아 걱정이 되어 청소하는 아주머니에게 물어 보기도 했지.

우리는 지난번에 입원했던 방에 다시 들어갔으므로 마치 우리집 어느 방에 돌아온 듯한 착각도 할 수 있었어. 이번에는 텔레비전과 더구나 네 플루트를 가지고 왔지. 나는 1월 6일까지는 직장 근무를 쉬는 데다 아들들도 떠나고 없었으니 마음 쫓기는 일이 없었어. 29일에는 정맥 카테터가 다시 꽂혔고 30일에는 예정대로 다시 치료가 시작되었지.

나는 이 정맥 카테터를 생각하면 지금도 소름이 끼쳐. 그날 우리는 병원 셔틀버스를 타고 병원 본관 건물에 함께 갔었지. 목 언저리에 카테터를 꽂는 것은 그렇게 간단한 것이 아니었어. 그런데 그것을 번번이 경험도 없는 젊은 의사가 하는 것이었어. 그날 따라 이 일을 맡았던 풋내기 의사가 나를 진료실 밖으로 내쫓으려고 했지. 그 사람 무엇인가 단단히 착각하고 있었던 거야. 너와 나는 그럴 수 없다고 완강히 버티고 있었지. 나중에는 그 젊은 의사도 내가 함께 있었던 것이 다행이었다고 생각했잖니. 그렇게 큰 병원에서 의사들이 환자들에게 일일이 따뜻하게 보살펴 줄 수 없는 바에야 차라리 보호자라도 그런 일을 대신하도록 하는 것이 훨씬 도리에 맞잖아. 왜 병원 측에서 보호자의 이런 구실을 활용 못 하는지 이해할 수 없었어.

카테터가 꽂히고 난 뒤 약이 카테터에 한 방울 한 방울 흘러 들어가는 약병을 머리 높이로 치켜들고 네가 일어났어. 이를테면 네 팔이 약병 받침대가 된 셈이었지. 그러고 병원 버스를 타고 병실로 돌아온 거야. 카테터를 꽂는 수술을 받고—어쨌든 수술인데—30분 만에야 침대에 눕게 된 것이었어. 나는 이 광경을 지켜보며 너무나 마음이 아팠어. 그러면서도 내가 마음 아파하는 것을 네가 눈치채지 않게 하느라 애를 먹었지. 병원에서는 환자를 치료해서 사람의 목숨을 구해 준다고 하지만 앞으로 겨우 몇 주 또는 몇 달밖에 살지 못할 사람들을 병원에서 왜 좀 덜 고생스럽게 못 해 주는지 나는 도무지 이해할 수 없었어. 통증을 덜어 주는 것만이 환자들을 위하는 것이 아니라 이 환자들을 좀더 인간답게 대해 주는 것이 참되게 환자들을 위하는 것이라고 생각했어.

우리는—너와 아빠 그리고 나, 이렇게 셋이—송년회를 하기로 하였고, 12월 31일에 아빠가 병원에 오셨지. 그런데 병실에는 보호자 침대가 하나였으니 아빠나 나나 한 사람은 집에 돌아가야 할 처지인데도 서로 돌아가지 않겠다고 한 것 너도 알지? 어떻게 결말을 냈는지는 기억 나지 않지만 어쨌든 우리는 그해의 마지막 시간을 함께 오붓하게 지냈어.

그날 저녁 처음에는 트럼프 게임을 했지. 그때 우리는 정말 많이 웃었어. 보통 때 같으면 내 카드를 빼앗아 가면서도 지지 않으려고 기를 쓰던 아빠가 이 날은 너를 즐겁게 해 주려고, 지려고만 카드를 내놓다 보니 카드 놀이가 엉망이 되어 버렸지. 네가 받아가기 바라고 내놓은 카드를 내가 자꾸 받아가게 되었으니 네 아빠 얼굴이 그때 묘했잖니? 지금도 그때 네 아빠 얼굴을 생각하면 웃지 않을 수가 없어.

그날 밤 우리는 야근 간호사들을 병실로 초대하여 밤참을 대접했고, 자정이 지나고서는 오래도록 불꽃놀이를 내다보고 있었어. 그러면서 새해를 맞았지. 새해를 맞는 순간 모든 사람들이 다 그렇듯이 우리들도 새해에는 과연 어떻게 될까 하고 생각에 잠겼지. 그러나 우리는—다른 사람들과는 달리—그 순간 새해에는 과연 네가 다 낫게 될까 아니면 너를 영영 잃고 말 것인가 하는 갈림길을 생각하고 있었어.

1월 6일, 두 번째 HOK 치료가 끝났어. 너는 이번에도 그 고통스럽고 힘든 치료를 용하게도 잘 이겨 낸 것이었어. 치료가 끝나고 바로 며칠 동안이 가장 통증이 없다는 것을 너는 그때 벌써 알고 있었어.

그래서 너는 이 시간을 병원 밖에서 즐겁게 지내고 싶어한 나머지 L교수에게 재치 있게 그런 뜻을 밝혔지. 집에서는 역시 기침이나 코감기에 걸리기 쉽다는 교수님 말에, 왜 꼭 그렇게 안 좋은 쪽으로만 보시느냐, 이 병원에도 청소걸레 같은 데에 세균이 있어 기침이나 코감기를 얻을 수 있는 것 아니냐 하면서 ……. 결국 교수님은 네 논리에 못 당한 것이 아니라 네 애교에 무력해지셨어.

그 다음 예거 교수의 승낙을 받아내는 것은 훨씬 더 어려웠지. 네 크고 예쁜 눈 덕분에 너는 면역결핍증이 심한 5일 동안만 병원에서 지내고 집으로 가도 좋다는 승낙을 받아내었어. 퇴원하기 전에 네 백혈구 수치가 빨리 정상으로 되돌아 오도록 하려고 수혈도 여러 번 받았지. 물론 당분간은 아무와도 만나지 않겠다는 약속을 하고서야 허락된 것이지만.

나는 이 시기에는 모든 것이 순조롭게만 풀려 가는 것을 느낄 수 있었어. 너 또한 건강 상태가 많이 좋아졌다는 것을 스스로 느꼈으며 앞으로 21일을 집에서 재미있게 지낼 수 있다고 흥분하고 있었지.

그래서 우리는 여러 가지 계획을 세웠어. 백혈구 수치가 어느 정도 올라가면 친구들도 집에 오게 할 생각이었지. 가발도 여러 개 마련했지만 하나같이 마음에 들지 않았어. 역시 제 머리카락보다 좋은 것은 없다고 생각했어. 그러자 너는 차라리 모자를 쓰고 모자 밑으로 머리카락이 조금 나오게 하는 것이 좋겠다고 해서 모자를 여러 개 마련하게 되었지.

마침내 며칠 동안 무사히 지낸 뒤 네 친구들이 찾아왔어. 마렌도 휠체어를 타고 너를 찾아왔지. 그때 마렌이 너에게 깨우쳐 준 것은 정말 귀한 것이었어. 마렌은 그 당시 벌써 7년째 소아마비로 마음대로 거동을 못하고 있었으므로, 어떻게 자신이 받은 운명에 순응하고 자기 삶을 나름대로 보람 있고 행복하게 보

내야 할 것인가 하는 비결을 터득하고 있었던 거야. 그런 점에
서는 그 애가 너보다 훨씬 성숙해 있었지. 그래서 너도 마렌을
만난 뒤 어떻게 고통을 이겨 내며 앞으로 살아갈 것인가를 구상
하기 시작했고 용기를 갖게 되었어. 그날부터 너는 인생을 행복
하고 불행하게 살아가는 차이에 대하여 진실로 깊이 생각하기
시작하였던 것 같애.

세 번째 치료가 시작될 때까지 우리는 오랜만에 행복하고 한
가롭게 지낼 수 있었어. 이제부터는 한시름 놓아도 될 것이라고
나는 굳게 믿고 있었어. 그래서 생활 리듬을 정상으로 되찾게
되었어. 아빠는 직장일로 바빴고 크리스찬과 마티아스는 저마다
직장과 학교에 전념하였고, 테레사 아줌마도 날마다 오전에 와
서 집안 일을 처리해 주었어. 나도 날마다 8시 이전에 사무실에
나갈 수 있었고 때로는 한두 시간씩 더 오래 사무실에 남아 밀
린 일들도 처리할 수 있었어. 너는 날마다 아침 10시까지 자고
일어나면 목욕을 했지. 때로는 할머니와 내 친구들이 집에 와
있어 주었고……. 할머니는 가끔 손수 만든 음식을 들고 오셨
고, 또 때로는 일본인 친구들이 너를 위해 장만해 준 도시락도
가지고 오셨어.
　너는 가끔 내 사무실로 전화하여 오후에 함께 할 일을 의논하
기도 했어. 내 사무실이 집에서 아주 가까이 있는 것이 정말 다
행이었지. 무슨 일이 있으면 당장에 달려갈 수 있었거든. 그래
서 너도 마음이 놓였던가 봐.
　내가 점심때 집에 오면 식사도 마련되어 있었고 청소나 빨래
도 다 되어 있어서 오후에는 얼마든지 너와 함께 지낼 수 있었
어. 이렇게 모든 것이 정상으로 돌아가기 시작했던 거야.

세 번째 치료가 시작되기 며칠 전에는 함께 시내에 물건도 살 겸 구경도 나갔잖아? 물건 사러 나가는 것을 너는 매우 즐거워 했어. 차를 담는 작고 예쁜 그릇통도 샀고 작은 반지도 샀으며, 여름에 수영복을 넣고 수영장에 들고 갈 가방도 샀어. 그것들이 꼭 사야 할 물건은 아니었지만 이것저것 사고 다녔지.

그 반지는 언젠가 선물로 한 번 받아 보았으면 하고 꿈꾸던 진주 반지였고, 차를 담는 그릇통은 뒷날 네 혼숫감으로 생각했지. 그리고 수영복 넣는 가방을 들고 거울 앞에 서 보고서는 어느 땐가 카리브 해안에 휴가 갈 꿈에 빠져 보기도 하였지.

내 평생에 이때처럼 '시내에서 물건을 구경하고 살 수 있다'는 그 사실 자체가 즐거울 때는 없었어. 우리가 이 정도의 재력이 있는 것 또한 고맙게 느껴졌어. 암을 앓고 있는 아이들의 부모들 가운데 얼마나 많은 사람들이 꼭 필요한 물건마저도 사지 못하고 있을까 하고 마음 아파하기도 했어.

즐거웠던 날들도 끝나가고, 너는 월요일인 2월 1일에는 다시 쾰른 병원으로 가야만 했어. 그래서 우리는 그 전날인 일요일을 재미있게 지낼 궁리를 하였고 결국에는 몰트케 씨 식구들과 함께 지내기로 했지. 우리는 그 집 식구와는 아무 격식 없이 가까이 지냈고 그 집 아이들과 너희들이 유치원부터 중학교까지 함께 다녔잖니. 그 집 아들 요한네스와 너는 아모스중학교에도 함께 입학하였을 뿐만 아니라 그 집 쌍둥이 다니엘과 도로데아는 우리 집 막내인 마티아스와 동갑이었고, 더구나 마티아스는 다니엘과 가장 친하게 지냈잖니?

그것은 우리에게 큰 다행이었어. 왜냐하면 마티아스가 그 무렵 매우 의기소침하여 우리가 걱정하고 있었는데 마침 몰트케 씨 내외가 마티아스를 자기 집에 와 있게 해 주었거든. 몰트케

씨 내외는 마티아스에게 언제든지 자기 집에 와서 지내도 좋다
고 하면서 집 열쇠까지 주었어. 그 당시 외로워하던 마티아스에
게는 굉장한 위안이 되었던 거야.
 우리는 몰트케 씨 식구들과 테니스 클럽에서 만나 아침겸 점
심을 함께 먹고 재미있게 지냈어. 뒤늦게 태어난 그 집 갓난아
기 야콥도 왔지. 그날 우리는 모든 것을 잊어버리고 그저 즐겁
게 웃으며 지냈어.

8

2월 1일. 우리는 다시 쾰른 병원에 갔어.

그런데 병원에 다시 가기 며칠 전부터 너는 왼쪽 발목이 아프다고 했어. 작년에 받은 수술과 연관이 있는 것인지? 어쩌면 발목관절 속에 박아 둔 못이 잘못된 것인지? 혹은 암과 어떤 관계가 있는 것인지?

어쨌든 병원에 가서 방사선 검사부터 받았어. 그러나 검사 결과를 검토한 의사들마다 의견들이 분분했어. 어떤 의사는 무엇인가 수상하다고 했고, 또 다른 의사는 관절 속에 박아 둔 못이 원인이라고 했어.

논란 끝에 종양 치료가 두 번 더 끝나는 시점에 가서 수술하여 못을 없애기로 일단 결정이 내려졌지. 그러나 우리에게는 진단 결과가 어쩐지 미심쩍기만 했어. 우리는 이런 어정쩡한 것을 보고 그냥 지나가는 성격이 아니었지만 네 병세가 나아지고 있는 데만 도취하여 발목 문제를 소홀하게 생각했던 거야.

이번에는 치료받는 중인데도 너를 하루 동안 집으로 데리고 갈 수 있었어. HOK 치료는 나흘째가 되는 날 하루를 쉬게 되어 있었는데 마침 그날이 토요일이었어. L교수가 회진 나온 기회를 이용하여 승낙해 줄 것을 간청했지. 물어서 손해 볼 일도 없었으니까. 의사 선생님들이 이런 경우 잘못되는 일이 생기면 어떤 책임을 져야 한다는 것은 물론 알고 있었어.

그러나 한편으로는 환자가 집에 가서 마음의 안정을 찾는 것도 치료에 크게 도움이 된다는 것을 믿고 있었지. 그것은 환자의 마음에 안정을 가져다 줄 수 있고 지긋지긋한 치료의 고통도 잠시 잊게 해 줄 수 있는 것이거든. 뿐만 아니라 환자들이 그런 식으로 기분전환을 하면서 오히려 삶의 보람을 더 느끼고 또 치료를 감수하겠다는 의욕도 갖게 될 수 있으니까.

다행히 L교수는 이러한 사실을 인정하고 우리를 집으로 보내 주었어. 왜 병원 측에서 특수한 환자에 한하여 융통성 있게 결정할 수 있는 권한을 의사들에게 더 주지 않는지 이해할 수 없는 일이었어.

이 세 번째 치료를 받는 동안 너에게 이상한 징후가 나타나기 시작했던 것 같애. 너는 자주 기운이 없고 우울증에 빠지곤 했어. 너는 우리가 네 병 때문에 너무 고통을 받는다는 생각에 사로잡혀 매우 괴로워하기도 했지. 그 당시 너와 나누었던 대화를 나는 아직도 생생히 기억하고 있어. 너는 우리 식구들이 네 병 때문에 너무 고생한다고 말했지. 그래서 나는 그것을 절대로 고생이라 생각지 않고 오히려 자식과의 관계를 더욱 돈독하게 할 수 있는 좋은 계기로 생각한다고 설명했지.

사실 내가 살면서 그때처럼 어버이가 된 보람을 느낀 적은 없었어. 내가 있다는 사실만으로 네 두려움을 덜어 준 것은 사실 아니었니? 어쩌면 그 당시 어느 의사가 지나치며 하는 말을 듣고 네가 과민반응을 보인 것이 아닌지 모르겠어.

어느 날 당직하던 의사가 아침에 이어 저녁에도 내가 병실에 있는 것을 보고

"아니, 아주머니, 아직도 여기 계세요?"

하고 이상하다는 듯한 표정을 지으며 물었지. 그래서 내가

"우리 딸이 치료를 받는 동안 딸 옆에 있을 거예요. 저는 여기서 휴가를 즐기고 있는 느낌이에요."

하고 대답했어. 그랬더니 그 의사는

"무슨 말씀이에요? 병원에서 즐기시다니."

하며 놀라면서 되물었지. 사실 나는 그때 너와 함께 있는 것을 휴가처럼 즐기고 있었어. 회사에는 10일 동안 휴가원을 내놓았고 또 다급히 해야 할 일도 따로 없이 오로지 너를 돌보는 일에만 전념할 수 있었어. 내가 너 옆에 있는 것만으로 너에게 큰 도움이 된다는 것을 알고 보람을 느끼고 있었던 거야.

이 세번째 치료 기간 동안 너는 여의사인 P박사를 알게 되었어. P박사는 쾰른 대학병원 소아과에 스탭으로 근무하고 있었으며 나와는 10년째 알고 지내던 사이였지. 네가 처음으로 쾰른 병원에 입원하고 내가 좌절감에 빠져 있던 어려운 때에 P박사를 찾아가 대화하기 시작했어. P박사는 그때 나에게 여러 가지 면에서 도움을 줄 수 있었어. 무엇보다 남의 말을 참을성 있게 들어 줄 수 있는 사람이었으니까.

P박사는 사람은 자신이 곧 죽게 된다는 사실을 알면서도 살 수 있다는 용기를 버리지 않는다는 사실과, 또 죽음 앞에 부닥친 사람에게 모든 것을 비밀로 하는 것이 꼭 그 사람을 돕는 것이 아니라는 사실을 깨우쳐 주었어. 죽음과 싸운다는 것을 알았

을 때 대응하는 방법도 사람마다 다르다는 것도 배웠지.

P박사가 깨우쳐 준 것 가운데 더욱 중요한 것은, 도저히 희망이 없는 단계에 이르러서는 사랑하는 자식이 오히려 편안하게 죽을 수 있게 해 주어야 한다는 사실이었어. 목숨을 무조건 늘여 주는 것이 옳은 일이라 할 수 없고, 오히려 하느님이 정해 주신 운명에 순응하는 겸손을 배워야 하겠다는 것을 깨달았던 거야.

P박사가 너를 찾아와 너와 이야기하는 것을 너도 좋아했잖니? 나중에는 네가 그분과 서로 절친한 사이가 되어 온갖 이야기를 했던 것으로 알고 있어. 네가 마티아스로부터 처음으로 편지를 받고 무척 기뻐했던 것도 그때였어.

　사랑하는 누나!
　무슨 말부터 해야 할지 몰라 내가 누나를 처음 보았을 때부터 시작하기로 했어. 아마 그것은 내가 아기 침대에 누워 있을 때였을 것 같애.
　누나는 언제나 개구쟁이였지. 침대 위에서 뛰고 구르고 난리법석이었어. 누나의 느낌은 처음부터 강열했어. 시간이 가면서 우리는 잘 자랐어. 누나가 언제나 내 곁에 있어 주었고—오늘도 그렇듯이—나를 도와주었어. 나는 늘 철이 없었어—지금도 그렇지만. 그것을 나는 느끼지 못했던 거야. 차츰 커 가면서 우리는 싸움도 많이 했어. 너무 용감했다고 할까……
　세월이 흐르면서 남자아이 같은 누나가 어여쁜 여자가 되어가기 시작했어. 이때 나는 개구쟁이 동무를 잃게 되는 것으로 생각했지. 그래서 누나를 더 못살게 굴었던 것 같애. 아빠가 누나를 나보다 더 귀여워할 때 나는 샘을 내었어.
　그러면서 어느덧 누나가 유치원에 가기 시작했어. 나는 같이 갈 수도 없고 점심 시간까지 집에서 누나만 기다리고 있어야 했어. 나는 창가에 붙어 서서 누나 얼굴이 보일 때까지 기다리고 있었어. 창가에서 기다리는 나를 보면서 누나는 언제나 환하게 웃어 주었어.

뒷날 내가 누나를 따라 유치원에 갔던 날이었어. 나는 무척 좋아했어. 그런데 누나의 치맛자락만 잡고 있는 나에게 누나는 다른 아이들을 가리키며 그쪽으로 가라고 했어. 그때 나는 누나가 나를 싫어해 쫓아 보내는 것으로 생각했어. 다른 아이들과 함께 놀라는 것인 줄 미처 몰랐지.

그 다음에는 누나가 초등학교에 갔고 나도 1년 뒤에 초등학교에 들어가서 함께 다녔어. 학교 안에서는 모두가 누나를 좋아했어. 그래서 심지어 내가 다른 아이와 싸우는 일이 생겼을 때도 모두들 내 편이 되어 주었어. 누나의 덕을 단단히 본 것이지. 중학교에서나 테니스 클럽에서도 누나는 나에게 언제나 든든한 힘이 되어 주었어.

사랑하는 누나.

누나는 언제나 내 보호자 노릇을 했고 누나의 이런 보살핌이 나에게는 아직도 필요로 한다는 것을 말하고 싶어. 꽃봉오리가 햇볕을 보아야 활짝 필 수 있듯이 나는 누나의 활짝 웃는 얼굴을 보아야 하는 거야.

사랑하는 누나.

우리 모두 누나가 필요하고 사랑하고 있으니 제발 용기를 잃지 말고 하루 빨리 나아 활짝 웃으며 집으로 돌아오길 빌어.

우리 집 꼬마가

2월 15일에는 우리가 다시 집으로 가게 되었고, 치료는 앞으로 4주 동안 쉬기로 되었어. 너는 아주 기뻐하였지. 무엇보다 네 건강이 많이 좋아졌고 그래서 너는 몇 달 만에 병을 이겨 낸 것으로 생각하고 있었어. 심지어 그 동안 하지 못한 학교 공부를 어떻게 만회할 것인가 하고 고민에 빠지기도 했어. 그래서 너는 스스로 생활계획표를 만들어 뒤떨어진 공부를 만회하려고 애를 썼지. 그렇게 하는 것이 날마다 막연히 지내는 것보다 훨씬 보람이 있다고 너 자신이 생각하고 있었어.

그래서 우리는 아모스고등학교에 다니는 한 학생에게 날마다 한두 시간씩 너에게 과외 지도를 해 주도록 부탁했어. 과외 시간이나 진도는 네가 결정했어. 너는 이렇게 병을 이겨 내었고 또다시 건강해질 수 있다는 것을 확실히 믿고 있었던 거야.

　　사랑하는 캐롤린에게.

　　나는 이제 98퍼센트까지 나았어. 머지않아 지긋지긋한 치료도 끝날 것 같아 말할 수 없이 기뻐. 어쨌든 아직은 한 번 더 치료를 받아야 하고—어쩌면 그 다음에 또 한 번 더 받아야 할지 모르지만. 그러고 나면 틀림없이 지긋지긋한 치료는 끝장일거야. 그날이 오면 내가 좋아서 춤을 추게 될 것 같애.

　　그뿐 아니야. 머리카락이 새로 나오기 시작하고 있어. 그래서 마티아스는 내 머리를 거북이 등 같다는 둥 아기코끼리 같다는 둥 하면서 놀리고 있어. 내 머리에 코끼리 새끼같이 솜털이 총총히 나왔대, 글쎄. 그래도 '오냐, 놀려 먹어라' 하고 내버려두고 있어. 악의가 있는 것은 아니니까.

　　오늘 마티아스가 병원에 입원했어. 비후염인데 콧잔등 뼈의 벽을 깎아 내야 콧물이 잘 나올 수 있대. 아마 한 열흘쯤 병원에 있어야 하나 봐.

　　나는 요즘 날마다 할 일을 계획하여 그대로 해 나가고 있어. 그렇게 하니 훨씬 효과가 좋은 것 같애. 하여튼 반 년 정도 공부가 뒤떨어졌으니 빨리 뒤쫓아가야지.

　　편지 고마웠어.

　　그럼 내가 가장 사랑하는 친구야, 잘 있어.

1982. 2. 16.

이자벨

나는 2월 16일 마티아스를 병원에 입원시켰어. 그런 대로 간단한 병이었어. 그 애는 비후염으로 늘 콧물을 훌쩍였지. 그만한 것으로 수술을 서둘 일도 아니었지만 너와 함께 있는 것이 꺼림칙해 수술시키기로 결정한 것이야. 너에게 면역결핍증이 있기 때문에 세균 감염을 염려한 나머지 그 동안 마티아스를 너와 함께 있지 못하도록 몰트케 씨 댁에 가 있게 했어. 그러나 언제까지 이런 식으로 그 애를 오랫동안 남의 집에 맡겨 둘 수도 없었고, 또 마침 마우라 교수님도 수술을 해 버리는 것이 좋겠다고 말씀하셨어. 수술은 간단한 편이었지만 마티아스는 몹시 불안해하였지. 아마 그 동안 내가 그 애를 자상하게 돌보아 주지 않았던 탓도 있겠지만 자기도 관심과 따뜻한 보살핌을 은근히 바라고 있었던 것 같애. 막내잖니! 그러나 그 애도 스스로 죄다 이겨 냈어.

마티아스가 병원에서 퇴원한 뒤부터 우리 식구들은 네 열여섯 번째 생일인 3월 2일을 어떻게 지낼까 하는 생각에 골몰했어. 생일 잔치가 너에게 무리가 되어서는 안 되겠지만 그래도 우리는 그날을 많은 친지들과 함께 네가 빨리 나을 것을 기원하고, 그런 뜻에서 그날을 성대하게 보내고 싶었어. 초청할 사람들을 헤아려 보니 모두 24명이었어. 그래서 우리가 자주 다니던 미국 클럽에 자리를 미리 예약했지.

이 잔치 문제로 한동안 모두들 매우 바빴어. 우선 식당 자리 배정과 초청장 발송은 네가 맡아하기로 했지. 그래서 너는 남을 제일 잘 웃기는 지그프리트 외삼촌과 로우 아주머니의 남편인 알버트 아저씨를 네 양 옆자리에 앉도록 했어. 그리고 초청장은 네가 그려서 네 사진을 붙이고 한 사람 한 사람에게 꼭 참석해 달라는 정중한 편지를 썼지. 정말 모두가 올 것인가 하고 너는 은근히 걱정도 하였지.

그러나 그런 걱정은 필요가 없었어. 주중인데도 한 사람도 빠지지 않고 모두가 와 주었어. 로우 아주머니와 알버트 아저씨는 캐롤린과 악셀을 앞세우고 왔고, 지그프리트 외삼촌과 울리 숙모는 물론, 그리고 이네스가 멀리 뮌헨에서 아픈 몸을 이끌고 와 주었어. 사실―의사 선생님의 예상과 같이―이것이 네 마지막 생일이 될 것이라는 것을 모두들 짐작하고 있었지만 그 사이 너무나 좋아진 네 모습을 보고는 모두가 놀라워했단다. 우리는 너에게 영원히 기억에 남을 멋진 생일 잔치를 해 주려고 애를 썼어. 이것이 마지막 생일 잔치라는 생각에 가슴이 메이기도 했으나 한편으로는 너와 함께 잔치를 할 수 있다는 사실이 고마웠어. 지금도 우리는 이날의 추억을 되새기면서 흐뭇해한단다.

생일 다음 주말에는 너와 함께 모두―크리스찬과 마티아스도 함께―로우 아주머니 댁을 찾아 벨기에에 갔지. 그만큼 네 건강이 좋아졌던 거야. 너는 매우 기뻐했어. 무엇보다 악셀을 만난 게 반가웠던 것 같았어. 너희들 눈빛이 달랐고 서로 눈짓으로 이야기하고 있는 것을 느낄 수 있었어. 지금은 악셀이 정원 설계사로 완전히 성공해 기반을 잡았단다.

악셀의 아버지 알버트 아저씨는 작년에 테니스를 치다가 갑자기 심장마비를 일으켜 세상을 떠났어. 그거야 네가 벌써 저승에서 다 알고 있겠지만……

우리가 갔던 주말이 마침 악셀의 생일이었잖니. 그 생일 잔치가 마치 너희들 둘을 위한 것 같았어. 생일케익도 물론 너희들 둘이서 함께 잘랐고. 로우 아주머니는 너를 즐겁게 해 주기 위해 정말 모든 정성을 다 쏟았지. 하긴 우리가 그 집에 가면 늘 만족해했잖니. 우리 부모님과 로우의 부모님도 친구였으니까 이

댁과도 삼대째 우정이 이어지고 있는 셈이란다. 우정이 대대로 이어지는 것을 바라보면 특별한 보람을 느낄 수 있어.

내 천사 도리스에게.

내 건강은 날마다 좋아지고 있어. 그래서 그 동안 벨기에에도 다녀왔어. 오늘 오후에는 시내에 구경도 갈 계획이며 오는 목요일에는 한 시간쯤 학교에도 가 볼까 하고 있어. 이 만큼 건강이 좋아졌어. 정말 네가 상상도 못 했던 일이지? 그러나 나는 너희들처럼 진학은 못 할 것 같애. 하는 수 없지 뭐, 재수해야지.

어제는 테니스 클럽에 한 번 가 보았어. 팀 동무들도 만났어. 그런데 그 애들 아주 웃기더라. 나를 보고 어떻게 대해야 할지 몰라 쩔쩔매는 것 있지?

하긴 대부분의 사람들이 다 그래. 어떤 사람은 내가 많이 달라졌다고 그래. 우리 외삼촌은 내가 그전처럼 명랑하지가 않대. 나는 하나도 변한 것이 없는데…… 사람들이 그렇게 대할 때마다 모두가 낯선 사람같이 느껴지고 슬퍼져. 모두들 그러지 말고 예전과 꼭 같이 대해 주면 좋겠어.

그 동안 우리 부모님이 너무 고생하셨어. 불쌍해.

사랑하는 도리스야!

부모님께 대신 문안 드려 주면 고맙겠어. 안녕!

1982. 3. 9.
이자벨

너는 병원에 다시 입원하기 전에 학교를 꼭 한 번 다녀오고 싶어하였지. 그러나 학교에 갔던 그날 너는 실망만 하고 돌아왔어.

너는 건강한 모습으로 동무들을 놀라게 해 주고 싶었지만 친구들과 선생님은 뜻밖에 너를 보고 어리둥절하여 어찌할 바를 몰랐던 거야. 너는 멋있는 옷에 빨간 베레모를 쓰고 요란한 스카프를 목에 걸치고 거기다 색안경까지 끼고 학교에 갔지. 네 그런 모습은 모두가 상상했던 중태에 빠진 환자의 모습이 아니었으니 동무들은 그냥 어리둥절했으며 네 얼굴을 자세히 들여다볼 용기가 나지 않았던 거야. 그러니 그 애들이 너와 무슨 이야기를 할 수 있었겠니? 그 애들은 너에게 물어 보고 싶은 것이 많았지만 누구 하나 말하지 못했어.

'너 암에 걸렸다지?'

'너 곧 죽게 되니?'

하고 그 애들은 묻고 싶었던 거야. 그러나 그 애들은 너에게 마음의 상처를 주지 않기 위해 입을 다물었을 거야. 그렇다고 너하고 날씨나 학교 이야기를 할 수 있는 노릇은 아니잖니? 사정이 그렇게 된 것이었어.

그러나 네 생각은 그렇지 않았어. 너는 그 애들이 모두 너에게 달려와 너를 반기고 용기를 내라고 격려도 해 주고 병원에 문병도 가겠다는 약속도 해 주길 고대했어. 사전에 아이들에게 마음 준비를 시켰으면 하고 생각도 했지만 그것도 쉬운 일은 아니었어.

9

3월 15일. 너는 네 번째 치료를 받으려고 다시 병원에 입원했지. 이번 치료 기간에는 아빠가 너와 함께 있기로 했어. 병원에서는 이번 치료 기간에는 새로운 DTIC 방법을 시험해 보기로 하였어. 그러나 새로운 치료 방법은 너에게 잘 맞지가 않았어.

병동 환자들은 서로 병실을 찾아다닐 정도로 친숙해 있었기 때문에 서로 많은 정보가 교환되기도 하였어. 입원 환자들 말에 따르면 항암 치료는 거듭할수록 종양세포 자체에 저항력이 생겨 치료 효과가 떨어진다는 것이었어. 우리는 그래서 이번에 치료 방법을 바꾼 것으로 짐작했지.

그러나 예거 교수는 한 번 더 새로운 방법으로 종양을 모두 죽여 보려고 치료 방법을 바꾼 것이라며 우리를 안심시키면서 HOB 치료는 다음날을 위해 당분간 아껴 두는 것이라고 설명해 주었어. 그런데 너는 DTIC 치료를 너무나 고통스러워했어. 이 새로운 방법의 치료를 받으면서 너는 이상하게 신경이 극도로 예민해졌고 잠도 잘 자지 않았어. 그리고는 함께 있는 아빠에게 삶과 죽음에 대한 질문을 많이 했대. 아빠는 그저 막연하게 대답하는데도 너는 상당히 자세히, 자꾸만 캐물어서 아빠가 쩔쩔맸다더라. 그래서 할 말이 없어진 아빠가 모든 사람이 전부 다 천당에 간다면 언젠가는 천당도 만원이 되어 문을 닫아야 되지 않겠느냐고 대답했대. 그랬더니 네가 더 이상 질문을 하지 않고 잠자코 있더래.

이번 치료 기간에 아빠가 너에게 음악과 미술에 다시 관심을 가져보도록 권했지? 네가 아프기 전에는 음악 연주하는 것을 매우 좋아했잖아. 아홉 살 때 너는 음악 학교에 혼자 가서 피아노 교습을 등록했어. 피아노가 있는 집 자녀들도 등록하기가 어려웠는데 어떻게 했는지 너는 등록을 했던 거야. 하는 수 없이 우리도 피아노를 샀고 그때 우리는 처음이자 마지막으로 할부구매라는 것을 하게 되었어. 그 뒤 너는 피아노를 열심히 배웠어. 그러면서도 너는 또 플루트를 배우기 시작했어. 그래서 이번에 병원에 갈 때 아빠가 플루트를 가지고 가 너에게 다시 시작할 것을 권유했던 거야.

네가 병원에서 플루트를 불기 시작하자 많은 사람들이 네 병실로 모여들었어. 처음에는 누가 플루트를 부는가 궁금해하고 왔지만—교수님까지—그 뒤로는 너에게 한 곡 청해 오는 경우도 많았어. 너는 플루트를 불면서 고통을 잊을 수 있었어. 그러나 너는 플루트를 불다가 자주 눈물을 흘리기도 했어.

한편 캐롤린의 생일이 다가오면서 너는 바쁘기 시작했어. 너는 그 애를 깜짝 놀라게 해 줄 선물을 하겠다며 노란 털실로 스웨터를 짜기 시작했던 거야. 그 애는 몸집이 가냘프고 머리가 길고 검기 때문에 나도 노란색 스웨터가 그 애에게 잘 어울릴 것으로 생각했지. 그러나 캐롤린이 곁에 없어 짐작으로만 뜨개질을 하다 보니 결국에는 너무 크게 되고 말았어. 너는 그것을 나에게 선물하기로 하고 다시 뜨개질을 시작했어. 너는 한 번 실패를 하면 기어코 만들어 내고야 마는 고집이 있잖았니. 덕분에 캐롤린과 나는 오늘까지도 그 노란 스웨터를 즐겨 입고 있어.

이 시기에 너는 아빠의 권유에 따라 그림도 다시 그리기 시작했어. 너는 병원에 있는 동안 동무들이 마침 병문안 오면서 가지고 온 보라색 아욱꽃을 파스텔 색깔로 그렸어. P박사가 최근 〈암과 싸우는 아이들이 그림으로 나타내는 표현 능력〉이라는 학술논문을 발표하였는데 네 아욱꽃 그림도 연구 대상에 포함되어 있었어. 네가 병을 앓기 바로 전에 온갖 화구들을 정물로 해 그린 그림도 있었지. P박사님은 그 그림이 매우 강한 인상을 준다고 했어. P박사가 연구 대상으로 삼았던 그림들을 텔레비전에서도 보도하였어.

이번 치료가 끝난 다음 너는 16일 동안 병원 안에서 완전히 격리되어 있어야 했어. 네 혈액도가 엉망인 탓이었지. 치료 뒤에 효과를 측정하는 검사 결과를 따르면 치료는 꽤 효과가 있었던 것으로 나타났고, 따라서 우리는 희망에 부풀어 있었지. 그래서 예거 교수님의 노고에 고마워하기도 하고 앞으로 어떤 계획을 가지고 있나 알아보려고 면담 신청을 하고 찾아갔지. 너도 함께 가겠다고 했지만 교수님은 우리 내외만 오라고 하셨어.

그날 교수님의 연구실에서 정중하게 마주 앉게 되었지. 교수님도 치료 효과를 축하하시면서 그 성과의 반은 의료진의 수고 덕분이고 나머지 반은 환자인 너와 그리고 함께 애쓴 부모 덕분이라고 기려 주셨어. 그런 다음 지금까지 치료는 겨우 시작일 뿐이며 앞으로 2~3년은 치료를 받아야 건강해질 수 있다고 말씀하셨어.

교수님의 말씀은 완전히 나을 수 있는 희망이 있다는 좋은 소식이었으나 우리는 그 순간 하늘이 무너지는 것 같은 충격을 받았어. 어떻게 2~3년을 더 견딘다는 말이니? 우리는 정말 이런 말씀을 기대하지 않았던 거야. 다시 한 번 머리를 심하게 얻어 맞은 심정이었어. 조금 전까지 너와 우리는 이제 몇 달만 더 지나면 모든 것을 완전히 이겨 내게 되는 것으로 생각하고 있지 않았니!

우리는 어찌할 바를 몰라 또 한 번 네 방문 앞에 서서 울고 있었어. 너에게 이 사실을 과연 어떻게 설명해 주어야 할 것인가? 퇴벨리우스 박사님같이 너에게 대신 설명해 줄 사람도 없었 잖니? 우리는 너에게 사실을 그대로 말해 줄 수밖에 없었어.

우리의 이야기를 들은 너도 매우 놀라는 얼굴이었어. 그때 너와 우리는—본에서 치료를 받는다면 몰라도—만약 쾰른의 대학병원에 2~3년을 더 갇혀 있어야 한다면 견뎌 낼 자신이 없었던 거야. 집과 직장 그리고 모든 생활 터전이 본에 있지 않니? 그렇다고 너를 쾰른 병원에 혼자 맡겨 둔다는 것은 상상도 할 수 없는 일이었고. 거기다 너는 동무들도 만나고 싶어 했잖니.

한동안 생각에 잠겨 있던 너는 예거 교수가 회진을 나오면 네 스스로 이것저것 의논하겠다고 했으며 그런 기회는 곧 찾아왔어. L교수와 아빠와 나도 함께 있는 자리였어.

"교수님, 의논 드릴 말씀이 있는데 시간이 있으세요?"
하며 네가 당돌하게 여쭈었어. 그러자 조금 놀란 듯한 교수님이

네 침대에 걸터앉으시며 네 다음 말을 기다리셨어. 너와 교수님
은 아무 말 없이 마주 앉아 한동안 서로 눈만 마주 보고 있었
어. 이때 우리는 숨이 막힐 듯한 긴장감을 느꼈지. 교수님은 네
말을 기다리고 계셨고 너는 어떻게 말씀드릴 것인가를 고심하고
있었던 거야.

"본에 있는 병원에서 치료를 받을 수 없을까요, 교수님?"

"왜, 내가 싫어서 그러니?"

"아니에요. 저는 교수님을 친할아버지같이 좋아해요. 하지
만……."

그러고는 네 생각을 조목조목 말씀드렸지. 교수님은 끈기 있
게 들으시면서 네 눈을 지켜보고 계셨어. 네 설명이 끝났는데도
교수님이 잠시 아무 말씀 없이 가만히 계실 때였어. 너는 갑자
기 엉뚱하게도 둘째손가락으로 교수님의 코끝을 툭 건드리면서

"제발 그렇게 해 주세요, 교수님!"

하며 방긋 웃으며 애교를 떨었어.

"좋아. 그럼 다음 번 HOK 치료는 본에서 해도 좋아. 하지만
그 다음에는 다시 이 병원으로 와야 해, 약속하겠지?"

우리는 뛸 듯이 기뻐했어. 면역결핍증 기간만 지나면 네가 한
동안 이 병원을 떠날 수 있게 된 것이었어. 우리는 부활절 휴가
를 검은 숲에서 지낼 계획도 마침 세우고 있던 참이었고…….

　사랑하는 캐롤린에게.

　이번에 받은 치료는 정말 고생스러웠어. 치료를 받는 동안에 웬
일인지 모든 의욕을 잃게 되었어. 이 병원은 이제 정말 지긋지긋
해. 물론 여기에서 일하는 모든 사람을 탓하는 것은 아니지만 어떻
게 하든 앞으로는 본에서 치료를 받을 수 있도록 해야겠어.

이번 치료 기간에 나는 정말 많이 울었어. 왜냐고? 희망도 없는 일에 공연한 고생만 더 하고 있는 것 같은 생각이 자꾸 들었어. 작년 11월에 차라리 죽었으면 좋았을 걸 괜히 살았다며 후회도 하였지. 아빠 엄마의 이야기를 들어 보니 그때는 정말 아슬아슬하게 살아 남은 것 같더라.

내가 왜 이런 말을 갑자기 하느냐고?

너도 한번 생각해 봐. 앞으로 2~3년을 더 이 고생을 해야한다고 하니 기가 막히는 노릇 아니니! 나는 다섯 번 정도만 치료하고 나면 모든 것이 끝나는 줄로만 알고 있었어. 그런데 갑자기 2~3년을 더 치료받아야 한대. 8주마다 병원에 입원하여 치료를 받아야 한다니, 그러자면 나는 자연 아무 것도 할 수 없는 것 아니니?

학교에도 갈 수 없고. 나는 앞으로 영원히 테니스도 할 수 없고, 머리카락도 없이 살아야 한다는 거야. 그러니 남자애들이 나를 좋아하지도 않을 것 같아 얼마 전부터 많이 고민하고 있어.

나는 요즘 나이가 비슷한 아이들이 그리워 못 살겠어. 그 애들과 어울려 이야기도 하고 싶고, 파티에도 가고 싶어.

보고 싶은 캐롤린! 내가 이렇게 침울하게 있다가도 머지않아 너를 만날 수 있다는 생각을 하면 금방 즐거워지기 시작해. 하루 빨리 서로 만날 수 있으면 좋겠어.

이럴 때 음악을 듣게 되면—네가 보내 준 멋진 음악 언제나 듣고 있어—마음이 가라앉고 또 순식간에 살아 있는 것이 그래도 다행이라고 느껴져. 머리카락이 없어도 가발을 쓰면 예쁘게 보일 수 있을 것 같고……. 치료 때문에 얼굴에 생긴 울긋불긋한 점도 곧 없어질 것 같고……. 갑자기 모든 것이 아무 문제가 되지 않는 것같이 느껴져.

너를 믿기 때문에 한 가지 물어 보아야겠어! 그러나 이것은 절대로 비밀을 지켜야 하는 거야. 악셀 오빠가 나를 좋아하는 것 같니?

나는 그 오빠를 좋아해. 나를 주책이라고 허물하지 마.

사실 나는 사랑을 한 번 받아 보고 싶어. 물론 우리 부모님이나,

우리 오빠, 동생도 나를 사랑하는 것 알고 있어. 그러나 그것은 남자친구에게서 받는 사랑과는 다른 것 아니니? 이런 말은 절대로 비밀이야.

의사 선생님이 몽타리베에 있는 너네 집 별장에 못 가게 했을 때 정말 속상해 혼이 났어. 이번에야말로 너와 휴가를 함께 한다고 무척 좋아하고 있었는데…… 그 지방 날씨가 내 건강에 좋지 않다니 난들 어쩔 수 없지 않니. 다음에라도 꼭 한번 함께 갔으면 좋겠어.

네 생일에 깜짝 놀라게 해 주려고 선물을 하나 만들고 있어. 이 선물을 받아 보면 내가 너를 얼마나 사랑하는지 알게 될 거야.

1982. 3. 29.
이자벨

사랑하는 캐롤린에게.

나 지금 혼자 있으면서 너에게 또 편지 쓰는 거야. 너에게 편지를 쓰고 있는 동안에는 내가 행복하다고 느낄 수 있어. 어제 보낸 편지 받고 너도 꽤 침울하게 되었지? 내가 고민하는 것을 말하다 보니 그렇게 되었어. 너밖에 또 누구에게 내가 속마음을 털어놓겠니.

내 장래문제에 대하여 부모님과도 많이 의논하고 있어. 그러고 나면 마음이 조금 가벼워지기도 해. 그래서 요즘은 내가 하고 싶은 일, 사고 싶은 것들만 생각하려고 애쓰고 있어. 그렇게 하면 역시 마음이 명랑해져. 그리고 너희 집 생각도 자주 해 봐. 너희 식구들이 나를 좋아하는 것을 생각하면 마음이 기뻐져. 다른 사람들이 나를 좋아한다는 것은 생각할수록 즐거운 거야.

오늘 교수님과 담판을 해서 내가 이겼어. 다음 번 치료는 본의 병원에서 받아도 좋다는 승낙을 기어코 받아낸 거야. 당분간 이 지긋지긋한 병원에 오지 않아도 되는 거야. 생각만 해도 기뻐. 내가 본에 있는 병원에 가 있는 동안 동무들이 많이 찾아와 주었으면 좋겠어. 이런 이야기가 너에게는 좀 우습게 들리겠지만 나에게는 매우 중요한 일이야. 내가 아프고 나서는 언제나 어른들 사이에만 있다 보니 동무들이 너무 그리워졌어.

네 생일 때까지 내 선물이 도착하지 않더라도 서운하게 생각하지 마! 처음 만든 것이 실패작이 되어 새로 만들고 있는 중이야.

나는 이번 부활절 휴가에 '검은 숲'에 갈 계획이야. 생각만 해도 가슴이 터질 것만 같애. 그 곳에 가서 몸도 좀 튼튼해지고, 입맛도 되살아나 먹고 싶은 것도 생기고 그랬으면 좋겠어. 그 곳에는 아직도 눈이 많다니 눈썰매도 타고, 눈싸움도 하고, 산책도 많이 하고……. 그래서 저녁에는 고단하여 깊이 곯아떨어져 자고…….

나는 지금처럼 혼자 있을 때면 마음이 슬퍼지기 시작해. 내가 바보인 것 같애. 오늘 밤에는 이 괴물 소굴 같은 병원에서 내가 처음으로 혼자 자야 해. 부모님들이 2주일만에 처음으로 집에서 함께 계셔. 그러니 오늘은 내가 전화해서 슬퍼하거나 울지 않아야 해. 엄마는 내 마음이 조금만 이상하다는 것을 느끼면 당장에 달려오실 거야. 그렇게 되면 부모님 심정을 망쳐놓을 테고.

요즘 나는 기운이 없어. 자주 울어서 그런지도 모르겠어.

1982. 3. 30.

간밤을 나 혼자 잘 버텨 냈어. 용케도 잠을 깊이 또 오래 잤단다. 부모님이 어제 집에 계시면서 마티아스를 돌봐 주신 것 정말 다행이었어. 그 애는 어제 사랑니를 뽑았거든. 사랑하는 캐롤린! 언제나 너를 생각하고 있어. 안녕!

1982. 3. 31.
이자벨

그런데 백혈구 수치가 예상했던 대로 빨리 올라가지 않아 네 퇴원이 자꾸 미루어졌지. 그러다가 부활절을 겨우 사흘 앞둔 목요일에야 간신히 집으로 갈 수 있게 되었지. 이번에는 네가 4주일 동안이나 병원에 있었기 때문에 집으로 싣고 갈 짐도 많았어. 네 화구며 책이며, 카세트, 그림들, 텔레비전 그밖에도.

너는 그날 집에 닿기가 바쁘게 '검은 숲'으로 떠나자고 졸라 대었어. 하긴 9일 뒤에 다시 병원에 입원해야 했으니 네 마음도 그만큼 조급했던 탓이겠지. 그래서 아빠와 나는 서둘러 짐을 챙겼고, 저녁에는 크리스찬을 비행장에 데려다 주고 왔지. 그 애도 실은 우리와 함께 '검은 숲'으로 가고 싶어했지만 벌써 오래 전에 회사 직원들과 그리스의 '코푸' 섬에 가서 잠수를 배우기로 약속이 되어 있었으니 어쩔 수 없었던 거야. 그렇게 되고 보니 '검은 숲'에 갔을 때 너와 함께 놀아 줄 사람은 마티아스밖에 없었어. 생각 끝에 우리는 몰트케 씨 댁에 연락하여 아이들 가운데에 우리와 함께 '검은 숲'에 갈 수 있는 사람이 없겠느냐고 물어 보았지. 마티아스와 동갑내기인 다니엘과 도로데아는 벌써 부활절 휴가를 떠나 버렸으나 다행히 요한네스가 이틀 뒤인 부활절날 기차 편으로 '검은 숲'에 내려오겠다고 약속해 주었어.

그때 '검은 숲'에서 보낸 행복했던 날들을 내가 어떻게 잊을 수 있겠니. 그 곳에는 아직도 눈이 많이 쌓여 그 경치가 마치 그림과 같이 아름다웠어. 베크 씨 내외는 언제나 우리가 쓰던 맨 위층 콘도를 깨끗이 손질하여 두었어. 손님이라고는 우리 식구밖에 없었고―네 아빠가 중이염을 앓는 것 빼고는―모든 것이 휴가를 즐기기에 가장 좋은 상태였어.

나는 너와 함께 아름다운 자연 속을 되도록 많이 산책하려고 애썼어. 너는 밖에 나갈 때는―러시아 식―아빠의 털모자를 빌려 썼지. 네가 그 모자를 쓰면 자그마한 네 얼굴이 그렇게 매력 있어 보일 수가 없었어. 우리가 그 적막한 대자연 속을 거닐 때면 너는 잠깐씩 모자를 벗어 아무 거리낌없이 까까머리를 내놓기도 했어. 시골 농가같이 꾸며진 콘도 안에 돌아와서는 너는 가발을 아예 벗어 버리고도 태연하게 지냈지. 요한네스가 곧 오면 어쩌나 하고 나는 은근히 걱정도 했어.

요한네스가 온 뒤 처음에는 네가 창피한 듯 가발을 쓰기도 하며 수줍어했지만 가발을 쓰지 않은 네 얼굴이 훨씬 매력있어 보인다고 요한네스가 말한 다음부터는 머리 문제에 대한 네 고민은 다 사라져 버렸어. 물론 집안에 있을 때 한해서지만.

저녁이면 우리 다섯이 카드 놀이를 하거나 주사위 놀이를 하면서 웃고 즐겼어. 모든 것이 그렇게 자연스러울 수가 없었어. 물론 네가 공연한 일로 마음에 상처를 받고 신경을 곤두세우고 과민반응을 보이는 때도 없지 않았어. 우리는 네 그런 과민반응을 아무렇지도 않은 듯 참을성을 가지고 이겨 내려고 힘썼지만 잘 안 될 때도 있었어. 또 요한네스가 와서 함께 있었기 때문에 우리 모두가 종양이니 치료니 하는 선입관에서 완전히 벗어날 수 있어서 얼마나 다행이었던지 몰라.

아빠와 나는 너에게 말을 할 때 무척 조심했지만 요한네스와 마티아스는 아무런 거리낌없이 대하였어. 그 애들은 마치 네 몸의 한계를 시험해 보려는 듯이 자꾸만 밖으로 나가자고 너를 보챘지. 네가 가지 않겠다고 하면 눈덩이를 던져 대었고, 산책을 하다가 네가 더 걷지 못하겠다고 하면 그 애들은 너를 서로 교대로 업거나 안고 가기도 했지.

우리는 담요로 몸을 감싸고 마차 썰매를 타고 여기저기를 다니기도 하면서 '검은 숲'의 신선한 공기를 마음껏 마셨고 너는 하루하루를 말할 수 없이 만족해했어. 우리는 심지어 작은 개울에 둑을 쌓아 막아 연못을 만들기도 하였어. 이렇게 지내는 동안 네 행동에는 점점 자신감이 생겨 모자를 벗어 버리는 경우도 잦아졌어.

그러나 모자를 벗었을 때 모습만은 한사코 사진을 못 찍게 했지. 한번은 산책길에 나섰다가 네가 무심코 모자를 벗었고 아빠가 그 모습을 찍으려고 했지. 그랬더니 너는 재빨리 키가 큰 요한네스 등 뒤로 가 몸을 숨겼어. 그러자 요한네스가 눈치를 알아차리고 아빠에게 윙크를 한 다음 갑자기 몸을 옆으로 비켜섰고 이 순간 아빠는 셔터를 눌렀지. 그렇게 해 네 까까머리를 처음으로 사진에 담았던 거야. 그때 찍었던 그 사진을 우리는 특별히 귀중하게 간직하고 있어. 그때 그 순간부터 네가 더 이상 카메라 앞에서 주저하지 않게 되었고 자연스럽게 네 자신의 모습을 찍게 해 주었어.

네 건강은 날마다 날마다 두드러지게 좋아졌으며 조금씩 너도 건강에 자신을 갖게 되었어. 물론 식욕도 왕성해지기 시작했어. 우리는 지난 14년 동안 우리가 즐겨 찾아다녔던 여러 곳을 다시 찾아다니기도 하였어. 더구나 호숫가에 있는 식당에 갔던 날은 잊을 수가 없어. 그날은 제법 매섭게 추운 날씨였으나 햇빛이 맑아 눈에 덮인 천지가 유난히 눈부셨지.

우리는 제법 먼 거리에 있는 그 식당까지 걸어서 갈 계획으로 길을 나섰어. 네 건강이 그쯤은 충분히 감당할 것이라고 판단되었던 거야. 눈에 덮인 경치는 황홀하도록 아름다웠어. 눈길을 한참 걸어가던 네가 갑자기 썰매가 타고 싶다고 했어. 그러나 썰매가 갑자기 어디서 나오겠니? 그런데 마침 내가 비닐봉지가 있다고 말했고 그때부터 너는 내리막길이 나오면 비닐봉지를 깔고 앉고 요한네스와 마티아스가 네 손을 잡고 끌어 주어 미끄럼을 타듯이 썰매를 탔던 거야.

목적지인 식당에 닿았을 때 너는 땀에 흠뻑 젖어 있었고 옷을 벗어 말리면서 벽난로 앞에 있는 긴 걸상에 한참이나 큰 대자로 누워 있었어. 식당에 있던 손님들이 쳐다보는 데도 너는 조금도 아랑곳하지 않고 모자도 벗어 던진 채 사내아이들 곁에 누워서 웃고 떠들고 있었어. 네가 그렇게 대담해졌던 거야.

거기다 너는 그 애들에게 조금도 지지 않겠다며 밥도 많이 먹었지. 백혈구 수치를 점검하려고 우리가 마을 의사에게만 가지 않았다면 네가 아프다는 사실마저 완전히 잊고 지냈을 거야.

월요일에 다시 입원해야 했기 때문에 우리는 일요일 본으로 돌아왔어. 본의 병원에서는 모든 간호사들이 너를 알아보고 반겨 주었으며 당직 의사도 안면이 있는 사람이었지. 입원한 그날로 퇴벨리우스 박사가 손수 네 병실에 와서 너에게 카테터를 꽂아 주었어. 그러니 여기서는 네가 버스를 타고 낯선 의사를 찾아가야 한다든가 또는 목에 꼽힌 카테터에 연결된 호스와 약병을 높이 치켜들고 걸어서 병실로 돌아온다든가 하는 고역이 없었던 거야. 퇴벨리우스 박사님을 잘 알고 있으니 달리 겁을 낼일도 없었고……. 모든 것이 한결 편했지.

우리는 그때까지도 퇴벨리우스 박사가 한 가정의 가장인 것으로 생각하고 있었지. 그분의 원만한 대인관계로 보아 물론 부인도 있고 아이들도 여러 명 있을 것으로 자연스럽게 짐작했던 거야. 그런데 우연히 그가 아직도 독신자라는 사실을 곧 알게 되었지. 수다스러운 환자 한 사람이 복도에서 나와 마주쳤을 때 이 사실을 알려 주었던 거야. 퇴벨리우스 박사님은 언제나 환자들을 극진히 보살피며 환자가 필요로 하는 한 언제든지 그리고 무엇이든지 도와주려고 애쓰는 사람이었어. 말하자면 병원과 결혼했다고 말해지는 사람이었지.

본에 있는 병원에 입원한 다음부터 너는 면회 오는 사람들의 초상화를 그리기 시작했어. 물론 거울 속에 비친 너 자신의 얼굴도 그랬지. 그때 그린 네 초상화는 누가 보더라도 네 얼굴이라는 것을 첫눈에 알아볼 수 있었어. 그 초상화 속의 눈빛은 두려움에 싸여 왜 내가 아파야 하느냐고 울부짖는 듯한 네 표정의 특징을 뚜렷이 찾아볼 수 있지. 또 빨갛게 칠한 입술을 보면 네가 무엇인가 강렬하게 그리워하고 있었다는 것도 알 수 있었어. 너는 면회 온 사람들에게 네 초상화를 보인 다음 여러 가지를 캐묻기 시작하는 것이었어. 별 관심 없이 무뚝뚝하게 대답을 하는 사람은 네가 상대를 않으려고 했어. 그러나 이 그림에서 네 울부짖음을 알아차리고 또 너를 위로하려는 사람이 있으면 너는 자꾸만 왜 그래야 하느냐고 캐묻고 들어 모두를 난처하게 만들었어. 너는 이 당시 엄청난 두려움과 불안에 싸여 있었고 또 네 ―모순 투성이의― 운명에 의문이 많았으니 누구나 너에게서 질문을 받으면 대답을 주저하지 않을 수 없었단다.

퇴벨리우스 박사님이 찾아오셨을 때도 너는 그 초상화를 보이고 어떻게 생각하느냐고 물었어. 그랬더니 박사님이

"이것이 너라고? 실물이 훨씬 예쁘다, 애! 하지만 이 그림에 대하여 너와 조용히 한 번 이야기해야겠다. 오늘 저녁에 내 방으로 내려올래? 내가 나중에 연락할게."
하고 말씀하셨어. 저녁 6시쯤에 내려오라는 연락이 와서 네가 박사님 방에 갔지.

한 시간 반이나 지나 네가 돌아왔으며 박사님과 삶과 죽음에 관해서뿐만 아니라 네 신상 문제에 관해서까지 진지한 이야기를 했다고 나에게 말했어. 그 일이 있은 며칠 뒤 박사님도 환자와 그렇게 진지한 대화를 해 본 것은 이번이 처음이라고 말씀하셨어.

네가 박사님 방에서 돌아온 날 밤에 박사님께 감사 편지를 드

려야겠다고 했으며 다음날 나에게 편지를 보여 주었어. 그래서 네가 박사님께 악셀에 대한 네 감정도 말씀드렸다는 것을 알 수 있었어. 네가 좋아한다는 사실을 악셀에게 고백해야 하는지, 고백을 한 뒤 악셀에게서 아무런 반응이 없을 때는 어떻게 해야 하는지 따위에 대하여서도 자문을 청했던 것이었어. 박사님은 네 물음에 사람이 시도도 해 보지 않고 주저하기만 하면 인생에서 아무 것도 이뤄낼 수 없다는 사실을 알려 주셨던 거야.

네 그 편지를 박사님이 지금까지 보관하고 계신지는 확인해 보지 않았지만 그때 그 편지 내용은 내가 아직도 모두 기억하고 있어. 그날 너는 나에게 이런 말도 했어.

"박사님과 했던 그런 진지한 대화를 할 수 있는 남자와 나중에 결혼하게 되었으면 좋겠어……."

이 즈음에 너는 캐롤린과도 마음을 터놓고 이야기를 하고 있었어. 그 애와 너는 편지로서 매우 깊은 우정을 나누고 있었어. 캐롤린은 너를 각별하게 위로했고 또 너는 그 애에게는 네 생각과 느낌을 허물없이 죄다 이야기했지.

　　보고 싶은 캐롤린에게.
　　네가 휴가 가서 보내 준 편지와 엽서 잘 받았어. 진심으로 고마워. 무엇보다 휴가를 멋있게 보냈다니 정말 다행이야.
　　우리도 굉장히 재미있게 휴가를 지내고 왔어. 내가 '검은 숲'에서 너 앞으로 소포를 하나 보냈는데 아마 며칠 안으로 받게 될 거야.
　　나는 이번 휴가 동안 정말 행복하게 지냈어. 얼굴도 제법 생기가 돌게 되었고 여드름도 많이 없어졌어. 이번에 받는 치료가 끝나면 나도 조금씩 자전거를 탈 수 있고 수영이나 사우나도 할 수 있을 것이래. 빨리 그런 날이 왔으면 좋겠어.
　　하지만 우선은 그 지긋지긋한 치료부터 받아야 하니 걱정이야.

이번에는 잔소리가 많은 할머니 한 분과 같은 병실에 있어. 운이 없었나 봐! 그렇지만—본에 있는—이 병원에 입원해 있는 것만도 다행이라고 생각하고 있어. 동무들이 많이 찾아와 주었으면 좋겠어!

하루 빨리 우리가 서로 만날 수 있길 빌고 있어. 너를 만날 생각만 하면 흐뭇해.

1982. 4. 19.

너의 이자벨 씀

＊추신 깜짝 놀랄 선물이 10일쯤 뒤에는 드디어 도착하게 될 거야.

사랑하는 캐롤린에게.

너에게 편지를 쓰고 싶어 또다시 펜을 잡았어. 내가 지금 무엇을 하고 싶어하는지 알겠니? 하늘을 한 번 훨훨 날면서 춤을 추고 싶어. 나는 봄이 오면 이렇게 언제나 마음이 들뜨는 것 같애. 예쁜 옷을 입고 주책스럽도록 한번 까불어 보았으면 좋겠어. 병원에 있으면서도 즐겁다는 증거겠지. 좀 이상하지?

이 병원 분위기 때문인지도 모르겠어. 내 병실은 6층에 있어. 병실에서 내려다보면 저 아래쪽에는 잔디밭이 있고 많은 꽃이 피어 있어. 그리고 나무덤불도 있어. 수많은 새들도 자꾸 지저귀고 있고⋯⋯.

너희 집 정원이 지금쯤은 굉장히 아름답겠구나. 수영장은 언제부터 문을 연다니? 5월말쯤 해서 한번 내게 다녀갈 수 없겠니? 그렇게 되면 우리 함께 사우나에도 가도록 해.

지금 이 순간에는 기쁘기만 하구나. 조금 있으면 학교 동무들도 면회 올 거야.

참! 하나 물어 보겠는데⋯⋯, 내가 울고 짜면서 길게 쓴 편지 너와 엄마만 보았니 아니면 악셀 오빠도 보았니? 악셀 오빠가 내게 편지하면서 모든 것을 너무 비관하지 말라고 충고했어. 하긴 내 편지 보았더라도 상관은 없어.

　내가 너에게 편지 쓸 때는 늘 문제야. 여러 사람에게 편지를 써야 하면서도—너에게 편지 쓰는 것이 즐겁고 재미가 있으니—언제나 너에게 먼저 쓰게 돼. 그래서 하고 싶은 말을 너에게 다 써 버리는 거야. 그러고 나면 다른 사람에게는 편지를 더 쓸 생각이 없어져.

　요즘 내가 어떤 엉뚱한 짓을 하는지 모르지? 사람들 얼굴을 그려. 어쩌면 네 사진을 보고 네 얼굴을 그릴지도 몰라. 글쎄 그렇게 되면 누구의 얼굴인지 네가 못 알아볼 거야. 그렇지만 지금까지는 내가 그린 그림을 보고 모두들 누구의 얼굴인지 알아보았어.

　그리고 참! 악셀 오빠에게 내가 편지 받고 매우 기뻐했다고 전해 줘. 나는 오빠가 답장을 안 보낼 것으로 생각하고 있었어. 앞으로는 오빠에게 더 자주 편지 쓰려고 해. 그러나 성가시게 굴지는 않을 거야. 내가 편지 보내면 기뻐할 것인지 악셀 오빠에게 한번 물어 봐 주겠어? 그렇다고 오빠가 꼭 답장해야 하는 부담은 갖지 말라고 말해 줘. 가끔 한번씩 답장 보내 주면 된다고 말이야. 오빠에게 안부 전해 줘!

　캐롤린, 보고 싶어! 한번 꼭 오도록 해!

1982. 4. 20.
이자벨

10

일요일에는 네 외사촌 올리버가 견진성사를 받는 날이었어.
그래서 본에 있는 롤리 외삼촌 집에 친척들이 많이 모여 큰 잔
치를 했지. 그 집이 마침 병원에서 500미터밖에 떨어지지 않아
너도 함께 가고 싶어했어. 그날 따라 날씨도 아주 좋았어. 아빠
와 내가 병원에 갔더니 너는 마침 치료 중이었어. 네 혈액도도
괜찮았어. 퇴벨리우스 박사님은 우리 말을 듣고 치료가 끝나는
대로 네가 참석해도 좋다고 승낙해 주셨어.

어떤 옷을 입고, 어떤 모자를, 그리고 어떤 가발을 쓰고, 색
안경을 낄 것인가, 화장을 할 것인가 하고 너는 흥분했어. 너는
모든 친척들을 놀라게 해 주고 싶었고 좀 으스대고 싶었던 모양
이야. 간호사실 앞을 지날 때 너는 아주 좋아했지. 많은 환자들
이 — 대부분이 너같이 중환자가 아니었어 — 간호사실 앞에 모여
네가 외출하는 것을 함께 기뻐해 주었어. 외삼촌 집에 갔을 때
도 친척들 모두가 너를 진심으로 반겨 주었잖니. 두 시간쯤 지

났을 때 네가 너무 피로해 보여 오후에 다시 오기로 하고 너를 병원으로 데리고 갔어.

네가 친척들 앞에서는 명랑한 척했지만 마음속으로는 무언가 속상한 일이 있었던 모양이야. 병원에 돌아온 너는 몹시 울적했어. 그래서 너를 진정시키는 데 우리는 무척 애를 먹었단다.

우리가 오후에 다시 친척들 앞에 나타났을 때 너는 언제 그랬냐는 듯이 명랑하고 즐거워했어. 그날도 지그프리트 외삼촌이 사진을 많이 찍어 주었어. 너는 올리버에게 선물을 하는 대신 편지를 주었지.

사랑하는 올리버!
네가 견진을 받으면서 왜 축하를 받는지 깨닫길 바란다. 흔히들 사람들은 선물에 싸여 축하 받는 참 뜻을 잊어버리고 마는 경우가 많아.
나는 너에게 무엇을 선물하는 것이 뜻이 있을까 하고 골똘히 생각해 보았지만 마땅한 선물이 생각나지 않아 그냥 왔어. 미안해. 그러나 내가 너를 도울 수 있는 일이 있다면 기쁜 마음으로 도울 것을 약속해.
1982. 4. 25.
이자벨

너는 치료를 거듭할수록 우울증에 빠지곤 했어. 이번 치료기간 동안에는—네가 원하지 않았기 때문에—우리는 네 곁에서 자지 않았어. 아마 네가 우리의 고생을 덜어 주기 위해서 그랬던 것 같았어. 우리는 네 마음씀씀이에 고맙게 생각했어. 그러나 밤이면 자주 마음을 졸였지. 네 병실 베란다가 마음에 걸리기도 했어.

치료가 끝난 이틀 뒤 너는 집으로 왔고 이틀에 한 번씩 병원에 가서 혈액 검사를 받았어. 이번에는 네 상태가 그전에 견주어 눈에 띄게 좋아졌지. 모두들 친절한 병원에서 치료를 받았고, 심지어 면역결핍증 기간인데도 집에서 지낼 수 있었던 것이 크게 도움이 되었던 것 같았어. 혹 무슨 일이 있다 하더라도 10분 안에 병원에 갈 수 있다는 안도감이—거기에 대면 쾰른 병원까지는 적어도 1시간이 넘게 걸리는 거리였잖니—너를 일상 생활에 더욱 쉽게 적응할 수 있도록 한 것 같았어.

나는 이런 네 모습을 보고 느낀 것이 많았어. 암에 걸린 아이들에 대한 치료 방법을 한번 달리 생각해 보아야 하는 것이 아닌지? 어린아이들을—좀더 융통성 있게—집에서 치료할 수 있게 하는 방법이 없는지? 그런 방법이 아이들의 심리에 얼마나 도움이 되겠어? 이를테면 나에게 링거액 병을 바꾸는 방법을 가르쳐 주었다면 나도 그만한 것은 충분히 할 수 있었다고 생각해. 그리고 일반 개인병원 의사들이 종합병원의 처방에 따라 손쉽게 도울 수 있는 방법은 없을까? 또 환자 식구들이 더 끈기를 갖고 어려움을 이겨 낼 수 있도록 심리지도를 해 주는 방법은 없을까? 지난 몇 해 동안 종양 퇴치를 하려는 의료 기술이 발달하여 이제는 큰 성과를 보이고 있어. 그러나 환자나 그 식구들의 정신에 더 많은 용기를 줄 수 있는 방법도 함께 개발이 되어야 치료가 더 성과를 거두리라고 믿어. 지금은 본에 있는 대학병원 소아과에 심리요법사와 교육상담자도 있고 응급치료 시설을 갖춘 종양센터까지 생겼어. 만약 이런 시설이 그 당시에도 있었다면 우리가 쾰른까지 가지 않아도 되었을 것이고, 너도 한결 쉽게 병과 싸울 수 있었을 텐데 하는 아쉬움이 지금까지도 남아 있어.

본에서 치료가 끝난 다음 너는 9주 동안 치료를 받지 않아도 되었어. 그 동안 네가 겪어야 했던 그 고통스러운 치료를 생각하며 마음 아파했지만 나는 그 9주가 그저 말할 수 없이 고맙기만 했어.

어느덧 여름도 다가왔고 우리는 너에게 잘 대해 주는 데만 온갖 마음을 쓰고 있었어. 네가 외출을 할 수 없었기 때문에 우리는 네 마음을 상하지 않게 해 주려고 애를 썼단다. 그래서 앙트와프에서 캐롤린이 와서 너와 며칠 함께 있어 주지 않았니. 새로 산 전축으로 너희들은 카세트에 녹음을 하면서 마냥 즐거워했지. 물론 악셀에 대한 이야기도 많이 했고.

이 기간에 네가 무엇인가 보람 있은 일을 했다는 자부심을 가질 수 있게 해 주려고 우리는 너에게 몇 가지 일을 맡기기도 했지. 우선 네 아빠가 정리하지 않은 채 서랍 하나 가득 수집해 두었던 우표를 정리해 달라고 부탁했어. 너는 이 일을 하면서 우리가 무작정 녹음만 해두었던 카세트를 하나하나 들으면서 곡목을 써 주었어. 그 뒤로는 우리가 모차르트를 듣고 싶을 때 재즈를 집어넣는 일은 없어졌지. 나는 지금도 그때 네가 써 준 카세트를 듣고 있어. 물론 음질은 요즘 수준에 미치지 못하지만 나는 그것을 들으면서 너를 생각할 수 있단다. 그 밖에도 너는 우리 집 사진첩을 새로 정리해 주었어. 이런 일을 하면서 너도 보람을 느끼며 즐거워했지.

마티아스가 견진성사를 받은 것도 이때쯤이었어. 그 당시 감기가 유행했기 때문에 너는 성당에는 가지 않았어. 그러나 몰트케 씨 식구와 함께 잔치를 했을 때는 너도 참석하여 즐거워했지. 견진성사를 받고 난 열흘 뒤에 특별 성찬 미사가 있었어. 그때는 너도 흰옷을 입고 챙이 큰 모자를 쓰고 함께 성당에 갔잖아.

　성찬 의식이 시작되어 견진성사를 받은 사람들의 식구도 제단 앞으로 나가게 되었어. 모두 40명쯤이었을 거야. 신부님이 잔을 식구들 한 사람 한 사람에게 돌리며 포도주를 마시게 했어. 아빠와 나는 이 순간 너도 이 의식에 참가시켜야 할 것인가 당황하고 있었어. 우리 눈에는 모든 신자들의 온갖 세균들이 잔에 득실거리는 것으로 보였고, 이것이 전부 너에게 감염될 것으로 느껴졌으니까. 그러는 사이 벌써 우리 차례가 되었어. 너는 벌써 일어나 제단 앞으로 나가고 있었어. 다행히 신부님이 그때 새 잔을 집어 포도주를 따르고 너에게 먼저 건네 주셨어. 이 순간 우리는 하느님이 우리를 지켜 주신 것으로 믿고 깊이 감사드렸지.

　그 밖에도 이 즈음에 재미있는 일들이 많았어. 마리가 벨기에에서 무대 옷을 빌려 커다란 두 가방에 가득히 넣어 가지고 왔어. 네가 이것을 보고 얼마나 좋아했는지 몰라. 너는 반나절 동안 그 많은 옷들을 하나하나 입어 본 거야. 우리가 음악효과를 맡았고 마리가 사진을 찍었지. 너는 가장 정열이 넘치고 요염한 카르멘이 되기도 하였고, 무서운 악마가 되기도 하였으며, 또 서부의 총잡이 처녀가 되기도 하고, 록가수가 되기도 했지. 마리와 너는 그러면서 온종일 웃고 떠들며 야단법석을 부렸지. 마리가 벨기에에서 다시 올 때 그때 찍었던 사진들을 사진첩에 정리하여 갖다 주었잖아.

　5월말이 되자 네 백혈구 수치도 정상이 되었고 바깥 출입도 허락되었어. 너는 마리와 함께 본 시내를 거닐거나 물건을 사기도 하였어. 가끔 몰트케 씨 집 도로데아도 함께 갔지. 나는 언제나 네 경호원인 셈이었어. 행여 무슨 일이라도 생길까 싶어

멀찌감치 처져 늘 뒤따랐으니까.

이 무렵부터 너는 가끔 오른팔이 몹시 아프다고 했어. 그래서 본 병원에 가서 치료를 받기도 했고 며칠 뒤에는 쾰른 병원까지 가서 CT와 뼈 정밀검사를 받았지. 그러면서도 우리는 그 지긋지긋한 종양 치료를 받지 않는 것만 좋아하고 있었어.

이 기간에 너는 지그프리트 외삼촌 집에 가서 사샤를 안고 놀다 오기도 했지. 외삼촌 내외가 너에게 사샤의 세례모가 되어 주기를 부탁했을 때 너는 말할 수 없이 행복해했어. 이런 것을 미루어 보아도 네가 더 오래 살 것으로 모두가 하나같이 믿고 있었던 거야. 외삼촌 내외가 너에게 더없이 잘해 주었고 너는 사샤를 안고 황홀해하며 즐거워했던 나날들이었지.

우리는 그때 벨기에에도 한 번 다녀왔어. 너는 먼저 마리 집에 가서 이틀을 지낸 다음 로우 아주머니 댁으로 왔지. 마리의 연로한 부모님이나 마리의 언니까지도 너를 진심으로 좋아했고 잘 대접했어. 그들은 그 뒤 주마다 희망과 꿈을 상징하는 그림이 있는 카드를 보내 주며 서툰 독일어로 몇 마디씩 적어 보내 우리가 웃고 즐거워했잖니.

로우 아주머니 집에서 지내는 동안은 요란했지? 그때가 마침 내 생일을 앞둔 주말이어서 로우 아주머니가 성대한 잔치를 마련해 주었어. 네 외삼촌들 내외와 그 밖에도 우리와 아는 다른 친구들을 여럿 초대했지. 그 집 큰 뜰에 천막을 치고 우리는 춤도 추면서 프랑스어, 영어, 독일어를 섞어 쓰면서 밤늦도록 먹고 마셨어.

그런 중에도 나는 한 순간도 빼지 않고 너를 눈여겨보고 있었단다. 다른 아이들은 손님 접대하느라 바빴을 때 너는 한쪽에 혼자 앉아서 악셀과 이야기할 기회만 찾고 있었어. 악셀도 너를 매우 좋아했지만 그날은 너희들 단둘이서만 이야기할 기회가 끝내 오지 않았어.

다음날 우리가 본으로 떠날 때 네가 몹시 서운해했지. 그래서 로우 아주머니는 너를 위로하면서 며칠 안으로 애들을 본으로 보내 주겠다고 약속하였지. 며칠 뒤에 정말 약속대로 악셀과 캐롤린이 ― 그 집 큰딸 카티와 악셀의 독일인 친구인 프리데만과 함께 ― 본으로 왔어.

악셀과 프리데만은 본 가까이에 있는 우리 집 주말농장을 돌보아 준다며 그 곳에서 잠을 잤지. 그 동안 우리는 그 농장을 조금도 손보지 못하고 있었잖니? 캐롤린과 카티는 너와 함께 네 방에서 지내게 되었지. 네가 얼마나 좋아했니! 카티는 그 무렵 실연하여 고민이 많았고, 캐롤린은 처음으로 사랑에 빠져 또한 고민이 많았지. 너는 소설 《앙젤릭》을 읽고 얻은 지식으로 너 나름대로 그 애들에게 여러 가지 충고를 하곤 했어. 너희들은 밤늦게까지 자지 않고 소근거리기도 했지. 내가 살짝 엿들어 보니 너와 악셀의 관계는 아무런 진전이 없었던 것 같았어. 그 애들은 일 주일 지내고 돌아갔으며 캐롤린은 그 뒤 자기 아버지와 다른 친구와 함께 몽타리베의 별장으로 갔어. 원래는 너와 함께 갈 계획이었지만 의사 선생님들이 만류했고 그래서 너는 결국 못 가게 되어 매우 서운해했잖아.

사랑하는 캐롤린에게.
네 편지대로라면 지금쯤 너는 몽타리베에서 집으로 가고 있는 중일 거야. 몽타리베에서 친구와 재미있게 지냈기를 바란다. 학기 말 시험을 잘 치렀다는 소식 반가웠어. 너는 원래 열심인데다 공부를 잘 하지 않니!
다음 번에 프리데만이 네 집에 가 있을 때쯤 나도 갈 수 있었으면 좋겠어. 그렇게 되면 우리끼리 웃을 일도 많을 것 같애.

요즘 나는 나이가 비슷한 아이들과 어울리고 싶어 못 견디겠어. 그러나 내가 19일에는 다시 입원해야 하기 때문에 정말 너희 집에 다녀올 시간이 날지 모르겠어.

그리고 요즘 나는 마음이 말할 수 없이 뒤숭숭해. 사실은 2주일 전에 나에게 애인 비슷한 사람이 생겼어. 내가 다른 아이들과 같이 건강하지 못하기 때문에 그 사람을 '애인 비슷한 사람'이라고 말하는 거야. 내 말 이해할 수 있겠니? 그러나 어쨌든 나는 아주 행복해. 지금까지 나는 남자애와는 영원히 사랑에 빠지지 못할 것으로 생각했어. 나는 머리카락도 없고 다른 아이들처럼 건강하지도 못하지 않니?

그런데 그 애와는 사정이 달라. 머리카락이 없는데도 그 애는 나를 좋아하며 또 많이 이해해 주고 있어. 그리고 내가 쓸데없는 생각을 못 하게 나를 격려해 주고 있어. 그 애는 캐나다 사람이고 이름은 얀이야. 우리는 주로 영어로 이야기 나누고 있어. 아주 재미있어. 아마 내 영어회화 실력도 많이 늘 거야. 한 가지 아쉬운 것은 그 애가 9월이면 캐나다로 돌아가야 하는 거야.

사랑하는 캐롤린, 무엇이든 터놓고 말할 수 있는 너같이 좋은 동무가 나에게 있다는 것이 정말 자랑스러워. 언제까지나 우리 변치 않도록 약속하자. 너는 착하고, 예쁘고, 진실하고 솔직하고 그리고 친절하여 나에게는 더할 수 없는 동무야.

그럼 안녕!

1982. 6. 1.
이자벨

이 무렵 너는 테니스와도 다시 관계를 갖게 되었어. 물론 테니스를 직접 치는 것은 아니었지만. 성심강림절(가톨릭의 축일 중 하나. 지금은 성령축일이라 하고, 부활절 지나 일곱 번째 주일임.)에 네 테니스 클럽에서 클럽대항 시합이 있었지. 그런데 지난날 네 테니스 코치가 너에게 경기 운영위원이 되어 도와 달라고 부탁했어. 네가 그 일을 맡게 되어 얼마나 좋아했니!

"내 차례가 언제지요?"

"시합 결과가 어떻게 되었지요?"

이렇게 여러 아이들이 너에게 와서 물었고 너도 그 애들에게 기꺼이 도움을 줄 수 있는 일이 있었던 거야. 그 일이 있기 얼마 전에 너와 내가 어느 테니스장을 철창 너머로 들여다보았던 일이 있었지? 너는 아이스크림을 먹으면서 착잡한 얼굴로 묵묵히 보고만 있었어. 그때 어떤 남자아이가 곁에서 우리를 물끄러미 바라보고 있었지만 우리는 조금도 눈치채지 못했지. 조금 뒤에 그 애가

"혹시 네가 많이 아프다던 이자벨 아니니? 그런데 하나도 아픈 사람 같지가 않구나."

하고 말을 걸어 왔어. 그러자 너는

"내가 앓고 있는 병은 지독히 무서운 거야. 대부분의 사람들은 이 병에 걸리면 죽어!"

하고 대답했어. 이때까지만 해도 너 자신은 이 병을 이겨 낼 것으로 굳게 믿고 있었던 거야. 결국은 너도 마찬가지가 되었지만……

그날 따라 날씨도 좋았고 시합은 성공으로 끝났어. 그날 저녁에는 클럽하우스에서 무도회가 열리고 춤도 추게 되어 있었어. 그런데 사실은 그때 당시 네 오른팔이 다시 많이 아팠기 때문에 사전에 의사에게 물어 보지 않을 수 없었어. 내가 본의 종합병원에 가서 너를 언제나 귀여워해 준 여의사에게 사정을 설명하고 물어 보았단다. 그랬더니 그 여의사는 서슴지 않고

"진통제를 많이 먹여서라도 참석하게 해 주세요. 얼마나 가고

싶겠어요?"

하였어. 그날 저녁 너는 그 클럽에서 스타로 꼽히던 남자아이와 춤을 추었어. 너는 춤을 학원에서 제대로 배우지도 않았지만 음악에 소질이 있어서인지 아무런 문제 없이 잘 추었어. 내가 약속한 대로 밤 11시에 너를 데리러 갔을 때 너는 너무나 행복해하고 있었어. 그날 저녁이 너에게는 첫 무도회였구나.

사랑하는 마렌에게.

지금 팔이 무지무지 아파서 이 편지를 쓰기가 무척이나 힘이 들어. 그래서 속이 몹시 상해. 어쩔 수 없이 펜은 들었으나 지금 글씨가 이 모양이야. 이해해 줘!

요 며칠 동안 연락 못 해 미안해. 글씨 쓰기도 어려웠지만 주말에는 할 일이 많아 편지 쓸 시간이 없었어.

지난 토요일날 우리 테니스 클럽에서 클럽대항 시합이 있었어. 본에 있는 테니스 클럽이 모두 초대되었어. 각 클럽에서 가장 잘 치는 여자아이와 남자아이들이 참석하여 시합한 거야. 그런데 내가 이 시합의 경기위원이 되었고, 클럽 사무실 카운터를 지키고 있었어.

평소 같으면 그렇지 않을 아이들이 나에게 아주 깍듯이 대하는 거야. 대부분 아이들이 내가 누구인지 모르기 때문에 아무 거리낌 없이 대해 주는 거야. 정말 기쁘고 재미있었어.

시합이 끝나고 7시 반에 파티가 시작되었으나 처음에는 애들이 별로 오지 않아 분위기가 썰렁했어. 그런데 9시 반이 되니까 분위기가 제대로 무르익어 가기 시작했어. 모두들 춤을 추고 싶어 발바닥이 간지러웠겠지만 그 누구도 먼저 나가서 춤을 못 추는 거야. 그러나—너 놀라지 마!—나와 토마스라는 애가 춤을 추기 시작하였더니 그제서야 모두들 곧 따라서 춤을 추기 시작하였고, 금방 분위기가 무르익어 버렸어. 하여튼 멋있고 신나는 무도회였어.

사실은 그 전날 밤까지도 나는 무도회에는 참석 못할 것으로 알고 포기하고 있었어. 그런데 엄마가 의사 선생님과 의논하였고 통증이 심하면 진통제를 많이 먹고 가도 좋다는 승낙을 받아낸 거야. 그래서 갑자기 가게 되었지.

우리는 다음날인 일요일에는 몰트케 씨 식구들과 함께 우리 주말농장에 가서 지냈어. 나도 하루 종일 햇볕에 있었기 때문에 얼굴이 제법 그을었어. 그날도 무척 재미있었어. 마티아스가 철없이 이것저것 투정을 부려 분위기를 망치기도 했지만 모두들에게서 한마디씩 핀잔을 듣고 나서 다시 좋아졌어. 어쨌든 멋진 주말이었어.

참! 내 발목 수술하여 작년에 발목에 꽂아 둔 못을 빼낸 것 알고 있니? 내 인생이 왜 이 모양인지 모르겠어. 모든 것이 내가 생각했던 것과는 너무나 달라. 앞날이 그저 두렵고 불안하기만 해.

오늘 저녁에 너에게 전화할지 모르겠어. 네가 나에게 일러준 말 자주 생각해 보고 있어. 그럼 안녕!

6. 3.
이자벨

11

　5월말쯤에 아빠와 나는 캐나다에서 온 마틴 씨 부부를 우연히 사귀게 되었고 곧 그들과 좋은 친구가 되었어. 이분들에게는 딸 데레사와 아들 얀이 있었어. 이분들과 사귀게 된 것은 너에게는 하늘이 주신 큰 선물이었어. 그분들은 매우 신앙심이 깊었으며 우리를 진심으로 위로해 주려고 애를 많이 썼어.

　식구들이 다같이 처음으로 자리를 함께한 것은 우리가 미국 클럽에 가서 빙고 놀이를 한 날이었어. 우리는 미리 금연 지역 안에 맞바람이 치지 않는 자리를 예약하고 식사 뒤에 놀이를 했지.

　우리는 그들과 영어로 이야기 나누면서 너희들은 상 저쪽 끝에서 그리고 우리 어른들은 반대편 끝에서 놀이를 했어. 얀이 네 건너편에 마주 앉아 너에게 줄곧 이야기를 하였고 너는 그 애 말을 정신 없이 들으며 늘 웃고 있었어. 그 애는 너보다 세 살 위였고 조금도 구김없이 매우 자신감에 넘치는 아이였어. 사실 너는 이런 열린 성격의 남자를 처음 만났던 것이었지.

네가 얀을 만난 것은 운명과 같았고 너에게 크다란 행운을 가져다 준 거야. 이를테면 그때부터 너는 무대 위의 주인공이 되었고 우리들은 관객이 되어 너를 지켜보게 되었지. 그날 놀이 도중에 네가 화장실에 갔고 뒤따라 얀도 곧 자리를 비운 뒤 너희들이 한참이나 돌아오지 않는 거야. 네 아빠가 불안해하자 마틴 부인은 무엇인지 다 알고 있다는 듯이

"그 애들 곧 돌아올 테니 걱정 마세요."

하면서 태연해했어. 시간이 어느 정도 지났는데도 여전히 너희들이 돌아오지 않자 이번에는 크리스찬이 너를 찾아 나섰지. 그 애는 멋쩍은 얼굴로 금방 돌아와

"엄마, 그 애들 뜰에서 함께 산책하고 있어요!"

하는 것이었어. 나에게는 꿈만 같은 사실이 현실로 나타난 것이었어. 너희들 둘이 사랑에 빠지기 시작한 것이지. 그날 뒤로 얀은 날마다 너를 찾아왔지. 얀이 어느 날 자기는 아름다운 네 눈만 쳐다본다고 말하고 나서부터 너는 서슴없이 가발도 벗어 버렸어.

얀이 찾아오면 처음에는 우리 모두 함께 이야기하였으나 시간이 조금 지나면 너희들은 크리스찬이나 마티아스의 방으로 옮겨 갔고 그때부터는 얀이 축구 이야기와 랩 음악에 대하여 열심히 이야기하곤 했어. 그런 뒤에는 너와 얀은 단둘이서 네 방으로 갔어. 이 순간이 너에게는 가장 행복했던 순간이었을 거야. 그러나 크리스천은 오빠로서 책임감 같은 것을 느낀 모양인지 드러내놓고 경계하고 나선 것이었어. 네 방안이 조용하면 감시해야 한다면서 한사코 네 방으로 갔고 네 방이 안으로 잠겨 있으면 그 애는 무슨 핑계를 찾아서라도 네 방에 들어갔어.

한번은 그 애가 놀란 표정으로 나오면서

“쟤들 키스했어요”

라고 하는 거야. 나는 이 말을 듣고 얼마나 기쁘고 반가웠던
지……. 크리스찬이 지나친 호기심을 갖거나 또는 질투(?)를 할
때면 나는 걸상을 가지고 가 숫제 네 방문을 지키며 그 애의 접
근을 막았어. 나는 네 가장 행복한 순간을 진심으로 지켜 주려
고 했어.

　　내가 사랑하는 얀에게.
　　어제 저녁은 너무너무 황홀했고 또 나에게 많은 용기를 주었어.
자기가 나에게 키스할 때 나는 매우 당황했지만 자기가 나를 좋아
한다는 것을 알고 정말 행복한 감정에 사로잡혔어. 나는 지금까지
그런 감정을 상상도 해 보지 못했어.
　　지금 침대에 누워 그 달콤했던 순간을 생각하며 자기에게 키스
하고 있어.

자기를 사랑하는 이자벨

　그러나 이 즈음에 너에게는 다른 걱정도 많았어. 무엇보다 마
렌의 건강 상태가 좋지 않아 뮌스터(본에서 2시간 거리에 있는 도
시) 대학병원 정형외과에 입원하고 있었기 때문에 너는 걱정을
했어. 또 너는 아무래도 일 년을 재수해야 할 형편이었는데도
한두 시간씩 학교에도 가곤 했어. 그때 그런 식으로 학교에 나
간 것은 현명하지 못했던 것 같애. 어쨌든 다음 학기에는 헤어
져야 할 학급 동무들이었으니 굳이 더 연연할 필요가 없었는데
말이야.

　　내가 사랑하는 마렌에게.
　　내가 지금 이 편지를 왼손으로 쓰기 때문에 글씨가 이 모양이야.

미안해. 내 오른팔이 너무 아파 움직일 수 없구나.

뮌스터에 있어 여러 가지 불편한 일이 많지? 치료는 고통스럽지 않니? 걱정이 되는구나. 내가 너에게 도움이 될 수 있는 일이 있으면 무엇이든 알려 줘, 힘껏 돕도록 할게!

나는 요즘 학교에 가끔 가고 있단다. 그런데 동무들이—몇 명을 빼고는—아주 이상한 것 있지. 나는 아무래도 다른 아이들과 그전처럼 쉽게 휩싸이지 못하고 외톨이가 될 것 같애. 그 애들은 필요하지 않은 사람이 잘못 찾아든 것 같이 나에게 어색하게 대하는 거야. 나는 중3과정을 어차피 재수해야 할 형편이고 그 애들과는 좋든 싫든 헤어져야 할 처지이니 그 애들이 나에게 어떻게 대하든 상관이 없지만 그래도 자꾸만 마음이 쓰여. 다행히 아래 학년 아이들은 내가 무슨 병을 앓는지 모를 테니 나에게 자연스럽게 대할 것 같은 생각이 들어. 오히려 잘된 것인지도 모르겠어.

나는 요즘 몰트케 씨 집 아이들과 자주 어울리고 있어. 누구보다도 로로데아하고는 마음이 잘 맞아. 우리 부모님도 그 애를 아주 좋아하셔.

사랑하는 마렌, 이번 치료가 많이 고통스럽지 않길 빌어. 하느님께서 너를 도와주시리라 믿고 기도하고 있어. 너는 참을성 있고 용감하지 않니? 제발 용기를 잃지 않도록 해! 네가 나를 위해 지은 시 '모래밭의 발자국'을 생각해 보도록 해! 또 편지 쓸게.

5. 24.
이자벨

사랑하는 마렌에게.

지금이 오전 11시야. 오늘은 팔이 아프기 때문에 학교에 가지 않았어. 사실 내가 가고 싶었다면 갈 수 있을 정도였으나 가기가 싫었어. 한 달 전까지만 해도 학교에 가기 싫은 마음이 생기리라고는 꿈에도 생각해 본 일이 없었는데……

내 오른팔이 오늘은 훨씬 좋아진 것 글씨 보고 알아보았겠지? 어제 편지는 정말 힘들게 썼어. 그래도 내 글씨 읽을 수 있었니?

오늘 오후에는 도로데아와 함께 시내에 나가기로 했어. 내가 집안에만 있으니 온갖 쓸데없는 생각을 다 하게 돼. 그래서 나가는 거야. 어젯밤에는 지난번 치료받는 동안 받았던 고통이 생각나 한참이나 울었어. 나도 그러고 싶지 않았지만 앞으로도 또 그런 고통을 받을 것을 생각하니 겁이 나서 울었던 거야. 사실 내가 울면 부모님이 너무 괴로워하시기 때문에 되도록 울지 않으려고 애쓰고 있어! 엄마가 금방 따라 울게 되니까.

마음을 바꾸려고 이번에 내 방을 좀 예쁘게 꾸몄단다. 지금 나는 소파에 앉아서 이 편지를 쓰고 있어. 내 앞에는 이번에 새로 산 작은 상이 있고, 그 위에는 초가 한 자루 서 있고 찻잔과 예쁜 설탕그릇, 초콜릿과 비스킷이 놓여 있어. 너 본에 돌아오면 꼭 한 번 구경하러 와!

요즘은 편지 쓰는 게 그렇게 재미있을 수 없어. 꼭 써야만 하는, 의무로 쓰는 편지는 쓰기 싫어. 그러나 마음속 깊은 이야기를 할 수 있는 사람에게 편지를 쓰는 것은 즐거워.

읽을 책은 많이 있니? 필요하다면 언제든지 알려 줘. 내가 다 보내 줄게. 요즘 내가 무슨 책을 읽고 있는지 아니? 그웬 보리스토가 쓴 《캘리포니아 심포니》를 읽고 있어. 너도 이 책을 읽었겠지? 《바람과 함께 사라지다》와 비슷한 책이니 금방 다 읽어 버릴 거야.

사랑하는 마렌!

며칠 안으로 또 편지 쓸게! 용기 잃지 마!

5. 25.
이자벨

12

이즈음 네 오른팔 통증이 날로 심해 갔어. 심지어 의사 선생님들이 네가 뼈를 다친 것이 아닌가 하고 의심할 정도로 통증이 심했지. 그 밖에도 네 등허리에 난 혹이 새알만큼 크게 불거져 나왔고 그것이 결국에는 신경을 눌렀으니 허리 통증도 심했지. 본의 병원 의사들이 너를 검진한 다음 쾰른의 의사들과 연락하여 서로 협의하였어.

결국 네 다음 번 항암 치료를 앞당기기로 했지. 원래 6월 28일로 예정되어 있었으나 그때까지 기다릴 수 없다고 하여 너는 6월 14일에 쾰른 병원에 다시 입원하게 되었어.

그 야단 중에도 입원하기 하루 전날 사샤의 영세가 있어 만하임까지 다녀왔지. 일정이 벌써 오래 전에 잡혀 있었고 네가 세례모로 예정되어 있었던 거야. 그러니 통증이 심한데도 세례 행사에 네가 참석하지 않을 수 없었어. 너는 심한 통증을 애써 참으면서도 아기를 안고 즐거워하였어. 네가 그때 잔치 분위기를 흐트러뜨리지 않으려고 얼마나 이를 악물고 있었는지 우리는 잘 알고 있었단다.

내가 사랑하는 캐롤린에게.

나는 다시 쾰른 병원에 입원해 있어. 오른팔이 너무 아파 이제는 내 손으로 편지도 쓸 수 없게 되었어. 그래서 이 편지를 엄마가 대신 써 주고 있는 거야.

원래는 6월 28일에 입원하여 치료를 받기로 예정되어 있었지만 건강 상태가 갑작스레 나빠져 치료를 2주 앞당겨 받게 된 거야. 3주 전부터 등허리에 심한 통증을 느끼기 시작했고 그 상태가 날이 갈수록 심해졌어. 이것도 종양이 번져 간 탓일 것이라고 짐작하고 있는 것 같애. 그래서 종양세포가 그 동안 얼마나 번져 갔는지 알아보기 위한 검사를 지금 받고 있는 거야.

어쨌든 이번에는 이 종양을 빨리 발견하게 되었으니 다행이야. 작년처럼 늦게 발견되었다면 또 한번 난리법석을 부려야 했을 테니 불행 중 다행이지 뭐니?

그러나 한편으로는 종양이 온몸으로 손써 볼 수 없을 만큼 번져 간 것 같은 예감이 들어 두렵기도 해.

어제 이 병원에서 클라우디아라는 언니를 알게 되었어. 나이는 스물일곱 살이야. 이 언니는 벌써 몇 년째 치료를 받고 있대. 이 언니와 이야기하면서 나는 여러 가지로 많이 깨우치게 되었어. 우리는 금방 친해졌으며 서로 많이 이해할 수 있게 되었어. 같은 방에 함께 있었으면 하는 생각도 해 보았지. 물론 우리 부모님이 함께 잠을 잘 수 없다든가 하는 불편한 점도 있겠지만, 한편으로는 그렇게 하면 부모님의 고생도 덜어 드리는 이점도 있을 것 같아 함께 있도록 해 보려고 했어. 그러나 클라우디아 언니의 치료 기간이 짧고 나도 오늘 일단 집으로 가야 하기 때문에 그만 단념하고 말았어.

나는 오늘 일단 집으로 갈 수 있게 되었어. 그러나 금요일 오전에는 또 한번 검사 받으러 이 병원을 다녀가야 해. 하지만 주말에는 집에서 지낼 수 있게 되어 정말 다행이야.

　이번 주말에 엄마와 마리 언니가 한 조가 되어 테니스 시합 나가기로 되어 있거든. 그러니 내가 응원도 가야 해. 그리고 오늘 저녁에는 미국 클럽에서 부모님 친구 식구들(캐나다인)과 함께 식사를 하고 빙고 놀이를 하기로 되어 있대. 그 동안 검사 받느라 제대로 먹지 못하였으니 오늘 저녁에는 뷔페에나 가 많이 먹으려고 벼르고 있어.

　사랑하는 캐롤린! 이제 곧 방학이지? 학년말 좋은 성적 받게 되길 빌어. 그리고 이번 여름에 한 번 더 만날 수 있으면 좋겠어.

6. 16.
이자벨

　보고 싶은 이네스 언니에게.

　이 편지가 마치 엄마 편지같이 보이지만 사실은 엄마가 대필만 하는 거예요. 저는 건강 상태가 나빠져 다시 병원에 와 있어요. 종양이 커져서 신경계통에 압박을 주기 때문에 너무나 고통스러워요. 다행히 사흘 전부터 치료가 시작되었고 지금은 통증도 조금씩 가라앉고 있어요. 그런데 이번 치료를 받기 시작하고부터는 이상하게 마음이 자꾸만 침울해져요. 나도 걷잡을 수 없을 정도예요. 그래도 부모님이 늘 곁에 계셔서 다행이에요. 그리고 또 캐나다인 남자 친구가 늘 와서 위로를 해 주고 있어 크게 도움이 돼요. 그 애는—이름이 얀이에요—사귄 지 겨우 1주일밖에 되지 않는데도 굉장히 이해심이 많고 나에게 잘 해 주려고 애쓰고 있어요.

　내가 지난 14일에 퀼른 병원에 다시 입원했을 때는 통증이 너무 심했어요. 그래서 방사선 치료를 할 것인가 어쩔 것인가 하고 의사 선생님들끼리 처음에는 논란을 많이 했지요. 하지만 내 통증이 너무 심해 우선 그전에 썼던 치료 방법을 써서 통증부터 가라앉게 해 준 거예요. 오늘 예거 교수님이 회진 나오셨는데 용기를 잃지 않도록 좋은 말씀을 많이 해 주셨어요. 아직은 통증이 있지만 치료를 받고 있으니 차츰 나아지겠지요. 어젯밤에는 7일 만에 처음으로

103

다섯 시간이나 잘 수 있었어요. 물론 자주 깨기는 했지만요. 지난 한 주일 동안은 허리에 통증이 너무 심해 침대에 누울 수도 없었다구요. 그래서 침대에 앉아서 밤을 지새우기도 했어요.

지난 6월 13일에는 만하임에 있는 외삼촌 집에 갔어요. 그 집 딸 사샤가 영세를 받게 되었고 제가 세례모가 되었거든요. 그리고 작년 여름에 발목을 수술할 때 관절에 꽂아 두었던 못을 그 동안 뽑아 내었어요. 그러니 치료를 쉬는 기간에도 이렇게 바쁘게 살고 있는 거예요.

보고 싶은 언니, 언니에게 많은 행운이 함께 있길 언제나 빌고 있어요.

6. 23.
이자벨

쾰른 병원에 가서는 또다시 갖가지 검사를 받아야만 했어. 병원 본관에 있는 의사 선생님들과 — 다른 데보다 방사선과 — 간호사들이 너를 알아보고 모두들 무척 마음 아파했어. 조직 검사도 다시 했지. 강한 진통제를 맞았는데도 통증이 너무 심하여 너는 밤에도 잠을 잘 수 없었단다. 얼마 전까지만 해도 증상이 좋아지고 있었는데 어쩌다가 이렇게 상태가 악화되었는지…….

다행히 이번에는 얀이 날마다 병원으로 찾아와 주었고 또 수시로 전화를 해 주었어. 그래서 그 애에 대한 네 마음이 투병 의지를 굳건히 불러 지탱시켰던 것 같애. 그 애는 너에게 통증을 — 마치 옷을 옷장에다 걸어 두듯이 — 네 몸에서 떨칠 수 있는 방법이 있다면서 즐거운 생각에만 몰두하라고 말했지. 그래, 그 애의 말이 사실이었어. 그 애를 생각하는 동안에는 네가 통증을 잊었던 거야.

이번에는 병동에 젊은 환자들이 많았어. 젊은 환자 가운데 너와 가장 가까웠던 사람은 언제나 머리에 스카프를 예쁘게 쓰고 있는 클라우디아였어. 그 아가씨는 몇 년째 치료를 받고 있었으며 상태가 여러 번 나빠져 위기를 넘겨 보았기 때문에 많은 경험담을 너에게 이야기해 줄 수 있었어.

그밖에도 미카엘이라는 대학생이 있었지. 그 사람은 운이 좋아 종양이 초기 단계에 발견되어 치료를 받았던 거야. 그래서 그 사람은 다음 학기부터는 정상으로 공부를 계속 할 수 있었어. 미카엘도 너에게는 큰 위안이 되었어. 너는 그 사람과 음악을 연주하기도 하고 함께 카세트를 듣곤 했지.

예거 교수님의 특별병동이 낡은 건물이었기 때문에 모든 환자들이 화장실과 샤워장을 공동으로 쓰고 있었어. 그래서 치료 중인 환자들은 링거액 병을 치켜들고 화장실에 가곤 했어. 또 병의 상태가 좋은 환자들은 복도에 있는 걸상에 나와 앉아 있기도 하였으므로 자연히 환자들 서로가 접촉이 많았어. 그러다 보니 환자들끼리 정보가 교환되고 병동에서 일어나는 일은 모두가 알게 되었지.

6월 20일에야 너에게 다시 항암 치료가 시작되었어. 이번에는 다행히도 HOK 치료법이었어. 그래서 통증은 날마다 날마다 줄어들었어. 그 무렵 네가 L교수에게 놀라운 말을 한 일이 있었지. 하느님이 통증을 느끼게 해 주셨기 때문에 이번에 네가 종양이 커지고 있다는 사실을 빨리 알 수 있었고, 따라서 치료를 일찍 받을 수 있게 되었으니 너는 하느님께 감사한다고 했어. 네가 이렇게 모든 것을 좋은 쪽으로 생각하는 마음가짐을 어디서 배웠는지는 모르지만 대견스럽고 흐뭇했어.

치료는 6월 27일에 끝이 나 3일 뒤에는 집으로 돌아갈 수 있었어. 백혈구 수치가 낮았으니 엄격한 격리는 피할 수 없었지.

이때 난처한 문제가 생겼어. 얀이 너에게 키스해도 무방한지 걱정하지 않을 수 없었어. 그래서 L교수에게 물어 보았더니 마스크를 하고서는 키스할 수 없을 것이라고 대답해서 한참이나 웃을 수 있었잖니. 그래서 나는 얀에게 감기 들지 않게 특별히 조심하라고 단단히 당부했어.

7월 3일에는 마틴 씨 식구를 집으로 초대했어. 우리는 모두 함께 식사를 한 다음 너희들 젊은 아이들은 크리스찬 방으로 갔고 우리는 마틴 씨 내외와 여름 휴가를 계획하고 있었지. 8월에 알덴 지방의 한적한 곳에 있는 콘도에 가서 휴가를 보낼 계획이었는데 얀을 데리고 갔으면 했어. 너에게 말하기 전에 마틴 씨 부부의 동의를 먼저 얻어 두려는 것이었어. 마틴 씨 부부는 기꺼이 동의해 주었고, 그래서 다음날 얀이 다시 찾아왔을 때 우리가 먼저 얀을 데리고—별 생각 없이—이야기를 했던 거야. 그런데 너는 그 애가 너에게 먼저 오지 않았다고 화를 단단히 내었지. 우리와 이야기한 시간은 불과 20분도 되지 않았는데 말이야. 네가 노발대발하자 얀은 어찌 할 바를 몰라 했어. 그날에서야 네가 얼마나 아픈 사람인지 얀이 알게 되었던 것 같애.

　　내가 사랑하는 얀에게.

　　자기가 돌아간 지 한 시간 반이 지났어. 그 동안 자기가 나를 도와주려고 여러 가지로 애쓴 것 고마워하고 있어. 그리고 두 번 다시 오늘과 같이 심술부리는 일이 없도록 약속도 하고 싶어.

　　우리 집 식구들 모두가 나에게 왜 그랬느냐고 묻는 것을 보니 내가 너무 이상하게 행동했나 봐. 미안해. 자기는 내 허물없는 동무여서 그랬던 것 같애. 사실 내 둘레에 그렇게 마음 터놓고 지내는 사람이 요즘 많지 않았어. 나는 몸이 아파 자기를 위하여 아무것도 할 수 없는데도 왜 자기가 나를 좋아하는지 놀랍고 신기하기만 해.

우리가 저녁에 만나면 자기는 언제나 축구 이야기를 하지만 자기와 함께 하는 시간이 더없이 행복했어. 자기가 두 시간밖에 시간을 내지 못하는 것이 늘 안타까웠어.

자기 부모님들은 모두 훌륭한 분들이야. 우리가 알게 된 것이 겨우 두 주일밖에 되지 않았지만 그 동안 자기는 나에게 언제나 용기와 힘을 내게끔 해 주었어. 지금 나는 자기에게서 얻기만 하고 있지만 언젠가는 나도 자기에게 도움이 될 수 있기를 빌고 있어. 다시 만날 날을 기다리며.

7. 4.
이자벨

13

　그런 일이 있은 뒤로 얀은 조금씩 변해 갔어. 너를 찾아오는 것도 점차 뜸해지기 시작했고 대화의 내용도 겉돌고 있었어. 헤어질 때도 언제 다시 올 것이냐고 네가 물으면 머뭇거리면서 '아마' 또는 '어쩌면' 하고 단서가 붙기 시작했어.

　이런 식으로 얀이 네 곁을 떠나가기 시작했어. 너에게는 몹시 가슴 아픈 일이었지.

　"엄마, 얀이 오지 않는 것은 서운한 일이지만 그렇다고 내가 처음부터 내 처지를 착각하고 있었던 것은 아니야."

하고 네가 말했을 때 내 가슴이 미어졌단다.

　치료를 쉬고 있는 동안 L교수 내외와 퇴벨리우스 박사를 우리 집 저녁 식사에 초대하여 재미있게 지낸 일이 있었지? 이날 얀도 초대했어. 퇴벨리우스 박사님은 일부러 좀 일찍 오셔서 너와 이야기를 하였지.

　식사 동안 모두들 얀에게 이것저것 묻곤 했어. 그리고 축구를

비롯한 운동 이야기와 미국의 대학 제도에 관한 이야기도 많이
했어. 퇴벨리우스 박사님이 슬쩍 우리 곁에 와서

"저 자신만만하고 활달한 청년이 누구요?"

하고 물었어. 그는 틀림없이 네가 그 애에게 매혹 당할 것을 염
려하셨던 것이란다. 퇴벨리우스 박사가 왜 네가 함께 식사를 하
지 않느냐고 물었지만 대답을 피하고 얀이 돌아간 뒤에야 비로
소 너는 손님들이 있는 자리로 나왔어. 슬리퍼에, 반바지 차림
에, 까까머리인 채로……

　L교수 내외가 가고 난 뒤에 박사님은 너와 한참 동안 즐겁게
웃고 이야기하였지.

　7월 19일에 너는 다시 쾰른 병원에 가야 했어.

　　사랑하는 캐롤린에게.

　　이 세상에서 가장 멋있는 휴가를 보내고 돌아왔길 빌어.

　　나는 오늘 다시 입원해서 치료를 기다리고 있는 중이야. 오늘은
여러 가지 검사를 받았는데 종양이 많이 나왔다고 담당의사들이
말해 주었어. 그것이 사실이라면 이번에 받게 되는 치료가 한결 쉬
워지기 때문에 참으로 다행이라 생각하고 있어.

　　프리데만이 올 때쯤 내가 네 집에 한 번 가면 어떻겠니? 우리
또래 아이들과 어울리고 싶어서 그래. 그렇게 될 수 있다면 재미있
고 좋을 것 같은데……. 병원에서 나보다 나이 많은 분들하고만 지
내고 있으니 내 또래 아이들이 그리워 견딜 수가 없어.

　　사랑하는 캐롤린! 행복하게 지내길 빌어.

7. 19.
이자벨

　　사랑하는 도리스에게.

　　네 긴 편지 읽으며 감격하지 않을 수 없었어. 고마워! 너는 이번

에 너무 멋있는 여행을 한 것 같구나. 나도 그런 여행을 한 번 해 보는 것이 꿈이란다. 그래서 네 편지 읽고 나니 나도 그런 여행이 하고 싶어 견딜 수 없어. 그리고 보내 준 편지와 카드 여러 장도 잘 받았어. 고마워.

치료를 쉬는 2주 동안 나에게도 여러 가지 즐거운 일들이 있었어. 니핀드 선생님과 벨 선생님이 나를 한 번 찾아오셨어. 선생님들과 학교 밖에서 따로 만나 보면 놀라운 사실을 정말 많이 알게 돼. 니핀드 선생님도 글쎄 나와 같은 병을 앓았고 아직도 투병하고 계신 중이래! 그러니 그 선생님과는 정말 마음을 터놓고 대화를 할 수 있었던 거야.

사실 내가 이 몸으로 집에서 지내는 것이 간단하지는 않아. 나는 지난번에 병세가 갑자기 악화되었을 때 너무 충격을 받았고, 아직도 그 충격에서 완전히 벗어나지 못하고 있는 거야. 다행히 많은 분들과 대화를 하면서 마음의 안정을 되찾고 있지만 그래도 아직은 가끔 무섬증에 시달리고 있어.

얀의 어머님께서 루르드 성수 한 병을 보내 주셨어. 그 집은 독실한 가톨릭 집안이며 더구나 마틴 부인은 이 성수의 효과를 굳게 믿고 계셔. 부인이 한 번은 위독하셨는데 이 성수의 도움으로 살아나셨대. 그래서 나도 성수의 효험을 믿기로 하고 날마다 두 번씩 이 물로 성호를 긋고 있어. 그랬더니 어쩐지 생기가 솟아나는 것 같애.

나는 요즘 아무 생각 없이 침대에 그냥 멍하니 앉아 지낼 때가 많아. 마약에 중독된 사람들이 이런 비슷한 느낌을 가질 것 같은 생각이 들어.

박사님들이 공식으로는 아직 말할 수 없지만 종양은 계속 퇴치되고 있다고 했어. 이를테면 지난번에 새로 커지기 시작했던 것이 다시 퇴치되었다는 것인지 몰라. 그 밖에도 교수님은 내 건강을 완전히 회복시켜 보려고 치료하고 계신 거라고 말씀하셨어. 그런 점을 내가 의심해 본 일은 한 번도 없었어. 달리 생각해 볼 수도 없는 일이잖니?

사랑하는 도리스! 그러니까 나는 지금 휴가 중인 셈이야. 이 달 내내 집에서 이렇게 지낼 것 같애. 이번 치료는 지난번보다 훨씬 반응이 좋았고 별로 고생스럽지도 않았어. 안녕

7. 21.
이자벨

14

7월에는 일곱 번째 항암 치료를 받게 되었지. 이번에는 병동 안에서 가장 작고 어두운 병실에 있게 되었어. 방이 너무 작아 보호자 침대도 들여놓을 수 없었어.

이 소식을 전해들은 잉게 아주머니가 자기 집에 있는 야전용 침대를 보내 주었지. 날마다 침대를 펴고 치우는 것은 문제가 아니었지만 방의 분위기가 짓눌린 듯 답답하고 침울하였어. 이 병동 전체 분위기도 매우 저기압이었고…….

그때 한 스무 살 정도밖에 안 된 젊은 그리스 여자가 걸음도 제대로 걷지 못하는 위독한 상태로 병동에 새로 입원하게 되었어. 이 여자는 누구와도 접촉이 없었어. 독일어를 하는 그리스 여대생 한 명이 유일하게 날마다 찾아왔지. 우리는 되도록 그 여자의 이야기를 너에게 해 주지 않으려고 했지만 너는 그 여자의 건강 상태가 나날이 악화되고 있다는 것을 짐작하고 있었어. 산소호흡기가 병동에 왔고, 또 다른 이동식 기구함이 함께 왔는데 그것이 어디에 쓰이는 것인지는 그 당시 우리는 알지 못했어. 그 여자가 입원한 지 이틀째 되는 날 밤 그 그리스 여대생이 애통하게 통곡하는 소리가 들렸어. 그 여자가 부모 친척도 없는 외국에서 세상을 떠났던 거야. 이날 밤부터 병동 분위기는 매우 침울해졌어. 그 여자가 있었던 병실은 밀봉된 채 소독이 시작되었어. 너는 그때부터

"사람이 죽으면 시체를 목욕시켜요?"

"누가 시켜요?"

"관 속에는 언제 넣어요?"

따위에 대하여 자꾸 질문하기 시작했어. 우리는 네 기분을 되돌리려고 온갖 노력을 다했지만 네가 우울증에 빠져드는 것을 막아 내지 못했어. 너는 더 이상 살고 싶지도 않고 치료도 받고 싶지 않다는 말을 자주 되풀이했어.

우리는 하는 수 없이 퇴벨리우스 박사님에게 연락하여 사정을 말씀드렸어. 그랬더니 박사님이 고맙게도 그날 저녁에 쾰른까지 오셨어. 그리고 너와 단둘이 이야기하겠다고 하셨어. 박사님이 너와 무슨 말을 했는지는 모르겠지만 한 시간 뒤 우리가 네 입원실에 불려 들어갔을 때 너는 치료를 다시 받겠다고 했어. 박사님이 그렇게 고마울 수 없었단다!

그 뒤 모든 것이 다시 정상이 되어 갔어. 다행히 치료 효과가—바로 HOK 치료법이었어—있어 네 통증도 줄어들었어.

하루는 네 기분을 좀 바꿔 주려고 가까이에 있는 공원까지 자동차로 한 바퀴 다녀오겠다고 말해 병원의 허락을 받고 너와 둘이서 나갔던 일이 있었지. 때는 여름이었지만 우리는 담요와 쿠션을 가지고 갔어. 우선 우리는 이탈리아 아이스크림 가게에 들러 아이스크림을 사 들고 공원에 갔지. 너와 함께 병원에 있으

면서 내가 날마다 가볍게 달리기를 하던 곳이었기 때문에 나는 공원 구석구석을 잘 알고 있었어. 그래서 외딴 호숫가에 있는 벤치에 갈 계획이었어. 주차장에서 벤치까지는 그리 멀지 않았고 마침 저녁 해가 넘어 가고 있었어.

우리가 저녁 노을이 비치는 벤치에 앉아서 호수에서 놀고 있는 백조와 오리들을 보고 있을 때 다람쥐 한 마리가 우리 곁에까지 와서 재롱을 부리기도 했지. 해가 지고 어둠이 깔려 오기 시작할 무렵에야 우리는 자리를 털고 일어나 돌아왔어. 오는 길에 우리는 이탈리아 아이스크림 가게에 다시 들러 환자들과 야근 간호사 수대로 아이스크림을 사 가지고 병동으로 왔지. 그때 너는 아이스크림만 가지고 온 것이 아니었어. 그 사이 네 기분은 완전히 좋아지고 병동 복도에 있는 걸상에 침울하게 앉아 가끔 서로 이야기를 소곤거리고 있던 다른 환자들을 명랑하게 해 줄 좋은 생각도 가지고 돌아왔던 거야. 모두들 아이스크림을 먹으면서 좋아했어. 너는 그들 사이에 끼여 앉아 수수께끼를 내기도 하고 익살맞은 이야기도 하여 병동에 다시 웃음꽃이 피게 되었지.

그러나 다음날 너는 또다시 침울해져 있었어. 그날은 몹시 무더웠어. 네가 침울할 때 네 마음을 돌려놓는 방법을 나는 알고 있었지. 그 동안 우리는 쾰른 병원에서도 특별한 배려를 받고 있었어. 나는 너와 자주 함께 시내를 거닌 일도 있었지. 그러나 이날은 네가 조금도 내키지 않는 얼굴로 따라나섰어. 그때 많은 환자들이 병동 건물 밖 그늘에 나와 더위를 피하고 있었어. 너와 나는 차를 타고 병원을 빠져 나와 얼마 동안 와서 꽤 번화한 거리에서 차를 내려 걷기 시작했어. 그 거리에는 제법 괜찮은 옷가게들이 몇 개 있었어. 우리는 여기저기 기웃거리다가 한 가게에 들어갔어. 마침 가게에는 손님이 없었고 가게를 지키고 있던 여자 점원이 친절하게 우리를 맞아주었지. 너는 처음에는 마지못한 듯 이 옷 저 옷을 뒤적이다가 입어 보기도 했어.

그러는 동안 네 어깨에 꽂혀 있는 호스가 몸 밖으로 나와 있는 것이 보였고, 또 까까머리까지 들통이 나고 말았어. 이때 젊은 여자점원은 너무나 놀라며 어쩔 줄 몰라 했어. 그러나 너는 태연하게

"놀라지 마세요. 치료받고 있는 중이에요!"
하고 말했어. 네가 아주 침착하게 설명하니 그 여자 또한 놀랍도록 곧 침착을 되찾았지.

너는 옷을 하나 사기로 하였고 나에게도 기어코 하나 골라 사도록 권하였지. 그때 내가 무슨 옷을 샀는지는 하나도 생각이 나지 않아. 그러나 네가 기뻐했던 것은 기억하고 있어. 마침내 너는 기분을 바꾸고 다시 삶에 대한 의지를 되찾았던 거야.

"엄마, 내가 새 옷을 입고 병원에 가면 모두들 나를 알아볼까? 모두들 아직도 그늘에 앉아 있을 텐데……."
하고 말하며 눈에 빛이 나기 시작했어. 너는 새 옷으로 바꿔 입었고 입고 온 옷은 싸 달라고 해 들고, 입술에 루즈를 바르고, 색안경까지 끼고 병원으로 돌아갔어. 이때 네 얼굴에는 장난기가 가득했고 숨막힐 것 같이 침울한 자신의 감정을 이겨 냈다는 자부심이 네 마음뿐만 아니라 행동에서도 넘쳐 있었어.

병동 옆 그늘에 맥없이 멍하니 앉아 있던 환자들은 네 모습을 보고 모두 환히 웃으며 함께 즐거워했어. 그날 샀던 그 옷이 너에게 좋은 생각을 갖게 해 주었던 거야. 언제 다시 그 옷을 입으려고 했지? 그 뒤에도 너는 몇 번 이 옷을 입어 보고 몇 시간 동안—마치 옷장에 옷을 벗어 걸어 두듯이—통증과 우울증을

잊을 수 있었어.

　사랑하는 도리스에게.
　어제로 치료가 끝났고 백혈구 수치가 너무 떨어져 지금은 수혈을 받고 있는 중이야. 전체로 보아 치료 효과가 좋았다고 해.
　1. 모든 검사 결과는 좋고,
　2. 내 혈액이 정상이 되는 대로 또 다른 새로운 치료를 시작할 계획이래. 어쩌면 이번 금요일에 벌써 시작할지 모르겠어. 새로운 치료는 석 달 걸리지만 일 주일에 한 번만 엉덩이에 근육주사를 맞으면 되는 거야. 물론 우선 거부반응이 없어야겠지만……. 그렇게 한 다음 9월에는 중간 검사를 하여 치료를 어떻게 계속할 것인지를 결정하겠지. 어쨌든 지금까지와 같은 고통스러운 치료는 아닌 모양이야. 나도 이제 곧 정상으로 생활을 할 수 있을 것으로 생각돼.
　3. 그래서 나는 학교 생활로 돌아갈 것을 계획하고 있어. 내가 다음 학기부터 들어갈 반 아이들이 참 착하고 재미있대. 그래서 나도 기대에 부풀어 있어.
　어쩌면 그 사이 내가 가발이나 머릿수건을 쓰지 않아도 괜찮을 만큼 머리카락이 자랄지도 모르겠어. 머리에 수건을 쓰는 것이 가발을 쓰는 것보다 한결 편할 것 같애.
　너 전에 같은 반에 있던 숄츠 기억하고 있지? 그 애네 집에 큰 걱정이 생겼다는구나. 그 애 아버지의 목에 종양이 생겼대. 그래서 조직을 검사해 보니 악성 종양이더래.
　그래서 오늘 내가 그 애에게 편지를 써서 여러 가지 치료에 관하여 도와주겠다고 약속했어. 저녁에는 전화도 했어. 진단 결과 종양이라고 판명되었지만 그 종양도 나을 수 있다는 사실을 알려 주었어. 내 생각에는 내 말이 도움이 되었을 것 같애. 지난번 내가 학교에 갔을 때 우리 반 아이들이 나에게 어색하게 대하던 것이 서운했고 비굴하다고 생각했기 때문에 오늘 내가 그 애에게 연락하였던 거야. 나는 다른 아이들처럼 그렇게 관심없게 행동할 수는 없다고 생각했어. 그 애 아버지도 나처럼—불행 중 다행으로—좋은 의사들에게서 치료를 받을 수 있게 되기를 빌고 있어.

내가 8월에는 너희 집에 한 번 다녀올 계획을 세우고 있어. 그래서 이 생각 저 생각으로 머리가 복잡해. 내가 너희 집에 간다 하더라도 치료를 받지 않는 동안에만 갈 수 있거든. 가장 좋은 방법은 네가 나에게 오는 거야. 그러는 것이 너에게도 편하다면 말이야. 어떻게 되든 우리 꼭 만날 수 있길 빌어. 요즘은 편지 쓰는 게 재미가 없었는데 오늘은 즐거운 마음으로 이 편지를 썼어.

식구들에게 문안 전해 주고 빨리 만날 수 있기를 빌어.

1982. 7. 28.

이자벨

앞으로 석 달 동안은 통원 치료만 받기로 되었기 때문에 너는 기대감에 부풀어 7월 31일에 집으로 돌아왔지. 이제부터는 2주일마다 블레오마이신(항암치료의 종류 : 주사로 투약하는 응급치료법)이라는 주사만 맞으면 되게 되었던 거야. 그래서 너는 조금씩 학교에 갈 계획도 세우기 시작했고 여름 휴가를 보낼 계획으로 바빴지.

블레오마이신 주사는 많은 환자들에게서 효과를 보고 있다는 이야기는 너도 듣지 않았니? 그 동안 네 피 속의 백혈구 수치가 다시 올라가 8월 9일에는 첫번째로 블레오마이신 주사를 맞았어. 그런데 그 주사로 너에게는 일단 거부반응이 나타났어. 너는 심한 열이 났고 덜덜 떨기까지 했어. 그전에는 한 번도 그런 일이 없었잖니. 다행히 며칠 만에 열도 내리고 증상이 회복되었어.

8월은 휴가철이라 본 시내가 조용했지. 내 친구들도 휴가 중이라 시간을 내어 우리를 많이 도와주었어. 뢰브 아주머니는 너를 오바빈타(본 근교)에 있는 자기 집에 데리고 가지 않았니. 너

117

는 그 집의 아름다운 뜰에서 쉴 수 있었고 그 집 서재에서 책도 마음대로 골라 볼 수 있었어. 환경이 바뀐 것을 너도 좋아하고 매우 고맙게 생각했잖니. 또 너는 자클린 아주머니 집에도 갔고. 그 집 두 아들과 그리고 그리스인 친구와 함께 정원에서 재미나게 놀았지. 자클린 아주머니는 싱싱한 과일로 음료수를 만들어 너희들이 뜰에서 즐길 수 있게 해 주었어. 그 집 작은아들 요한은 기타를 켜고 너는 큰아들 필립과 지난날 테니스할 때 있었던 일화들을 되새기며 즐거워하고 있었어. 네가 열 살 때 그 애에게서 처음으로 테니스를 배우지 않았니? 때로는 크리스찬이 그 집으로 가 음악을 함께 들으며 카세트에 녹음도 하며 지내다 왔지.

이 무렵에 너는 P박사님한테서 편지를 받았어.

사랑하는 이자벨에게.
네 편지 반갑다. 고맙다.
치료가 부작용 없이 진행되었고 앞으로 14주 동안 통원 치료만 받는다니 정말 잘 되었구나. 블레오마이신도 부작용 없이 좋은 효력이 있길 빈다. 그리고 휴가를 할 계획이라는 것 정말 잘 생각한 거야. 병원에 입원해 있으면서 치료를 받는다는 사실, 더구나 병이 낫기를 그저 기다리고만 있는 것이 얼마나 많은 스트레스를 받는 것인지 나는 너무 잘 알고 있다. 그래서 환자들도 치료를 쉬는 틈을 타 갖가지 재미있고 즐거운 일들을 겪으며 새로운 힘을 재충전해야 하는 거야. 그래야만이 알게 모르게 하고 있는 온갖 걱정과 불안을 이겨 낼 수 있는 것이거든. 나는 너도 마음껏 즐기는 휴가를 반드시 하고 와야 한다고 생각하고 있다.

그리고 학교에 다시 가게 되더라도 너무 욕심을 부리지 말고, 또 공부가 뒤떨어졌다고 속상해하지 말고, 마음을 언제나 편히 가지고 천천히 하도록 해야 돼. 여러 가지가 그전과 같지가 않을 거다. 그 동안 병 때문에 너는 몸뿐만 아니라 정신에도 많은 타격을 받았어. 그러기 때문에 학교 생활에 적응하기가 그렇게 쉬운 게 아닐 거다. 친구들과 관계도 마찬가지야. 모든 것은 시간이 지나면서 스스로 적응된다고 생각해야 돼. 만약 불안한 생각에 쫓기기 시작하면 모든 것이 더욱 어렵게 될 터이니 명심해야 돼! 여기에도 참을성이 필요한 거야.

휴가 잘 지내길 빈다. 그리고 내가 늘 너를 생각하고 있다는 것을 잊지 말아라. 안녕!

1982. 8. 11.
울리케 P.

사랑하는 도리스에게.

개학했지? 네가 나를 찾아와 주어서 너무 반가웠어.

네가 다녀간 뒤 여러 가지 일이 많았어. 나는 처음으로 블레오마이신 주사를 맞았어. 그런데 내 몸에서 거부반응이 일어났지 뭐니. 열이 무려 40도까지 올라가고 오들오들 떠느라 고생했어. 원래 이런 과정을 거쳐 적응이 되어 가는 것인지는 모르겠어. 다음에 주사를 맞으면 반응이 좀 좋아지길 바라고 있지만 걱정이야. 그래도 지금은 우리 집에서 지내고 있으니 모든 것이 병원에 있는 것보다는 천 배 만 배 좋아. 여러 사람이 찾아올 수도 있고……

사랑하는 도리스! 오늘은 그 누구에게도 편지 쓰고 싶은 심정이 아니야. 미안해. 꼭 편지를 써야 한다는 책임감 때문에 그런지도 모르겠어. 짧게 쓴다고 화내지 마. 안녕!

8. 15.
이자벨

15

　8월 16일에 우리는 오바란스타인(라인강 지류인 란강이 있는 곳이며, 본에서 겨우 70~80킬로미터 거리에 있는 휴양지)에 있는 리조트 호텔에 휴가 갔어. 식구끼리 이렇게 값비싼 호텔에 간 것은 이때가 처음이었어. 그러나 그 당시 모든 여건으로 보아 이곳에 가는 것이 가장 좋은 해결책이라 생각했지. 너를 데리고 멀리 갈 수도 없었거니와 피 검사를 수시로 받아야 하기 때문에 종합병원이 있는 곳에 가 있지 않을 수 없었어.

　너는 무엇보다 우리 식구들이 모두 쉴 수 있다는 것을 더없이 좋아했어. 너는 우리 식구들이 테니스 치는 것을 내려다보고 좋아했고 또 너도—팔은 아팠지만—헤엄을 치면서 즐거워했지. 너는 워낙 헤엄을 잘 치기 때문에 오른팔을 움직이지 않고도 '크롤'을 칠 수 있었어. 또 너는 크리스찬과 마티아스와 함께 탁구도 쳤어. 네가 많이 움직이는 것을 힘들어했기 때문에 걸상에 앉아서 탁구를 칠 수 있도록 해 주느라 그 애들이 애써 주었지.

너는 앉은 자세로 탁구를 치는 것을 좀 창피하게 생각했지만 그 래도 얼마나 즐거워했니. 또 우리는 유람선을 타고 강을 따라 내려가 라인강까지 다녀오기도 했잖니. 유람선을 타고 가면서도 행여 네가 열이 있는지 어떤지 우리는 너에게 수시로 체온계를 꽂아 보기도 했어. 다행히 열이 오르지 않아 갑판에 앉아 경치를 보고 좋아했어. 오빠와 동생도 너와 함께 장난을 치면서 즐 거워했지.

휴가 마지막 날에 우리는 마틴 씨 내외와 얀을 그 곳으로 초대했지. 네 아빠를 설득하는 것이 쉽지는 않았어. 얀은 곧 대학에 가기 위해 캐나다로 돌아가야 했고 그렇게 되면 너희들 둘이 언제 또다시 만날 수 있을지도 확실치 않았어. 뿐만 아니라 네가 얀을 만나는 것을 원하는 것 같았고 또 나도 너희들 관계가 어색하게 끝나는 것을 원치 않았기 때문에 아빠를 설득했던 거야. 마틴 부인도 우리 초대에 기꺼이 찬성해 주었어. 그래서 그 날은 아주 자연스럽게 얀의 송별회를 하게 된 거야. 성탄 때 얀이 독일에 돌아와서 다시 만나게 되길 함께 기원하기도 했잖니.

8월 23일에 두 번째 블레오마이신 주사를 맞으러 쾰른 병원에 갔지. 주사를 맞고 난 다음 CT나 방사선 그 밖에 여러 가지 검사도 받기로 예정되어 있었어. 그때 방사선과 과장님이 너를 손수 검사했어. 그분은 몸집이 크고 머리는 하얬으며 위엄이 있는 사람이었어. 검사가 끝난 뒤 그 과장님이 당황한 얼굴로 나에게 다가와서

"블레오마이신 주사 치료는 당장 중단해야 합니다. L교수에게 곧바로 연락하겠어요"

그렇게만 말하고 급히 나가 버렸어.

그때 나는 또 한 번 하늘이 무너지는 것 같은 절망감을 느꼈

어. 이번이 겨우 두 번째 주사를 맞았던 것이었고 예거 교수는
마침 휴가 중이었잖아.

그 사이 방사선 과장과 함께 좇아 온 L교수는 매우 긴장해
있었어. L교수에게는 벌써 네가 단순한 환자에 그쳤던 것이 아
니었어. 나는 L교수의 눈을 보는 순간 그가 네 폐 방사선에서
아주 나쁜 무엇을 발견했다는 것을 바로 느낄 수 있었어. 이 순
간 의학에서 일어날 수 있는 기적에 대한 내 모든 희망이 무너
져 하염없이 눈물을 쏟고 말았단다.

의사 선생님들은 너를 당장 다른 방법으로 치료하여야 한다는
결론을 내린 거야. 곧바로 병실을 마련해 주도록 의무과에 지시
가 내려졌고 휴가 중인 예거 교수에게도 연락을 했어. 그때 마
침 두 번째 조직배양 검사 결과가 나왔는데 매우 심각한 악성종
양이라고 했어.

이번에는 퀼른 병원에 입원할 수 있는 날이 빨리 오기를 우리
가 손꼽아 기다리지 않을 수 없게 되었어. 그러나 한 주일이나
지난 8월 30일에야 겨우 병실이 마련되어 네가 다시 입원하게
되었단다.

　　사랑하는 도리스에게.
　　다시 통증이 심해 편지를 짧게 써야겠어.
　　내 상태가 더 나빠졌어. 그 동안 통원 치료하면서 맞은 주사에
　내 몸이 거부반응을 보인 거야. 그 사이 번져 나간 종양을 퇴치시
　키기 위해서는 앞으로 5일 동안 꽤 고통스러운 치료를 받아 내야
　한대. 이렇게 자꾸 뒤틀리면서 아픈 것은 정말 견뎌 내지 못하겠
　어. 이제 곧 무슨 조치가 있을 것이라니 정말 다행이야. 통증이 멎
　어야 다시 편지 쓸 수 있을 것 같애.

사랑하는 도리스, 새 학기 잘 맞도록 해. 빨리 만났으면 좋겠어.
안녕!

1982. 8. 20.
이자벨

이번에 새로 받는 치료는 너무나 고통스러운 것이었지. 너는 9월 초에는 학교에 간다는 계획을 세우기도 했지만 결국 모든 것을 잊지 않으면 안 되게 되었어.

그러나 네가 새로 들어가기로 된 반은 너를 잊지 않았어. 새 담임 선생님인 퀠러 부인은 네 상태가 나빠져 예정대로 학교에 오지 못한다는 소식을 전해 듣고 퀼른까지 찾아와 위로하여 주셨고 그 반 학생들도 편지로 너를 격려해 주었는가 하면 곧이어 찾아와 주기도 했어. 새 반 담임 선생님과 친구들이 너에게 보여 준 관심이 너에게 엄청난 용기를 주게 되었어.

사랑하는 이자벨에게.

우리 반 아이들이 네가 깨끗이 낫기를 빌면서 보낸 편지 잘 받았을 줄 믿어. 우리 반 학생들이나 나는 몇 자 글로 적은 편지보다 무엇인가 더 많은 것을 너에게 보내 주고 싶지만 지금은 이자벨이 안정하여 치료에만 전념해야 하므로 이자벨이 집으로 돌아오게 될 때까지 기다리기로 했어.

내가 얼마나 이자벨을 생각하고 있는지 네가 느낄 수 있었으면 좋겠구나. 내가 규율 당번으로 교문 앞에 서 있을 때 너와 얼굴을 마주친 일밖에 없었지만 지난 주 내가 너를 찾아갔을 때 서로 많은 이야기를 할 수 있었잖니. 정말 다행이었다고 생각하고 있어. 그날 너와 나눈 이야기에 대하여 나는 두고두고 많은 것을 되새겨 생각하게 되었어.

앞으로도 용기를 잃지 않길 부탁한다. 우리가 네 곁에 있다는 사

실을 네가 알고 있으면 때로는 정신만큼은 괴로움에서 조금 벗어
날 수 있을 거야. 그러나 몸이 아픈 것은 네가 스스로 이겨 낼 밖
에 달리 도리가 없어 안타깝구나. 하지만 여러 사람이 네 곁에 있
다고 생각하면 너에게 힘이 되고 위안이 될 수 있을 거야. 정신의
힘이 육체의 무력함을 이겨 낼 수 있기를 빌고 바랄 뿐이야.

　네 부모님이 연락 주시는 대로 다시 찾아가도록 할게. 안녕!

1982. 9. 2.
담임 루스 켈러

　사랑하는 캐롤린에게.

　오랫동안 편지 쓰지 못해 미안해.

　네 두 번에 걸쳐 쓴 편지는 잘 받았어. 고마워.

　나는 너희 집에 며칠 동안이라도 가 있고 싶어 못 견디겠어. 그
렇게 될 때를 위해 여러 가지 재미있는 계획을 벌써 생각해 보고
있어.

　나는 지금 학교에 가지 못하고 있지만 반 아이들이 계속 찾아와
주고 있어. 모두들 너무 고마워. 정말 놀라지 않을 수 없어. 안녕!

1982. 9. 8.
이자벨

16

이즈음 본이라는 남학생이 너를 찾아 쾰른까지 왔지. 그 애는 너를 혼자 좋아하고 오래 전부터 따라다니던 아이였잖아. 그 애가 착하기는 해도 네가 좋아할 형은 아니었어. 네가 통증으로 고통스러워하고 있는데도 그 애는 세 시간이나 네 침대 곁에 앉아 네 사진을 찍곤 했지. 그 애가 그때 찍은 사진이 쾰른에서 침울했던 네 심정을 가장 잘 붙잡았던 것 같애.

그 당시 네 신경을 건드린 사람이 또 한 명 더 있었지. 미국 학교에서 심리상담을 하는 버드라는 사람이었어. 너는 그 사람과 함께 테니스 시합에 출전한 일이 있었지. 그는 최면술로 네 투병 의지를 끌어올려 주겠다고 한 거야. 나는 꺼림칙하게 생각했지만 그 사람이 너한테 해롭게 하지는 않을 것으로 믿고 있었어. 그래서 내가 L교수에게 최면술로 사람의 정신력을 조절할 수 있느냐고 물었더니 L교수의 대답이 걸작이었어.

"그 녀석 이자벨의 정신력을 조절할 생각 말고 제 입버릇이나 조절하라고 하세요!"

하고 내뱉는 거야. 그래도 하는 심정으로 다시 예거 교수에게 여쭈어 보았더니 환자가 굳은 믿음을 가지고 하는 것이면 무엇이든 도움이 될 수 있다고 대답하셨어.

그래서 예거 교수님에게는 교수님이 평소 지시한 것을 절대로 어기지 않을 것이라 약속하고 그 사람을 불렀어. 우리로서는 너에게 도움이 될 일이라면 무엇이든 해 보고 싶었으니까. 우리는 그 당시 여기저기 광고에 특효가 있다고 소개되는 식품 가운데서 식품과학으로 실험한 식이요법을 혹시나 하는 마음에서 써 보고 있었어.

버드는 너하고 단둘이서만 방에 있어야 한다고 했어. 그래서 나는 네 방에 아무도 들어가지 못하게 또 한 번 문지기가 된 셈이었지. 버드는 한 시간 뒤에야 방에서 나왔어. 그는 네 건강한 세포들이 종양세포를 쫓아내도록 최면술을 부려 놓았다고 하면서 돌아갔어. 그 뒤 네 설명이 재미있었어.

"처음에는 내가 과거에 가장 좋아했던 일들만 생각하라고 했어. 그런 다음 내 종양세포를 쳐부순다며 무슨 주문 같은 것을 외우듯이 중얼중얼했어. 마지막에는 나더러 수영장과 테니스장에 가는 생각을 하라는 거야. 그래서 그렇게 하는 척 하고 있어 주었지. 뭐!"

이런 식으로 너는 비위에 맞지 않는 것도 웃으며 받아들이는 아이였어. 하긴 버드가 다녀가고 난 다음부터 네가 가끔

"이 못된 종양세포놈들."

하며 짜증을 부린 일이 있었고, 또 네가 끝까지 투병 의지를 버리지 않았으니까 버드는 이것이 모두 자기의 최면술 탓이라고 믿고 있겠지.

사랑하는 도리스에게.

치료는 매우 힘들었지만 끝났어. 효과도 좋았던 것 같애. 우선 통증이 견딜 만큼 줄어들었으니까. 내일부터 2~3주일 동안 집에 가 있어도 좋다는 승낙을 받았단다. 사실 이건 좀 뜻밖이야. 기분도 많이 좋아졌고 무엇인가 하고 싶은 의욕도 생기는 것 같애. 이번과 같은 치료가 2~3주 뒤에 한 번 더 되풀이되는 모양이야.

지난 월요일에는 본이 찾아왔어. 3시간이나 있었으니 어색해서 혼이 났어. 한편으로는 재미도 있었지만……. 어쨌든 찾아온 것은 고맙잖아. 물론 그 애는 늘 하는 타령도 했어. 내가 자기를 사랑하느냐고 묻기도 하고 말이야. 나는 '노'라고 분명히 말했는데 그 애가 마음에 상처를 입지 않았으면 좋겠어.

요즘 이 병동에는 젊은 환자들이 많이 입원해 있어 분위기가 그전보다 훨씬 재미있어졌어. 어머님께 문안드려 주길 부탁해. 다시 만날 때까지 안녕!

1982. 9. 10.
이자벨

9월 11일에 우리는 집으로 갔지. 퀼른 대학병원에서 우리 집으로 또는 우리 집에서 병원으로 무수히 다니던 그 자동차 길을 나는 지금도 기억하고 있어. 너는 집에 가는 것이 좋아서 환성을 지르기도 했고 또 때로는 병원에서 당해야 할 고통에 대한 불안과 두려움에 빠져 침울하게 앉아 있기도 했어. 때로는 자동차를 타고 가며 네 비밀을 나에게 털어놓기도 했지.

언젠가 우리가 퀼른에서 집으로 돌아오면서 본 병원 가까이를 지날 때였어. 네가 갑자기 퇴벨리우스 박사님을 한번 찾아가 인사하고 가면 어떻겠느냐고 물었어. 네 상태가 좋아진 것을 보면 박사님도 좋아할 것으로 생각되기도 했지만 또 한편으로는 성가시게 생각하실 것도 같아 주저하면서

127 ❀

"글쎄, 시간이 있을지 모르겠구나"

하고 대답을 하면서 병원 쪽으로 차를 몰았어. 박사님은 방사선과에서 마침 미팅을 끝내고―이때가 점심 시간이었어―나오다 우리와 마주쳤어. 박사님은 우리가 온 것을 조금도 귀찮아하지 않았고 진심으로 반가워하셨어. 얼마 뒤 헤어질 때 너에게 자주 찾아오라고 말씀하셨잖니. 공연히 내가 혼자서 주저했던 것 같아 쓴웃음을 지었단다.

너와 함께 차를 타는 것이 힘들 때도 없지 않았어. 예를 들면 치료 도중에 단 하루 집에 다니러 가던 날이었어. 그날 너는 속이 역겹다고 했지만 그보다 기분이 매우 저기압이었어. 너는 내가 브레이크를 너무 세게 잡았느니, 너무 속도를 내느니 하며 자꾸 짜증을 부렸잖니. 그날 뒤로는 네가 옆자리에 타고 있을 때는 되도록 브레이크를 적게 쓰면서 일정한 속도를 지키려고 애를 썼어. 너를 태우고 다니면서 내 운전 실력도 그 덕에 많이 좋아졌다고 해야겠지?

네가 퇴원한 뒤로 너희 반 아이들이 차례로 방문해 주어 네가 굉장히 기뻐했어. 어느 날 내가 예정보다 일찍 집에 들어갔더니 반 아이들이 와 있었어. 네 방에는 향기 나는 양초가 켜 있었고 네 동무 잉군더가 기타를 치고 너는 동무들과 방바닥에 앉아 노래를 부르고 있었어. 위독한 환자인 네가 방바닥에 앉아 있다니……. 더욱이 네 폐 때문에 내가 얼마나 조마조마하고 지내고 있는데 촛불을 방에 켜 두고 있다니……. 나는 기절할 것 같이 놀라지 않을 수 없었어. 그러나 한편으로는 네가 인생을 이렇게 해서라도 조금이라도 더 즐긴다는 생각을 하니 기쁘기도 했어.

그리고 그때는 지금처럼 비디오가 많이 보급되지 않았어. 마침 마틴 부인이 친구인 깁슨 부인을 소개해 주어 너는 자주 그 집에 가서 비디오를 보기도 했어. 그 당시 본 영화 가운데에서 두 편은 아직도 기억하고 있어. 하나는 캐서린 헵번과 헨리 폰다가 주연을 맡은 영화였어. 늙은 부부가 사랑싸움으로 노후의 하루하루를 활기차게 꾸려 나가는 이야기였어. 네가 그날 저녁에 '엄마, 그 영화는 아빠 엄마의 30년 뒤의 모습이야!' 하고 말했지. 또 다른 영화는 엘리자베스 테일러가 주연을 맡은 〈클레오파트라〉였어. 나는 마지막 30분만 보았어. 여장부였던 클레오파트라가 노예가 되어 굴욕스러운 죽음을 당하기보다 떳떳하게 죽기를 원했지. 그래서 그렇게 죽을 수 있는 단 한 가지 방법이 독사에게 물려 죽는 것이라고 클레오파트라가 판단하였지.

너는 이때부터 죽음에 대한 생각을 자꾸만 하게 된 것 같애. 하루는 퇴벨리우스 박사님이 저녁에 집으로 찾아왔어. 그날은 아빠도 집에 있었으며 우리는 박사님과 함께 마루에 앉아 있었어. 나는 네가 퇴벨리우스 박사님과 단둘이서 이야기할 기회를 갖고 싶어한다는 것을 느꼈어.

그 당시 너는 진지한 문제는 박사님하고 이야기하려고 했어. 그래서 나는 자리를 피했고 아빠도 따라 나오기를 기대했어. 그런데 아빠는 조금도 눈치채지 못하였어. 5분쯤 지나 하는 수 없이 전화가 왔다고 속여 아빠를 마루에서 불러내었지. 그리고 제발 너와 박사님 두 사람이 이야기할 수 있도록 자리를 피해 주라고 부탁했어. 그랬더니 글쎄 네 아빠는 박사님에게 그런 실례가 어디 있느냐는 거야!

그날 저녁 너는 박사님과 단둘이서 30분쯤 이야기할 수 있었어. 이때 너는 네 병이 끝에 이르렀을 때 어떻게 되는지 물었어. 너는 다가올 일에 미리 대비하려고 하였던 거야. 그것이 네 성격이었잖아. 박사님은 죽음에 따르는 고통을 덜 두려워하게

해 주었고 그때부터 너는 나름대로 흉하지 않게 죽을 수 있다는
생각을 갖게 되었던 것 같애.

　　사랑하는 도리스에게.
　　내가 지난 4주 동안에 받은 편지를 정리하다 보니 네 편지가 가
장 많았어. 그래서 너 같은 좋은 동무를 가지고 있다는 것을 기쁘
고 자랑스럽게 생각하고 있어. 그리고 코미디를 카세트에 녹음한
것은 기막힌 생각이었어. 두 개 모두 굉장히 재미있었어. 고마워!
　　우리 아빠가 전화로 너에게 이야기하셨겠지만 사실은 내 건강
상태가 많이 좋지 않아. 치료가 결국에는 소용없는 것이 아닌가 하
는 생각마저 들게 되었어. 그렇다면 치료에 따르는 고통이라도 더
받지 않게 치료를 포기하는 것이 옳은 것 아니겠어? 이제는 치료
를 받아도 금방 다시 통증이 시작되기 때문에 나는 용기를 잃고
절망감에 빠지게 된 거야. 통증이 시작되면 숨도 쉴 수 없고 몸을
움직일 수도 없어. 사실은 이 치료 자체가 너무 고통스러운데 효과
도 없는 치료를 더 받아야 할 까닭이 있겠어?
　　이제는 죽음에 대한 두려움이 잠시도 나를 떠나지 않고 있어. 왜
이렇게 모든 것이 나에게는 잔인해야 하느냐고 묻지 않을 수 없어.
나는 그래도 아직은 좀더 살고 싶어!
　　사랑하는 도리스!
　　네 어머님께 특별히 문안드려 주도록 부탁해.
1982. 9. 7.
이자벨

　　사랑하는 이자벨에게.
　　네 솔직한 심정을 알려 준 편지 진심으로 고마워. 네 편지를 받
고 내가 무슨 말을 해야 좋을까 하고 망설이지 않을 수 없었어. 네
가 나에게 네 심정을 솔직하게 알려 주었는데 내가 모른 체하고
다른 말을 할 수도 없지 않니. 네 고민을 조금이나마 덜어 주고 싶
지만 무슨 말이 지금 너에게 도움이 될 수 있는지 정말 모르겠어.

빈말로 너를 위로할 수도 없고…….

내가 너에게 내 생각을 잘못 말하면 너는 마치 내가 너와 같은 어려운 처지에 있지 않기 때문에 쉽게 하는 소리라고 생각할 것 같은 걱정도 하게 돼. 그러나 생각해 보니 네가 그렇게 오해를 하는 경우가 있다 하더라도 내 솔직한 의견을 말해 주는 것이 도리라고 느끼게 되었어. 어쩌면 이것이 너에게 진정한 도움이 될 수 있을지도 모르겠어.

내가 예수 그리스도를 믿는 것은 너도 알고 있는 사실이야. 나는 예수님은 어떤 사람이 어떤 어려움에 빠져 있더라도 도와주고 계신다는 것도 믿고 있어. 물론 여기에 나도 쉽게 대답할 수 없는 문제가 당장 떠오를 거야. 다시 말하면 예수님이 왜 네가 그렇게 많은 고통을 받도록 버려 두고만 계시느냐 하는 문제 말이야.

이 문제는 나도 알 수 없어. 그러기 때문에 너는 하느님이 모든 사람을 사랑한다는 말을 믿고 싶지가 않을 거야. 그러나 나는 하느님이 모든 사람을 사랑한다는 것을 굳게 믿고 있어. 또 예수님 자신이 십자가에 못 박히면서 말할 수 없는 고통을 당하셨기 때문에 너를 더욱 잘 이해하고 계실 것으로 믿고 있어. 비록 우리가 '왜 예수님이 너를 고통받게 버려 두고 계신지' 이해를 못 한다 할지라도 예수님은 너를 반드시 도와주실 것으로 나는 굳게 믿고 있어.

내가 네 고통을 모르기 때문에 하느님의 사랑에 대하여 쉽게 이야기한다고 너는 지금 생각할거야. 사실 어쩌면 그런지도 모르겠어. 하지만 고통을 받으면서도 하느님을 믿는 사람들이 둘레에 얼마든지 있지 않니. 그렇기 때문에 —비록 내가 네 고통을 직접 겪어 보지 못했다 하더라도— 내 생각을 더 써야겠어.

성경에 보면 우리 인간을 구원하기 위하여 예수님이 이 세상에 오셨다고 했어. 어찌 보면 이 말은 웃기는 소리같이 들릴 수도 있어. 왜? 너무나 많은 사람들이 이 세상에서 아직도 고통을 받고 있으니까. 그러나 한 가지 우리가 꼭 알아야 할 것은 하느님은 완전히 다른—어쩌면 우리가 쉽게 이해할 수 없는—기준을 가지고 계신 거야. 하느님에게서 은총을 받은 삶은 흔히 우리가 말하는 재미있고, 편리하고, 넉넉한 삶이 결코 아니야.

하느님은 마음속에 평화와 기쁨이 있는 삶을 우리에게 가르치고 계신 거야. 우리가 하느님을 믿고 안 믿고 또 그 뜻을 좇고 안 좇고는 우리들의 문제야. 그렇지만 로마인들에게 보내는 편지에 보면 죽음이나 삶이나 또는 어떠한 힘도 인간을 하느님의 사랑에서 떼 놓을 수 없다고 했어. 이 말은 하느님이 주신 생명은 어느 누구도 파멸할 수 없다는 말이야. 그래서 하느님과 함께 하는 생명은 끝도 없는 영원한 거야.

이 말을 종합하여 다시 말하면 네 치료가 성공하든 안 하든 네 생명은 하느님의 뜻에 따르는 거야. 하느님이 네 곁에 계셔. 그리고 너에게 힘을 주실 거야. 죽음에 대한 두려움을 이겨 내는 힘도 주실 거야.

사랑하는 이자벨! 내가 너에게 해 주고 싶은 것은 바로 이 말이야. 너무 거창한 말로만 듣지 않길 바래. 나는 기도할 때 늘 너를 생각하고 있어. 너에게 모든 행운과 하느님의 축복이 있고 치료에도 성과가 있길 빌고 있어.

1982. 9. 21.
도리스

17

지난번 치료받은 지 2주 만인 9월 19일에 너는 다시 쾰른 병원에 갔어. 이때 너는 지팡이를 짚고서야 겨우 걸을 수 있을 정도로 무릎이 아팠지.

사랑하는 도리스에게.

나는 다시 병원에 왔어. 내 건강 상태가 많이 나빠졌어. 그래서 치료 방법도 조금 바꾸었어. 나야 의사들의 처분에 맡기고 있을 수밖에 없지 않니? 무엇보다 네 편지가 고마웠다는 뜻을 전하려고 펜을 잡았어.

조금 전에 개신교 목사님이 한 분 다녀가셨는데 작년 11월부터 온다 온다 하면서 미루기만 했던 분이야.

이번 치료 기간에는 아빠가 내 곁에 계셔. 아빠가 종합진단을 받아 볼 겸해서 함께 입원하신 거야.

너무 짧게 편지 쓴다고 화내지 마.

1982. 9. 19.

이자벨

사랑하는 도리스에게.

네 편지 둘 다 잘 받았어. 그리고 나무껍질도. 이건 정말 기발한 선물이야. 우체국에서 이런 것도 배달해야 하니 고생이 많을 것 같구나.

나는 조금 있다가 목 밑에 카테터를 꽂아야 해. 그때까지 기다리는 동안 편지 쓰기로 했어.

지난번에 한 치료는 아무런 효과가 없었기 때문에 이번에는 완전히 새로운 치료법을 택하게 되었대. 이번 치료도 효력이 없으면 어쩌나 싶어 겁이 나 죽겠어. 폐의 통증이 날이 갈수록 더 심해지고 있어.

사랑하는 도리스! 앞으로 10일 동안 새로 받게 되는 치료의 결과가 어떻게 될지 모르겠어. 그러니 너에게 언제 다시 편지를 쓸 수 있을지도 모르겠어.

다음 번 편지 쓸 때까지 잘 있어. 너희 집에 간다는 것은 당분간은 잊어버려야 하겠어. 안녕!

1982. 9. 22.
이자벨

이번에는 플라티넥스라는 치료법을 너에게 적용해 보기로 하였어. 이번 치료 때문에 일어날 수 있는 여러 가지 부작용에 대한 설명이 있었지. 이 치료로 무엇보다 콩팥이 크게 손상될 수 있기 때문에 쉬지 않고 수분으로 콩팥을 씻어내야 한다는 것도 설명해 주었어.

우리는 24시간 내내 네 오줌을 받아 내야 했고 되도록 하루 3~4리터의 물을 네가 먹도록 해야만 했던 거야. 그런데 너는 물을 마시지 못하겠다고 해 우리는 애를 먹었어. 우리는 네가 마시는 물과 배설하는 오줌을 하나하나 기록해야만 했어. 건강한 사람도 자꾸 화장실을 드나들어야 하고 또 억지로 물을 마셔야 한다면 힘든 일이었을 텐데, 하물며 너는 걸음도 제대로 걸을 수 없어 지팡이를 짚고 거기다 링거액병까지 치켜들고 수시로 화장실에 가야 했으니 얼마나 짜증스럽고 고통스러웠겠니. 혼자서는 감당할 수 없는 일이었고 적어도 두 사람이 너를 따라 화장실에 가야 했어. 그것도 밤낮 할 것 없이 수시로 말이야.

이번 치료는 너와 우리에게 최대의 의지력과 참을성을 요구했어. 뿐만 아니라 너는 이 치료를 받으면서 속이 역겹다고 음식 냄새는 고사하고 음식 보는 것조차 싫어했어. 심지어 나는 양치질도 복도에 있는 공동화장실에서 했으며, 아침밥이나 커피도 복도에서 먹고 마셨어.

아빠가 금요일 퇴근 뒤에—나와 교대하려고—병원에 왔을 때 나는 벌써 몸과 마음이 완전히 한계에 와 있었어. 내가 그 모양이었으니 너야말로 어떤 상태였겠니? 아빠는 내가 병원을 떠날 때 '어떻게 조금 쉬도록 해요, 여보' 하고 위로해 주었어.

나는 차에 올라앉아 누가 보든 말든 한참이나 소리내어 울었어. 내가 고속도로 가까이 갔을 때 어디로든지 멀리 모든 것을 잊어버릴 수 있는 곳으로 가 버리고 싶은 생각이 났어. 고속도로 표지판을 보았을 때 앙트와프에 있는 로우와 만하임에 있는 지그프리트 생각이 났어. 그 사람들은 나를 감싸 주고 위로해 줄 수 있을 것 같았지.

그러나 금방 다시 생각을 바꾸었어. 내가 어디로 떠나면 크리스찬과 마티아스가 어떻게 되겠니? 그 애들은 집에서 나를 기다리고 있고 내가 몹시 필요하지 않니? 그래서 집으로 가서 그 애들과 의논했어. 그 애들도 내가 기진맥진한 모습을 보고 걱정하며 주말 동안이라도 어디 가서 모든 것을 잊고 지내다 오라고 권유했단다. 그래서 나는 지그프리트 외삼촌에게 전화를 하고 다음날 아침 일찍 외삼촌 집으로 갔어.

나는 혈육의 따뜻한 정을 느끼면서 주말을 잘 쉴 수 있었어. 테니스도 치고 자전거도 타면서 모든 것을 잠시나마 잊을 수 있었고 또 모처럼 사랑의 손길을 느껴 보고 나를 이해해 주는 따뜻함도 함께 아낌없이 받았어. 토요일 저녁은 근사한 식당에 가서 맛있는 식사도 했지만 생각은 잠시도 너와 아빠의 곁을 떠나지 못했어.

내가 일요일 저녁에 집으로 돌아왔을 때는 마음의 안정을 되찾았고, 크리스찬과 마티아스의 마음도 다시 쓰다듬어 줄 수 있었어. 월요일 새벽에 아빠와 교대하러 다시 병원에 갔을 때는 너에게 새로운 용기도 심어 줄 수 있을 만큼 원기가 다시 충전되어 있었고, 많은 이야깃거리도 갖고 있었어.

이런 가운데서도 한 가지 즐거운 일이 있었지. 야콥이라는 의과대학 학생이 이 병동에서 야근을 하게 되었어. 그 학생은 인물도 잘 생겼고 멋쟁이였으며, 근사한 자동차를 타고 병원에 출근을 했어. 그는 매우 부지런하기도 한 데다가 드물게 인간미까지 넘치는 사람이었어. 그 사람이 밤마다 너에게 와서 너를 즐겁게 해 주려고 애를 썼지. 나는 너와 그 사람이 단둘이서 이야기할 수 있게 해 주려고 화장실에도 자주 갔어. 그러나 밤이고 보니 다른 데 갈 곳이 없어 고생했어. 야콥은 내가 있는 자리에서도 아무 거리낌없이 너를 좋아한다는 것을 감추려고 하지 않았어. 너도 밤마다 야콥이 나타나기를 은근히 기다리고 있었잖아. 한번은 네가 지그프리트 외삼촌이 찍어 준 사진을 야콥에게 보여 주었어. 그랬더니 야콥은 그 사진 가운데 한 장을 자기에게 달라고 했지. 그 말을 들은 네가 얼마나 행복해했니?

지그프리트 외삼촌이 찍은 사진들로 하여 너는 늘 즐거워했고 용기를 얻기도 했어. 네 건강 상태가 나빠질수록 그 사진들이 너에게 중요한 구실을 했어. 그 사실을 알게 된 외삼촌이 네 사진 가운데 세 개를 실물 크기로 확대해서 벽에 걸어둘 수 있게 액자로 만들어 가지고 왔어. 처음 네 병이 확인된 당시의 사진과 ―우리가 '천사의 얼굴'이라 했지 ―까까머리 사진과 ―우리 식구들 모두가 제일 예쁘다고 평가한 사진이지 ―그리고 네가 루즈 바른 입술 사진이었어. 너는 자신이 흉하다고 느껴질 때마다 이 사진을 보면서 위안을 많이 받는다고 말했어. 뒷날 너는 이 사진을 본의 병원에 가지고 가서 침대 건너편 벽에다 걸어 두고 있었어. 지금은 이 사진들이 마티아스의 방에 걸려 있어.

그뿐만 아니라 외삼촌이 너와 우리들을 아주 즐겁게 해 준 일이 또 있었잖니? 외삼촌이 네 '천사의 얼굴' 사진을 한국에 보내 유화 초상화를 그려 보내오도록 했던 거야. 네가 쾰른 병원에서 매우 침울한 심정으로 집에 왔던 날, 그 초상화가 너를 맞아 주었지. 그때 우리 모두 얼마나 놀라고 기뻐했니. 그 머나먼 한국에 있는 화가가 어떻게 사진만 가지고 실물과 꼭 같은 초상화를 그릴 수 있었는지 지금까지도 감탄하지 않을 수 없구나. 네가 마음고생으로 너무나 힘겨웠을 때 외삼촌이 이 초상화로 너에게 큰 위안을 마련해 준 것이었어. 우리는 이 초상화를 지금은 마루에 걸어 두고 있어.

야콥은 네 까까머리 사진들 가운데에서 얄밉게 웃고 있는 사진을 골라 가졌어. 그 사람이 아직도 그 사진을 보관하고 있을까? 네 장례식 뒤로 그 사람을 만나 보려고 해 보았지만 도무지 연락이 닿지 않았어.

그 무렵 도리스가 너를 찾아 그 먼 길을 왔지.

사랑하는 도리스에게.

내가 잠에서 깨어나 눈을 떴을 때 네가 내 침대 곁에 서서 나를
들여다보고 있었어. 얼마나 반갑고 놀랐던지……

네가 떠나간 다음날에는 네가 보내 준 카세트도 받았어. 고마워!
그 카세트 덕분에 무려 네 시간을 즐겁게 지낼 수 있었단다.

치료가 시작된 지 9일 만인 어제 백혈구 수치가 너무 떨어져 치
료를 중단하지 않을 수 없었어. 정말 속이 상해 죽을 것만 같아.

우리 옛날 선생님 가운데 헤트벨크 선생님 기억나니? 초등학교
6학년 때 생물을 가르쳤잖아. 그 선생님이 나에게 편지하셨어. 너
무 뜻밖이었어. 어디에 계시는지도 모르는 선생님이나 친지가 뜻밖
에 편지나 전화를 준다든가 또는 갑자기 찾아와 만나게 될 때 나
는 아주 반가워 행복함을 느껴.

오늘은 담임 선생님인 켈러 부인이 두 번째로 찾아오셨어. 그리
고 우리 반 아이들 가운데 벌써 다섯이나 다녀갔어. 나는 너무나
뜻밖인 그 애들의 우정에 감격할 뿐이야.

사랑하는 도리스! 가을 방학 때 한 번 더 다녀갈 수 없겠니? 어
머니께 문안드려 주길 빌어. 안녕!

1982. 10. 2.
이자벨

너는 많은 편지를 받으면서 통증을 조금 잊을 수 있었어. 편
지 가운데는 심각한 내용이 적힌 것도 물론 있었지만 재미있는
이야기들을 담고 있는 편지가 많았지.

벨 선생님과 니핀드 선생님은 여러 쪽에 걸친 긴 편지를 보내
주셨잖아. 그 편지에는 사건 기사나 신변잡기 같은 이야기부터
학교의 이야기들까지 여러 가지 내용을 담고 있었지.

이런 편지들을 받으면 너는 한편으로는 통증을 잠시 잊을 수
있었고, 또 다른 한편으로는 일상 생활과 끊이지 않고 연결될
수 있어 외톨이가 된 듯한 느낌에서 벗어나는 데 많은 도움이

되었어.

그뿐만 아니었어. 너에게는―몸이 허락하는 한―답장을 써야 하는 과제가 생겼던 거야. 사람은 누구나 할 일이 있어야 보람을 느낄 수 있고 사는 의욕도 생기게 마련이잖니.

학교 반 동무들이 너에게 자주 편지를 해 주었고 또 찾아 와 주기도 해 너에게 말할 수 없는 위로가 되었지. 한 남학생은 자기의 꿈과 이상을 타자기로 몇 장 가득 적어 보내기도 했잖아. 그전 네 반 아이들과는 아주 달랐어. 같은 학교에서 어떻게 이렇게도 분위기가 다른 반이 있을 수 있을까 싶어 놀라지 않을 수 없었어. 담임 선생님의 마음 씀씀이에 따라 그 반 학생들이 얼마나 큰 영향을 받는가 하는 것을 절실히 느낄 수 있었어.

사실 건강한 아이들이 중병을 앓는 동무를 만나 보면서 삶의 귀중함을 얼마나 많이 배울 수 있니. 요즘 청소년 종양센터에는 특별지도 선생님까지 계셔! 그 선생님들은 아픈 아이들에게 공부만 가르치는 것이 아니라 해당 학교 선생님들이나 동무들과도 만나게 해서, 치료받는 아이가 나중에 다 나아 학교에 갔을 때 어떻게 대해 주어야 한다는 것, 그밖에 여러 가지에 걸쳐 상담 지도해 주고 있어.

동무들이나 친지들이 전화를 해 주든가 편지를 보내 주고 또 면회도 와 주는 것은 네가 투병하는 데 병원 치료 못지 않게 중요한 것들이었어.

이 시절 너는 생각을 글로 적어 두고 싶은 의욕을 점점 갖기 시작했던 모양이야. 그래서 네 몸이 허락할 때는 언제나 편지를 썼어. 그러던 어느 날 너희 반 동무들이 퇼른 병원까지 찾아왔을 때 겉장을 비단으로 예쁘게 싼 공책을 하나 선물하였어. 표지에는 '다이어리'라고만 적혀 있었고 속장은 빈 백지였어. 네가 이 공책을 선물 받고 '이것을 어디에다 쓰지?' 하고 나에게 물었을 때 '네 생각들을 한 번 적어 보면 어때?' 하고 내가 대답했지. 이때부터 너는 그 공책 안에 글을 쓰기 시작했어.

10월 1일에는 백혈구 수치가 너무 낮아 플라티넥스 치료를 중단하지 않을 수 없었어. 그러나 다행히 통증은 사라졌고 방사선 사진에도 치료 효과가 좋아진 것으로 나타났어. 우리는 안도의 숨을 돌릴 수 있었고 그때부터 일 주일 동안은 오랜만에 좀 한가하게 지냈어.

그래서 하루는 저녁에 네 아빠와 내가 친구 집에 초대되어 가고 너를 혼자 병원에 남겨 두었어. 그런데 밤 9시쯤에 네가 전화를 하여 오른쪽 귀가 몹시 아프다고 했어. 아빠는 그 길로 너한테 달려가서 네 곁에서 함께 계셨어.

그 뒤 2, 3일이 지난 일요일이었어. 병동 복도에는 클라우디아의 백혈구 수치가 자꾸 떨어져 위독한 상태에 빠졌다는 놀라운 소식이 입에서 입으로 전해지고 있었단다. 그때는 클라우디아가 항암 치료를 새로 받고 면역결핍증 기간도 벌써 무사히 이겨 내고 난 뒤였어. 며칠 전까지 개는 복도에 나와 우리와도 함께 앉아 이야기도 했잖아. 그날 클라우디아네 오빠가 급히 연락을 받고 어머니와 함께 병원에 왔어. 우리는 이 사실을 너에게 비밀로 하고 있었어.

너는 다음날 클라우디아네 오빠를 복도에서 우연히 만나 왜 클라우디아가 병실 밖으로 나오지 않느냐고 물어 그 오빠가 매우 난처했대. 그런데 마침 그날 치료를 받으러 병동에 와 있던 대학생 미카엘이 너에게 모든 사실을 알려 주고 말았어. 자기는 너에게 조심스럽게 알려 주었다고 말했지만 이 소식은 너에게 큰 충격이었어. 너는 그 동안 이 병동 안에서는 클라우디아와 가장 가깝게 지내지 않았니!

이때부터 간호사들이 네가 클라우디아의 죽음을 보지 않는 것이 좋겠다고 생각하고 네 퇴원을 서둘기 시작했어. 네가 퇴원한 화요일 밤늦게 클라우디아는 기어이 세상을 떠났어. 그때의 사정을 네가 P박사님에게 편지로 쓴 일이 있었어.

존경하는 P박사님에게.

제가 퇴원한 지 오늘로 나흘 되었어요. 이번에는 드릴 말씀이 너무 많아요. 그 동안 일어난 사건들과 저의 심정을 그때 그때 말씀드려야 했던 것 같아요. 그러나 모든 상황이 너무나 급하게 돌아갔고 저에게는 매우 충격이어서 편지 쓸 경황이 없었어요. 그 동안 있었던 사건을 순서대로 말씀드릴게요.

나흘 전 저와 같은 병동에 입원해 있던 젊은 여자가—27살이에요—갑자기 사경을 헤매게 되었기 때문에 저는 엄마와 함께 매우 침울한 심정으로 집으로 돌아오게 된 거예요. 클라우디아라는 그 언니는 제가 퇴원한 날 밤에 세상을 떠났어요. 엄마와 저는 그 언니와 매우 가까이 지냈기 때문에 충격을 많이 받았어요.

그 언니는 지난 6월—제가 몹시 어려웠을 때였지요—저에게 많은 용기를 북돋워 주었어요. 그 언니는 림프선이 아팠고(암이었을 거예요!) 3년 전부터 치료를 받고 있었지만 결국에는 보람도 없이 죽고 말았어요. 한동안은 그 언니의 건강이 많이 회복되기도 했어요. 그 언니는 삶에 대한 의욕이 말할 수 없이 강했으며 용기도 있었어요. 그런데도 결국은 종양에게 지고 만 것이지요.

엘리자베스 간호사가(병동 간호사) 제가 충격을 받지 않게 하려고 의사 선생님들과 의논하여 저를 서둘러 퇴원시킨 거예요. 병세가 점차 안정되어 가는 제가 충격을 받을까 두려워 모두들 저에게는 비밀로 했지만 저는 벌써 모든 것을 듣고 알고 있었어요. 그것이 차라리 다행이었지요.

만약 제가 아무 것도 모르고 클라우디아를 찾았다면 모두들 참으로 난처해했을 거예요. 클라우디아의 어머니와 오빠들은 놀랍게도 침착했어요. 그러나 환자들 사이의 분위기는 자연히 비참할 정도로 침울했어요.

저는 그 언니의 상태가 어떻게 그렇게 빨리 나빠질 수 있었는지 알 수가 없어요. 언니는 치료 뒤에 오는 면역결핍증을 이겨 내었고 죽기 며칠 전까지 병원 안 여기저기를 돌아다니기도 했어요. 또 자기 오빠와 뜰에 있는 벤치에 앉아 있기도 했어요. 그 뒤 갑자기 백혈구가 파괴되기 시작해서 밖에도 못 나오다가 결국에는 세상을 떠난 거예요.

어떻게 그 언니의 건강 상태가 그렇게 빨리 바뀔 수 있었는지 저는 도무지 이해할 수가 없어요. 저는 이번에 너무나 큰 충격을 받았어요. 그래서 부모님에게 죽음에 대하여 이것저것 자꾸만 여쭈어 보았어요. 저도 그 언니처럼 곧 죽게 되는 것이 아닌지? 왜 제가 갑자기 죽을 것같이 두렵게 느끼는지……. 아빠는 제가 죽음에 대한 이야기만 자꾸 해 부모님의 마음을 찢어 놓는다고 비통한 얼굴로 짜증스럽게 말씀하셨어요. 제 생각에도 제 태도가 부모님에게는 너무 잔인했고 저만 생각한 것이었어요. 저는 두려움에서 헤어나고 싶어서 이것저것 생각지 않고 부모님에게 자꾸 여쭈었으나 그것이 부모님의 가슴을 찢어 놓는 것이라는 사실을 미처 깨닫지 못했던 거예요. 저는 저도 곧 죽게 되고 말 것이라는 생각에 사로잡혀 자포자기했던 것이었지요.

저는 퇴원한 날 밤부터 다시 통증에 시달렸어요. 그러다가 심하게 토하게 되었어요. 이상하게도 그러고 나니 통증이 좀 가라앉았어요. 다음날 아침에는 조금 견딜 만해서 제 방을 좀 정리하고 이것저것을 정신 없이 뒤적이고 있었어요. 오후 3시부터는 손님들이 찾아왔어요. 그러나 저는 그때 다시 통증에 시달렸으며 그 통증은 저녁이 되면서 더욱 심해졌어요. 언제나처럼 오른쪽 반신이 아팠어요.

저는 몹시 불안했지만 그래도 그냥 참고 버텼어요. 다음날에는 퇴벨리우스 박사님에게 가기로 예정되어 있었으니까요. 그런 예정이 없었다 해도 박사님에게 가지 않을 수 없었을 만큼 통증이 심했어요. 걸음도 걸을 수 없을 정도였으니까요. 통증은 시간이 지날수록 그 정도가 더욱 심해져 갔어요. 지난번 방사선 검사 결과에 따르면 상태가 많이 좋아졌다고 했어요. 그러니 저로서는 모든 것을 알 수 없었고 절망감에 빠지지 않을 수 없었어요.

퇴벨리우스 박사님은 저를 보자 빨리 다시 치료를 받아야 한다고 하셨어요. 저는 그때 참을 수 없는 통증에 시달리고 있었기 때문에 제 심정을 표현할 수 없었어요. 그러나 마음속으로는 또 쾰른에 가야 하느냐고 물으며 크게 실망하고 있었어요. 쾰른 병원은 클라우디아 언니를 3년 동안이나 치료했지만 결국 죽고 말았지 않아요?

그러니 왜 고문실과 같은 쾰른 병원에 또다시 가야만 하는지 저는 이해할 수 없었어요. 그런데 마침 퇴벨리우스 박사님이 본 병원에서 치료를 받을 수 있게 해 주셨어요. 저는 이 순간 얼마나 기뻤는지 몰라요. 그러나 저는 아무 말도 하지 않았어요. 본 병원이라면 저는 자진해서라도 가고 싶었거든요. 통증이 심하여 말은 못 했지만 본에서 치료받게 될 수 있기를 마음속으로 은근히 바라고 있었던 참이었어요.

엄마는 통증이 마음 때문에 일어날 수 있다고 했어요. 하긴 제가 집에 오고 난 바로 뒤부터 아프다고 난리를 피웠으니까요.

선생님이 우리 집 식구들과—따로따로든 또는 어떤 식으로든—한번 만나 이야기해 주시는 것이 좋겠어요. 오빠와 동생에게도 많은 도움이 될 것 같아요. 아빠와 한번 의논해 보겠어요.

존경하는 박사님. 박사님이 어려운 형편을 잘 이겨 내고 계시는 것을—어떻게 감당하고 계신지는 몰라도—존경하고 또 감탄하고 있어요. 안녕히 계세요.

1982. 10. 15.

이자벨

P박사는 의사이면서 심리학을 전공한 분이었어. 너에게는 편지를 할 때나 또는 대화를 할 때 마치 가까운 친구처럼 대해 주셨어. 그때는 종양센터에 심리상담이라는 것이 없었기 때문에 환자들이 마음으로 위안을 받고 자문을 구할 수 있는 길이 없었어. 또 환자의 식구들도 필요한 지식과—이를테면 불안해하는 환자를 위로한다든가 또는 대화하는 방법 따위—용기를 얻을 수 있는 곳이 한 군데도 없었어. 그렇기 때문에 P박사의 편지나 그분과 대화하는 것은 너와 우리에게 매우 중요했던 거야. 하긴 심리상담사와 대화를 하라고 했다면 네가 처음부터 거부하였을지도 모르지. 왜냐고? 너는 마음의 병을 앓지 않는다고 생각하고 거부했을 것 같애.

그러나 전문으로 심리학을 전공한 P박사와 대화하는 것은 너뿐만 아니라 우리 식구 모두에게 크나큰 도움이 되었어. 보통 종양 환자나 그 식구들은 정신과 의사에게는 가지 않으려 하는 것이 보통이야. 그러나 환자와 식구들이 전문가와 대화를 나누어서 정신에 위안을 받고 마음을 다스릴 수 있으면 어려운 시기를 좀더 쉽게 이겨 낼 수 있을 거야. 뿐만 아니라 앞으로 닥쳐올 충격과 실망에도 쉽게 대처할 수 있을 거야. 심리상담사들이 정신에 많은 도움을 줄 수 있고 뒷날 닥쳐올 실망이나 정신에 받을 고통에도 미리 대비시켜 줄 수 있다는 것을 누구보다 환자 식구들은 알아야 할 것 같애.

　　사랑하는 이자벨에게.
　　오늘은 업무에 몹시 시달렸기 때문에 지금 나는 몹시 고단해. 내 글씨를 보면 내가 지금 얼마나 고단한지 너도 느낄 수 있을 것이라 믿어. 그렇지만 너에게는 서둘러 답장을 써야 할 것 같아 펜을 잡았다.

　오늘 가슴을 열고 길게 쓴 네 편지 잘 받았다. 그리고 네가 어떤 고통을 받았는지 충분히 짐작하고도 남는다. 네가 나를 믿고 모든 것을 이야기해 준 것 고맙게 생각한다.

　나는 너를 잊지 않고 있다. 그리고 너에게 많은 행운이 있길 빌고 있다. 네가 클라우디아의 죽음으로 실망스러운 경우를 겪고도 용기를 잃지 않은 것 같아 정말 다행이다. 그것이 얼마나 어려운 것인지 나는 잘 알고 있다. 사람은 자기의 불안이나 두려움에 대하여 다른 사람과 이야기해야 한다고 나는 생각한다. 그러니 억지로 두려움을 숨기려고 하지 마. 그렇게 하면 종양과 싸우는 데 동원해야 할 힘을 그만큼 낭비하게 되는 거야.

　너와 네 식구들이 나와 이야기하고 싶다면 언제라도 좋으니 연락해 주길 바란다.

　네가 어제부터 다시 병원에 있다니 이번에는 무릎에 대한 처방도 나와, 알맞은 치료를 빨리 받을 수 있게 되기를 빈다. 아무리 고통스럽고 어렵더라도 끈기를 잃지 않도록 하렴. 사람의 몸속에서 일어난 병은 이따금 시간이 걸려야만 그 원인과 정체를 알아낼 수 있는 법이거든.

　우리 고양이도 너에게 편지를 쓰고 싶은지 자꾸만 볼펜을 핥고 편지를 들여다보고 있다. 그리고 편지를 빼앗으면 자꾸 아웅아웅 하고 있어. 이 고양이 이름이 부룻츠키야. 어떻게 생겼는지 알려 주려고 사진 한 장 함께 보낸다.

　언제나 너에게 행운이 함께 하길 빌고 있다. 그리고 나에게 그렇게 감탄할 것 하나도 없다. 너 자신도 누구 못지 않게 용기 있는 사람이니까. 자주 편지 보내 주길 바라면서……．

1982. 10. 19.

울리케 P

　지그프리트 외삼촌 내외가 사샤를 데리고 먼 길을 주말에 다시 찾아왔어. 우리 식구들이 좋아하는 음식도 많이 장만해 가지

145

고 왔어. 그래서 이번 주말에는 내가 부엌에 들어가지 않아도 되었지. 너를 보면서 빵긋빵긋 웃는 귀여운 사샤의 모습이 너에게 큰 위안이 되었어.

퀼른 병원에서 서둘러 퇴원한 뒤 우리는 네 침대를 마루에다 마련해 주고 네가 지내게 했어. 우리 집에서 제일 크고 좋은 방에서 마당도 한눈에 내려다볼 수 있게 되었어. 이렇게 해서 네가 늘 우리 식구들 한가운데 있다는 것을 느끼게 해 주고 내가 네 곁에서 함께 잤어.

사샤의 첫번째 생일날 너는 사샤한테 편지를 써 주었어.

    우리 작고 귀여운 사샤에게.

    네가 이 편지를 읽기에는 아직 너무 어리지만 먼 뒷날에라도 이 편지를 읽게 되길 바래.

    지금 내 처지에서 보면 사람에게는 건강이 무엇보다 중요하다고 생각해. 그래서 너는 언제나 건강하길 진심으로 빌어.

    너는 지금 한 살이야. 그리고 많은 행복한 날들을 앞두고 있어. 나는 작고 귀여운 너에게 불행과 고통이 없기를 빌고 있어. 나는 안타깝게도 네 긴 인생을 조금 밖에 보지 못할 것 같구나. 그렇지만 너는 그 예쁜 모습과 천사 같은 웃음으로 나를 벌써 완전히 사로잡았어.

    내가 선물하는 공이 너에게 많은 즐거움을 주길 바래. 우리도 이런 공을 가지고 한때 즐겁게 지냈어.

    행복하고 즐거운 첫번째 생일을 맞아 주님의 은혜와 사랑을 듬뿍 받길 빌어.

1982. 10. 17.

이자벨

병원에 들어가기 하루 전인 10월 16일에는 얀이 캐나다에서

전화를 해 너와 오랫동안 통화했지. 그 애는 성탄 때 다시 독일
에 와서 너를 찾아오겠다고 했어. 그 애는 너에게 새로운 힘과
용기를 주기 위해 애썼던 거야.

18

10월 18일 월요일에 너는 본 병원에 다시 입원했어. 이 무렵 너는 전에 없이 치료를 매우 두려워하고 있었어. 그래서 네 아빠와 나 가운데 한 사람이 밤에 네 곁에 있어 주어야만 했어. 네 무릎 통증은 방사선 치료에도 별다른 효과가 없었어.

10월 22일에는 두번째로 플라티넥스 치료가 시작되었어. 치료를 위한 카테터를 꽂기 전에 너는 목욕을 하겠다고 하여 커다란 병동 욕실에서 내가 목욕을 시켰어. 그때 너는 나에게 네가 곧 죽을 것으로 생각하느냐고 물었지. 그래서 나는 아직도 기적을 기다리고 있다고 대답했어. 그러나 너는 내 믿음이 많이 약해졌고 불안에 떨고 있음을 느끼고 있었던 거야. 나는 너와 이런 대화를 하는 것이 무척 싫었고 고통스러웠어. 다행히 내 친구들이 너와 이런 대화를 나 대신 해 주겠다고 했어.

잉게 아주머니는 죽음에 관한 책들을 가지고 왔지. 그러나 너는 그렇게 어렵게 이야기하는 것은 싫다고 했어. 때마침 네 학

교 선생님들이—켈러 부인, 벨 부인 그리고 니펀드 부인—고
맙게도 네가 두려워하고 있는 문제들에 대하여 너와 진지하게
이야기하며 함께 그 해답을 찾아 주려고 애써 주셨어.

　그러는 동안에도 너는 성탄 선물을 서둘러 준비하겠다며 밥상
보를 수놓겠다고 했어. 그래서 브리깃트 고모와 마틴 부인이 너
와 의논하여 필요한 재료들을 사 가지고 왔잖니? 이렇게 저렇게
모두들 우리를 많이 도와주었어.

　하루는 퇴벨리우스 박사님이 나를 복도에서 만나 이야기할 것
이 있다고 하면서 나를 자기 사무실로 데리고 갔어. 그는 네가
이번 항암 치료가 끝난 뒤—나흘째 되는 날부터—4주일 동안
멀리 휴가를 떠나야 한다고 말씀하셨어. 벌써 오래 전에 계획된
일로 모든 예약이 다 되어 있기 때문에 미룰 수가 없다는 것이
었어. 그러면서 자기 자신이 너만큼 가깝게 손수 돌본 여자 환
자가 한 사람도 없었고 이 시점에 휴가를 떠나는 것이 몹시 마
음에 걸린다고 했어.

　그런데 막상 나에게서 박사님이 휴가를 떠난다는 말을 전해들
은 너는 담담하게 받아들이면서 박사님한테는 휴가가 필요하다
며, 오히려 떠나는 것을 찬성하고 나와서 나를 어리둥절하게 만
들었어. 물론 네 주치의는 페트리 박사와 케른 박사이지만 퇴벨
리우스 박사님이 너를 보살펴 준 정성은 아무도 대신할 수 없는
것이었잖아.

　10월 31일에는 치료가 끝났지만 통증은 여전히 가시지 않았
어. 그래서 네 병실에는 또 다른 기계가 들어왔고 그것으로 진
통제(디피돌로)의 양을 네가 스스로 조절할 수 있게 되었단다.
그것이 도움이 많이 되었어. 그 기계를 쓰고부터 통증이 견딜
수 있을 만큼 줄어들기 시작했어. 그러나 이 기계의 효능은 진

통제의 양을 바르게 조절하는 기술에 달려 있었던 것이었어.

그 다음날 밤에는 깜짝 놀라는 소동이 한 차례 벌어졌지. 그
날 밤은 네 아빠가 곁에 계셨는데 밤 11시쯤 전화해서 급한 목
소리로

"여보, 이자벨이 운명하려는 모양이요. 빨리 와요!"
하는 것이었어.

"의사선생님께 연락했어요, 여보?"
하고 되물었더니

"울리케 간호사가 야근 의사에게 연락했대요!"
하고 대답하셨어.

페트리 박사의 전화번호나 주소는 나에게 없었고 마침 여의사
선생님의 전화번호가 있었어. 다행히 그분의 집이 병원 가까이
에 있어서 급히 너에게 올 수 있었지.

나는 그날 밤처럼 자동차를 빨리 몰아 본 일은 한 번도 없었
어. 내가 병원 복도에서 울리케 간호사와 마주쳤더니 네가 살아
있다면서 모든 것이 해결되었으니 안심하라는 것이었어. 알고
보니 너와 아빠가 진통제(디피돌로)의 양을 너무 많이 조절해 두
었던 거야. 너는 진통제 양을 너무 많아서 헛소리를 하면서 인
사불성에 빠졌고 마치 저승에 가는 것 같은 인상을 주게 된 것
이었어. 너는 그렇게 어처구니없이 죽어서는 안 되는 사람이었
어. 벌써 얼마 전부터 너는 죽음을 예상하고 나름대로 준비하고
있음을 나는 느끼고 있었어.

다음날 아침 퇴벨리우스 박사님이 그 소동을 알고 우리들을
찾아와서 안심시켜 주었어. 이제 박사님이 떠날 날이 이틀 앞으
로 다가왔으며 박사님은 하루에도 몇 차례 너에게 들러 주셨어.
그러면서 박사님은 자신이 떠나는 것이 너와 영원히 헤어지는

것이란 느낌을 주지 않으려고 애를 쓰고 계셨어. 박사님이 네 병실에 자주 들렀지만 그때마다 늘 누가 와 있어서 너와 단둘이서 이야기할 수 있는 기회는 나지 않았어. 너는 박사님이 4주 뒤에 휴가에서 돌아올 때까지 의사 선생님들 말씀 잘 듣고 착하게 있겠다고 여러 번 약속하며 끝내 박사님과 단둘이서는 대화를 못한 채 헤어졌던 거야. 드디어 박사님은 11월 5일 티베트로 떠나셨어.

이 시기에 네 아빠는 너를 위로하려고 자주 이야기를 해 주셨어. 아빠가 네 곁을 떠날 때면 '이자벨에게 주는 작은 이야기'라고 쓴 봉투를 주었던 거야. 예를 들면 이런 것들이었어.

"작은 여자아이는 '왜 저만 늘 엄마를 도와야 하나요?' 하고 물었단다. 엄마는 '네가 여자니까 그렇지. 여자아이들은 남자아이들보다 착해서 늘 엄마를 도와주는 거야' 하고 대답했어. '저는 남자 형제들과 꼭같이 집안일을 적게 도와드렸고 엄마가 혼자서 도맡아 하고 계신데 그렇다면 제가 조금 착한 것인가요 아니면 남자아이들이 더 착한 것인가요?' 하고 되묻더라는 것이다."

또 이런 이야기도 했지.

"하루는 엄마가 밖에 나가고 없는 집안에 아빠가 침울하게 있노라니 그런 아빠를 본 작은딸이 걱정이 되었는지 '아빠, 우리 집안 청소하도록 해요. 그러면 엄마가 나중에 와서 기뻐할 것 아니에요?' 하며 아빠의 손을 잡아 일으켰단다. 둘은 열심히 먼지를 털고 쓸고 닦으며 깨끗이 청소를 했어. 청소를 마친 뒤 아빠가 베란다에 나가 담배를 한 대 피우는데 그때 마침 엄마가 돌아왔어. 그런데 엄마의 말이 '아빠의 담배 냄새 때문에 집안 청소를 해야겠구나' 하며 불평을 하는 거였어."

그 무렵 네 입원실은 점점 더 '우리 집'으로 바뀌어 갔지. 식구 가운데 한 사람은 늘 너와 함께 있었어. 크리스찬이나 마티아스도 직장이나 학교에서 곧장 네 병실로 가곤 했지. 그래서 병실은 점점 더 우리 집 분위기로 바뀌어 갔어. 벽에는 네 초상화와 사진들이 걸려 있었고.

너는 본 병원의 의사 선생님들과 간호사들을 믿고 의지하고 있었고 병원에 있는 것이 더 안전하다고 믿고 있었어.

11월 5일 금요일에는 아빠가 베를린에서 강연을 할 일이 있었어. 그래서 나는 마티아스를 데리고 가 그곳에 있는 프리델 고모 집에서 주말까지 지내고 오라고 아빠께 부탁했어. 마침 11월 8일이 마티아스의 생일이잖아. 그래서 아빠와 마티아스는 베를린에 가서 함께 지냈던 거야.

그 주말에는 너에게 손님들이 많이 찾아왔지. 금요일에는 병원 목사님이―할머니와 내가 함께 있을 때였어―아무런 연락도 없이 불쑥 찾아왔어. 자기는 시간이 없지만 너를 찾아 왔다고 했어. 그랬더니 너는 "왜요?" 하고 물었어. 그는 이 병원에서 누가 가장 아픈 사람이냐고 물었더니 너라고 알려 주더라고 했어. 그랬더니 너는

"목사님 말씀은 누가 다음 차례로 죽느냐고 물으신 것 같은데 그런 면에서는 맞게 찾아오신 거예요. 하지만 아직은 때가 일러요!"

하고 쏘아붙이듯이 대답했어. 그 뒤로 그는 두 번 다시 찾아오지 않았어. 마지막 날을 손가락으로 세면서 지내고 있는 환자에게 와서 시간이 없다는 따위 소리를 어떻게 할 수 있니? 그것도 목사라는 사람이⋯⋯.

토요일에는 지그프리트 외삼촌 내외가 사샤를 데리고 또 찾아

왔어. 너는 사샤를 보고 굉장히 즐거워했어. 일요일에는 쾰른 병원에서 일하던 멋쟁이 의대생 야콥이 너를 찾아오기로 되어 있었지. 너는 야콥이 찾아오는 것을 매우 좋아하면서 그날 베를린에서 돌아오는 아빠와 마티아스와 마주칠 것을 걱정하고 있었어. 다행히도 아빠와 마티아스는 2시쯤에 와서 곧장 병원으로 왔지. 고모와 고모부가 잘 대접해 주려고 수고를 많이 했지만 그렇게 즐겁지 않았다고 하며 여행 이야기를 했어. 하긴 네 걱정으로 한 순간인들 마음이 편했겠니?

야콥은 아헨(본에서 100킬로미터 떨어진 도시)에서 4시 반이나 되어 찾아왔어. 나는 야콥이 왔을 때 곧장 일어나 집으로 갔어. 그래서 너희 둘만이 지낼 수 있게 해 주었지. 한 시간 넘게 지나 병실에 가 보니 그 사람은 그때까지 네 곁에 앉아 있었어. 나는 네가 그 사람과 정답게 이야기를 나누었다는 것을 짐작할 수 있었어.

그날 케른 박사가 야근을 했어. 그는 밤에 한 번 더 네 병실에 들러서 과자를 먹고 갔지. 너를 찾아오는 병원 사람들에게 너는 언제나 먹을 것을 대접하였어. 그래서 케른 박사는 한가한 틈이 나면 너를 찾아와서 네 곁에 잠시 앉아 이런저런 이야기도 나누며 과자를 한두 개씩 먹고 가곤 했어. 너는 야근하면 너무 피곤하지 않느냐? 잠은 잘 수 있느냐? 그 밖에 이것저것 물었어. 그랬더니 그는 잠을 깊이 자지 못하고 있는데 네가 아침 8시 20분 전에 책임지고 깨워 준다면 오늘부터 당장 깊이 잘 수 있겠다고 대답했지. 그날부터 너는 케른 박사가 야근한 다음날 아침이면 맨 먼저 "케른 박사님을 깨워야지!" 하고 서둘렀어. 너는 케른 박사와 매우 정답게 지냈어.

버비 박사도 역시 너에게 자주 왔어. 그분은 그 무렵 다른 병동으로 옮겨갔지만 그래도 케른 박사와 함께 찾아올 때가 많았지. 너는 작년 크리스마스 때 마렌에게서 선물 받은 고슴도치 인형을 오래 전부터 버비라고 이름지었지. 너는 그 고슴도치를 뒷날 버비 박사에게 주라고 했어.

11월 8일은 마티아스의 생일이었어. 할머니가 마티아스를 위해 생일케익을 가지고 와 우리 집에서 기다리고 계셨어. 우리는 네 건강 상태가 상당히 나빠져 있었지만 두 시간 정도 너를 휠체어에 태워 집에 데려 가도 좋다는 승낙을 받았지. 마티아스에게는 네가 자리를 함께해 주는 것이 가장 큰 생일선물이었어.

우리 집 계단을 오를 때는 아빠와 마티아스가 너를 안아 올렸어. 너는 담요를 몸에 휘감고 함께 상 앞에 앉아 있었어. 얼마나 비통한 생일 잔치 모습이었든지……. 그래도 모두들 네가 자리를 함께한 것만도 다행이라 생각하고 기뻐했어.

저녁에 너는 다시 병원으로 가야만 했지. 너 자신도 의사 선생님들 곁에 있어야 안심이 되는지 집에 머물고 싶어하지 않았어. 너는 마티아스가 생일날 혼자 집에 있지 않게 하려고 이날 밤에는 나를 기어코 집으로 돌려보냈어. 정말 그 마음 씀씀이 고마웠단다. 나는 네 잠자리를 보아 주고 나서 무거운 걸음으로 집으로 돌아갔지.

다음날 아침 일찍 내가 병원에 갔을 때 너는 나를 벌써부터 애타게 기다리고 있었지. 네 상태가 아주 좋지 않았어. 너는 온몸이 다 아프다고 했고 열도 높았어. 그 열이 종양 때문에 생긴 것일까? 또는 다른 무엇이 있는 것일까? 하고 몹시 놀랐지. 그러나 그 열은 세균 때문에 걸린 폐렴이 원인이었어. 그런 형편에서 폐렴까지 겹쳤으나 너는 결코 포기하지 않았어. 너는 폐렴으로는 죽을 수 없다는 듯이 보였어. 지금까지 종양과도 잘 싸위 왔는데 폐렴 정도에는 쓰러질 수 없다는 듯이……. 결국 너는 폐렴을 이겨 내었어. 네가 폐렴으로 위기를 맞았을 때 나는 케른 박사와 그분의 진찰실에서 잠깐 이야기할 기회가 있었어. 그때 케른 박사님은 우리가 무슨 정신력으로 이 어려움을 극복하느냐고 감탄하듯이 물었어. 나는 비로소 내 어머니가 20년 전 암으로 세상을 떠난 뒤 암에 대한 두려움에 늘 시달려 왔다고 자백했어. 네 외할머니가 돌아가신 뒤 나는 줄곧 몸 여기저기에서 심한 통증을 느끼는 것 같았어. 그렇지만 나는 아무에게도— 심지어 네 아빠에게도—이런 이야기를 할 수 없었어. 언제나 나도 암에 걸리고 말 것이라는 두려움에 사로잡혀 있었던 거야.

그러나 1년 전부터—그러니까 네가 운명과도 같은 벼랑에 빠지고 나서부터—나는 그 두려움에서 벗어날 수 있었어. 나는 이 대화를 하는 동안 매우 흥분해 있었어. 결국 케른 박사가 건네주는 진정제를 먹은 뒤 너에게로 돌아왔어. 네가 나를 기다리고 있었잖아. 통곡이야 나중에 얼마든지 할 수 있는 것이라고 생각했어.

11월 11일은 특별한 날이었어. 1년 전 네가 갑자기 본의 병원에 입원하여 몹쓸 병을 처음 알게 된 날이었어. 또 그날은 네 할아버지가 돌아가신 지 3년 되는 날이었어. 그런데 이날이 마침 또 성 마틴절이었어. 무엇인가 즐거운 일을 만들어야 하는 날이 성 마틴절이잖아. 그래서 우리는 병원 간호사들을 즐겁게 해 주기로 결정했지.

생각해 봐! 1년 전 너는 촌각을 다투는 긴박한 사정에 있었어. 그런데 이 병원이 너를 죽게 만들 수도 있는 병을 발견해 주었고 그 덕분에 네 생명이 1년이나 연장되지 않았니? 나는 우리 동네에 있는 제과점에 부탁하여 길이가 1미터나 되는 성 마틴 모양의 과자를 만들어 이것을 선물했어. 그랬더니 간호사들은 좋아서 어쩔 줄 몰라 했고 먹기 아깝다며 며칠 동안 간호사실에 세워 두고 여러 사람에게 자랑을 했지.

오후에는 브리깃트 고모가 와서 너와 함께 병실에 있어 주었어. 그런데 뜻밖에 고모의 딸인 발레리가 동네 아이들과 함께 너를 찾아와 마틴 노래를 불러 주었어. 너와 나는 짐작조차 못하고 있었던 일이었잖아. 발레리와 그 애 동무들이 노래를 부르자 너는 굉장히 감격했던 모양이야. 브리깃트 고모가 그때 집에 와 있는 나에게 전화를 하여 수화기로 네 방에서 울려 퍼지는 아이들의 합창을 들을 수 있게 해 주었지. 그때 나는 네가 흐느끼는 울음소리도 함께 들을 수 있었어. 지난날 성 마틴절이 되면 네가 동네 아이들과 이집 저집 찾아다니며 성 마틴 축제 노래를 부르던 생각이 너에게 되살아나 네가 감격에 젖어 흐느꼈던 것 같애.

네 지난날 테니스 감독도 너를 마지막으로 한 번 더 보겠다고 찾아왔어. 그 사람은 네 테니스 전성기 때 있었던 갖가지 추억들을 되새기며 너와 웃고 있었지만 마음속으로는 너와 영원한 작별을 하고 있었어.

로우 아주머니도 식구 모두와 함께 찾아왔지. 너에게 남은 마지막 시간과 기력이 천천히 다해 가고 있었기 때문에 나는 면회 오는 사람들의 면회 시간을 제한하지 않을 수 없었어. 그러나 찾아오는 사람마다 헤어짐이 아쉬워 한 번 더 면회 올 수 있는 시간을 약속하려고 했지. 마리도 이때 물론 왔어. 마리가 10월 초순에 마지막으로 찾아왔을 때는 네가 뜨개질 한 목도리와 모자를 선물했지. 그때 마리가 좋아하고 기뻐하는 모습을 보고 너도 함께 무척 기뻐했어. 그날은 나와 마리가 함께 테니스 클럽의 시상식에도 다녀왔더랬지. 그러니까 지난 여름에 내가 마리와 함께 테니스 시합에 출전하여 우승한 일이 있었잖니. 그것 또한 너의 좋은 생각이었어. 우린 그날 우승 트로피를 받아 왔잖니. 사실은 너도 그날 그 시상파티에 가고 싶어 2주일 전부터 무슨 옷을 입고 갈 것인가 하고 즐거운 고민을 하고 있었잖아.

마리가 너를 마지막으로 보러 온 것이 일요일이었어. 그날은 우리 식구가 모두 네 방에 모여 있었지. 마리가 오자 너는 굉장히 반가워했어. 너희들 둘은 원래 썩 잘 어울렸어. 이날 너는 마리에게 야콥에 대한 이야기와 또 야콥과 나눈 이야기까지 자랑하며 한참이나 노닥였어. 뭐, 네가 죽지 않게 되면 너희들 둘이서 유람선을 타고 세계 일주를 하며 남자들을 홀려 놓겠다는 둥 호들갑을 떨었잖아. 함께 있던 우리들도 마음껏 따라 웃었어.

이때 마침 페트리 박사와 케른 박사가 네 병실에 들어왔지. 두 분은 일요일이라 근무가 없는데도 네 상태를 보러 일부러 와주셨던 거야. 두 분은 우리가 큰소리로 웃고 있는 것을 보고 문앞에 서서 어리둥절하며 망설이고 있었어.

"박사님! 놀라지 말고 들어오세요. 여기가 중환자실이긴 해도 우리는 이렇게 웃을 일이 있답니다. 과자 하나 드실래요?"

이것이 그때 네가 박사님들께 한 말이었어. 박사님들도 곧 우리와 함께 웃으며 어울렸지.

그 동안 너는 진통제(디피돌로) 투입하는 것을 조정하는 데 익숙해졌으며 네 통증 또한 어느 정도 견딜 만했어. 그때는 무릎만 (방사선)치료를 받고 있었어.

이때 너는 자주 퇴벨리우스 박사님 이야기를 했어. 그분은 멀리 티베트에 가 있었지만 네 생각은 늘 그 사람 곁을 맴돌고 있었던 거야. 너는 박사님 비슷한 사람과 훗날 결혼하고 싶다고 여러 번 말하곤 했지. 그러면서 너는 공연한 고민도 했지. 설혹 네가 건강해지고 박사님과 결혼을 하게 되더라도 등산은 할 수 없을 테니 그렇게 되면 박사님이 등산하는 것을 포기해야 할 것이라는 거야. 그래서,

"얘, 이자벨! 그것은 안 돼. 네가 함께 가든지 아니면 네가 함께 못 가더라도 그 사람은 혼자서 갈 수 있도록 내버려 두어야 해!"

하고 내가 대답했더니

"그러면 산에 가고 없을 때는 나는 아빠 엄마한테 가 있으면 되겠네……."

하고 말했잖아.

그 무렵 얀이 캐나다에서 전화하여 자기가 올 때까지 어떻게 든지 너는 버텨야 한다고 말했지. 또 너는 퇴벨리우스 박사님에게도 돌아올 때까지 죽지 않고 기다리겠다고 약속했잖아. 얀의 말이나 박사님에게 한 네 약속이 너를 아직도 근근히 견딜 수 있게 했던 거야. 두 사람 모두 12월 초에 온다고 했는데 과연 네가 그때까지 기다릴 수 있을지? 만약 그때까지 기다릴 수 있다면 크리스마스까지도 못 기다릴 까닭이 없고 또 크리스마스 바로 뒤에 죽는다는 것은 너무 서운한 일이라며 너는 금방 다음 해까지 살 희망에 부풀기도 했어.

너는 쾰른 대학병원에 있던 10월 8일부터 일기를 몇 시간씩, 때로는 밤이 으슥하도록 쓰곤 했지. 그래서 밤에 내가 잠자는데 방해가 되지 않느냐고 때때로 묻기도 했단다. 나는 네가 진지한 네 생각들을 일기에 적는 것을 알고 있었기 때문에 네가 일기

쓰는 걸 방해하지 않으려고 애를 썼어. 너는 우리 식구를 위하여 일기를 쓰는 것이라고 했어.

11월 12일에는 퇴벨리우스 박사님에게 편지를 쓰고 싶다고 말했어. 편지를 못 쓸 까닭이 없다고 대답했더니 너는

"엄마, 나 그 사람 사랑하고 있어. 내가 죽지 않는다면 그 사람과 결혼할 거야"

하고 말했지.

"못 할 까닭도 없지. 그 사람도 여행 떠나기 전에 너를 좋아한다고 나에게 말했어."

"그래도 내가 25살이 될 때까지는 기다려야 해. 우선 공부를 해야 하잖아!"

그날 밤부터 너는 그 사람에게 편지를 쓰기 시작했어.

자정이 가까워올 때 너는

"엄마! 하느님이 나에게 기적을 일으켜서 내가 다시 건강해지고 또 스물다섯 살이 되면—박사님과 결혼한다고 한 번 말한 이상—그분과 꼭 결혼을 해야 돼? 내 말은 내 마음이 그 사이 바뀔 수도 있지 않겠냐고?"

하고 물었어.

"애, 이자벨! 벌써 그런 걱정까지 하고 있니? 내가 아는 박사님은 마음이 넓어 그런 일이 있어도 이해하실 분이야!"

이때부터 너는 가까운 사람들과 작별을 하기 시작했어. 다음 날(11월 13일) 너는 마티아스와 이야기하고 싶어했지. 네가 죽고 나면 그 애에게 적잖은 문제가 생길 수 있다는 것을 너는 알고 있었어. 그 애는 15년 동안 내내 네 그늘에서 자랐지 않았니. 너희들은 18개월 차이지만 너는 그 애를 언제나 보살피고

이끌어 주었어. 네 뒤를 따라 들어간 유치원에서부터 초등학교, 그리고 마지막으로 중학교에 이르기까지……. 또 테니스나 조깅도 네가 권유해서 하게 된 것이잖니. 그러니 네가 없으면 그 애가 어떻게 되겠니! 혼자서 제 길을 갈 수 있을까? 네가 그 애와 작별의 이야기를 나눌 때 나는 자리를 피해 주었어.―실은 함께 있고 싶었지만―너는 삶과 죽음에 대하여 그 애와 이야기했다고 나중에 말해 주었어.

그날 저녁에는 네가 P박사와 전화로 아주 깊은 속마음 이야기를 했어. 그분도 그 때 건강이 나빠 최악의 경우도 생각해야 할 처지였어. 너는 P박사와 천국에서 다시 만나자고 약속했지.

밤이 깊어졌을 때 너는 느닷없이 외할아버지와 외할머니가 어떻게 돌아가셨는지 또 네가 그분들을 어떻게 알아보고 찾아야 하느냐고 나에게 물었어. 나는 외할아버지와 외할머니 그리고 친할아버지까지도 천국의 문 앞에 서서 너를 기다릴 것이라고 말했어. 우리는 이런 이야기를 하면서도 울지 않고 매우 조용히 이야기를 했어.

다음날 너는 마렌·요한네스·도로데아 같은 동무들을 꼭 만나고 싶어했어. 그래서 우리들은 이제 너에게 마지막 날이 다가오는 것을 느낄 수 있었어. 그전 토요일에는 도리스도 벌써 다녀갔지.

사랑하는 이자벨에게.
지난 토요일 우리가 다시 만날 수 있어서 정말 다행이었어. 나도 하루 더 네 곁에 있고 싶었지만 도저히 그럴 수가 없었어. 미안해!
그날 우리가 나눈 이야기를 나는 자주 생각해 보고 있어. 나는 네가 한 말에서 깊은 네 신앙심을 느낄 수 있었고 그래서 많은 감명을 받았어. 신앙심이 사람의 마음을 얼마나 평화롭게 할 수 있는

지 그날 너를 보고서 처음으로 느낄 수 있었어. 더구나 내가 감격
스럽게 생각한 것은 너야말로 진실로 행복하게 보이더라는 사실이
야. 삶과 죽음의 갈림길에서 너처럼 그렇게 초연할 수 있는 사람은
절대로 많지 않을 거야.

　사랑하는 이자벨! 나는 네가 폐렴을 이겨 내고 다시 건강해 지
길 기도하고 있어. 그러나 내가 지금 더욱더 간절히 기도하는 것은
네가 하느님에 대한 믿음을 끊임없이 간직하게 해 달라는 거야.

　우리 어머니도 네가 얼른 낫기를 빌고 계셔!

1982. 11. 17.

도리스

요한네스도 너를 찾아와 너와 한동안 이야기를 했어. 마렌은
건강이 나빠 올 수 없었어. 그러나 그 애는 제 아빠 편에 붉은
장미를 한 다발 보내 왔지. 일요일 밤에는 아빠가 네 곁에 있으
면서 너와 이야기를 나누었어. 바로 이틀 전에 너는 나와도 많
은 이야기를 했어. 그때 나는 네가 세상을 떠나면 크리스찬과
마티아스가 매우 괴로워할 것이란 말을 했지? 이 말을 하여 떠
나는 네 가슴을 아프게 했던 것을 나는 오늘까지도 뉘우치고
있어.

월요일 아침에 내가 병원에 갔을 때 아빠와 네가 밤새 얼마
자지 못한 것을 느낄 수 있었어. 이날 너는 그 동안 치료가 어
떤 결과를 가져 왔는지 알아보기 위한 방사선 검사를 받기로 되
어 있었어. 방사선실로 내려갈 때까지 기다리는 시간을 이용해
너는 누구에게 무엇을 기념으로 줄 것인지 나에게 일러주면서
일일이 종이에 기록하도록 했어. 맙소사! 별의 별난 것들도 많
더구나! 그러나 네 목소리가 너무나 엄숙하여 나는 아무 말도

161 🍁

못하고 불러 주는 대로 다 적었어.

오전 11시가 되어서야 방사선 검사 준비가 끝났어. 너는 며칠 전부터 산소호흡기에 의존해 있었지만 검사받는 동안에는 산소호흡기를 떼어야 했어. 그러니 너는 15분 동안—이렇게 의사들이 예측했어—산소호흡기 없이 지탱해야만 했지. 모든 준비가 끝났어. 네 고통을 덜어 주기 위해 너는 침대에 누운 채 방사선실로 가도록 되어 있었어. 그래서 복도의 문도 열어 두었고 엘리베이터도 비상 대기하고 있었어.

정확하게 15분 뒤 우리는 너와 함께 병실에 돌아왔으며 너에게 산소호흡기를 다시 쓸 수 있게 해 주었어. 그런 다음 우리는 검사 결과를 기다리고 있었어. 이 기다리는 시간에 너는 나에게 여러 통의 작별 편지를 불러 주면서 대신 써 달라고 했어.

아마 이틀 전이었을 거야. 너는 케른 박사와 오랫동안 이야기한 일이 있었어. 나도 함께 있는 자리였어. 너는 앞으로 너에게 할 수 있는 치료가 무엇이냐고 물었고, 케른 박사는

"이번 플라티넥스 치료가 효과가 있었던 것으로 판명되면 그 치료를 계속해야지!"

하고 대답했어.

"그러니 아무런 효과가 없었다고 판명되면 이제 더는 희망이 없는 것이군요!"

"음……."

그날 뒤로 너는 네 앞에 닥쳐올 모든 일을 똑똑히 감지한 듯 한참씩 깊은 생각에 잠기곤 했어.

네 운명은 이제 그날(월요일) 한 방사선 검사 결과에 달려 있다는 것을 너는 잘 알고 있었어. 그런데도 너는 검사 결과에 대하여 한마디도 묻지 않고 둘레에 있던 여러 가지 물건들을 정리

하는 데만 골몰하고 있었어. 나는 잠깐 복도에 나갔다가—아마 부엌에 무엇을 가지러 갔던 것 같애—페트리 박사님과 케른 박사님을 만나게 되었어.

"퇴벨리우스 박사님께 연락할까요? …… 이자벨이 검사 결과에 대하여 묻지 않았어요?"

"아니요, 묻지 않는데요!"

그렇게 대답하면서도 나는 퇴벨리우스 박사님께 연락할 것인지에 대해서는 대답할 말이 없었어.

"박사님이 만약의 경우에 대비한 지시는 미리 하셨던 것 아니에요?"

"예, 하셨어요!"

"우리 애가 죽게 되는 경우에 연락해 달라고 말씀하셨나요?"

"그런 말씀은 없었어요!"

"그렇다면 연락하지 마세요! 다른 환자들을 위해서라도 잘 쉬고 돌아오셔야 하니까요!"

그렇게 대답하고 나는 서둘러 너에게 돌아왔어. 그런데 너는 아무런 말없이 줄곧 글 쓴 종이들을 정리하고 있었어.

오후 2시쯤 케른 박사님이 네 병실에 왔어.

"결과가 나왔어요?"

네가 물었어.

"그래, 나왔어!"

"결과가 어때요?"

"나빠, 메타스타센이 늘어났어!"

"그렇다면 플라티넥스 치료가 저에게는 효력이 없군요!"

"응, 그런 것 같애."

"그러면 더 이상 치료받지 않겠어요! 하느님께서 저에게 기적을 일어나게 하시겠다면 치료를 받고 안 받고에는 관계치 않으실 거에요. 이제부터는 제 운명을 하느님 손에 맡기겠어요!"

그 사이 나는 네 아빠에게도 연락했어. 그래서 아빠는 급히 달려오고 있는 중이었어. 너는 흉하지 않게 죽고 싶어했어. 될 수 있으면 고통 없이 그리고 식구들이 두고두고 마음 아파하지 않게 조용히 죽고 싶어했던 거야. 그래서 너는 케른 박사와 구체로 의논했어. 의사 선생님들이 고통 없이 조용히 잠든 채 죽을 수 있도록 돕겠다고 약속했어.

"얼마나 걸릴 것 같아요?"

"그건 아무도 장담할 수 없어. 네가 투병 의지를 버리면 종양이 매우 빨리 이겨 버리고 말겠지!"

그 사이 아빠가 왔고 케른 박사가 검사 결과에 대하여 아빠에게 설명했어. 그러자 너는 케른 박사님에게 식구끼리 있게 해 달라고 부탁했어. 네 결심은 벌써 분명했어. 너는 더 이상 치료는 받지 않겠다며 일기장을 손에 꼭 쥐고 있었어. 더 이상 의논을 하거나 논쟁을 벌일 여지를 주지 않았어. 너는 이제 네 생명을 하느님의 손에 맡기고 하느님의 결정에만 따르겠다는 태도였어.

아빠와 나만 병실에 남았을 때 너는 우리가 서로 굳게 뭉쳐 힘을 합하여 살아갈 것을 부탁했어. 그리고 너를 사랑했듯이 크리스찬과 마티아스를 사랑할 것도 부탁했어. 또 할머니를 잘 보살펴드릴 것을 당부하는 것도 잊지 않았어.

그때 마침 크리스찬과 마티아스 그리고 할머니도 오셨어. 아무도 입을 열 엄두조차 내지 못하고 있었어. 나는 크리스찬에게 사정을 설명해 주었지. 그러나 그 애는 너무나도 급변한 사정을 그냥 받아들일 수 없었던 모양이야. 그 애는 의사 선생님들과 간호사들을 붙들고 무슨 방법이든지 해서 너에게 새로운 용기를 주고 또 다른 치료를 해 보아 달라고 애원했어. 그 애가 그럴수록 내 마음은 더 찢어지듯 아팠어.

그래서 나는 아주 엄한 목소리로

"누구라도 이자벨의 뜻을 거역하는 사람은 병실에 들여놓지 않겠어."

하고 소리 질렀어.

그제서야 크리스찬도 정신을 가다듬기 시작했어. 잠시 뒤 네가 그 애와 이야기하며 운명에 순응할 것을 당부했어. 너는 오빠를 올려다보며 말했어.

"오빠는 다음 주에 어렵고 중요한 시험을 쳐야 하지 않아! 내가 그때까지는 참고 버텨 보려고 했는데 더 이상 안 되겠어. 미안해, 오빠! 그러나 시험은 꼭 쳐야 돼, 오빠! 내 혼이 오빠 곁에 서서 정답을 속삭여 줄 거야. 누가 감히 눈치채겠어?"

그리고 마티아스에게는

"얘, 마티아스! 학교에 가서 내가 어떻게 죽었는지 이야기 해 줄 수 있겠니? 학교에서 내 추도 미사를 드릴 때 내 마지막 순간의 모습을 네가 이야기해 주면 고맙겠어. 내가 너를 자랑스럽게 지켜보고 있을 거야!"

하고 말했어.

그런 다음 너는 지금이 몇 시냐고 물었어. 그때가 저녁 6시 반이었어. 너는 일기장 사이에서 퇴벨리우스 박사님에게 쓴 편지를 끄집어내어 몇 자 더 적은 다음 네가 그린 장미 그림과 함께 봉투 속에 넣어 봉하고 박사님에게 전해 달라면서 나에게 맡겼어. 그리고 너는

"엄마, 아빠. 이제 의사 선생님들 들어와서 시작하라고 하세

요!"

하고 차분하게 말했지.

그때 페트리 박사와 케른 박사를 비롯해 간호사들이 밖에서 대기하고 있었어. 우리가 쾰른 병원에서 보았던 바퀴가 달린 네모진 상자도 있었어.

"페트리 박사님, 제가 자연사 하는 것이지요?"

"그래, 진정제가 너를 깊이 잠들게 할 뿐이다."

"제가 다시 한 번 깨어나게 되나요?"

"아니, 네가 원하지 않는 한 깨지 않아. 죽음이 너를 고통에서 해방할 때까지 너는 그냥 잠들어 있을 거야!"

"제가 고통을 느끼게 되나요?"

"우리 의사들은 그렇지 않은 것으로 알고 있어."

사람이 마지막 순간에 숨이 막혀 죽게 된다는 것을 알고 있었기 때문에 너는 그런 고통스러운 순간을 의식하고 물었던 것이었지.

"페트리 박사님! 이제 시작하세요!"

페트리 박사는 약방울이 떨어지는 양을 조정하고서는 왼손으로 네 손을 잡고 오른손으로 네 맥박을 짚고 있었어. 그러는 동안에도 너는 침착했어. 마치 무거운 짐이라도 벗어 놓는 것 같았어. 그때부터 네가 완전히 혼미 상태에 빠지게 된 45분 동안 너는 뚜렷한 의식 속에서 우리와 이야기했지.

"퇴벨리우스 박사님을 꼭 한 번 더 만나고 싶었는데……. 그분의 웃음이 참 매력 있어요. 제가 그분을 감히 넘보았다구요……."

"페트리 박사님! 왜 사람들이 죽는 것을 겁을 내지요?"

박사님이 잠시 대답을 주저하고 있을 때

"모두들 저와 같이 훌륭한 식구나 친절한 의사 선생님들이 곁에서 지켜 주지 않고, 또 좋은 교육도 못 받아서 그럴 거예요."
하고 스스로 대답했어.

"마티아스. 너는 네 벽을 스스로 허물어야 해. 한 번만에 안 되거든. 먼저 구멍을 하나 뚫고 그 구멍을 자꾸 키워 나가도록 해!"

"오빠! 오빠가 첫 데이트를 할 때 내가 오빠 곁에 붙어 서서 무슨 말을 하라고 귀에 속삭여 줄게!"

"아빠! 오빠와 마티아스를 자랑스럽게 생각하세요!"

"엄마! 엄마는 가장 친한 친구였어요!"

"앞으로도 함께 잘 살아가도록 하세요! 제가 언제나 지켜보고 있을 거예요! 집안에 걱정이라도 있으면 하느님께 도와주라고 부탁드릴게요!"

이때 페트리 박사가

"이 상태로 유지할까? 마취한 것과 비슷하지? 네가 원하면 다시 깨어나게 할 수 있어!"
하고 물었지.

"저는 한 번 한다고 했으면 해요! 저는 지금 저의 천국으로 가고 있는 중이에요. 제 몸이 가벼워지고 유리같이 투명해지기 시작해요. 그래도 저는 모두 볼 수 있어요."

"아빠! 밤마다 10시에 만나기로 약속한 것 잊지 마세요!"

너는 아빠와 밤마다 어느 별에서 만나기로 약속했지. 그래서 아빠가 밤마다 그 별을 쳐다보기로 했잖아.

"엄마! 엄마하고는 언제 서로 이야기하지?"

"아침 7시가 어때?"

"엄마, 차라리 6시로 해요! 그래야 엄마가 새벽 달리기를 할 수 있잖아요!"

"오빠! 오빠하고는 언제 이야기하지?"

"저녁 7시. 내가 집에 돌아올 때가 좋겠어!"

"마티아스, 너는?"

"나는 늘 누나를 생각하며 이야기할 거야!"

"페트리 박사님은요?"

"아침 6시 반, 내가 일어나는 시간에!"

"케른 박사님은요?"

"그거야 벌써 정했잖아. 8시 20분 전으로!"

"울리케 간호사님은요?"

"아침 6시 반, 내가 출근하는 시간에!"

"엄마! 죽는 것 하나도 두렵지 않다고 마렌에게 꼭 전해 주세요! 그 애도 머지않아 죽게 될 때는 이 병원으로 오라고 말해 주세요! 그 애를 한 번 더 보지 못한 것이 서운해요!"

"도로데아에게 토요일에 오지 못한 것 마음 아파할 것 없다고 말해 주세요! 요한네스가 와서 즐거웠으니까요!"

"엄마, 외삼촌께 내가 사샤의 대모가 되어서 정말 자랑스러웠다고……. 그 댁도 애기를 더 많이 갖고 행복해야……."

"얀과 퇴벨리우스 박사님을 꼭 한 번 더 만나 보고 싶었는데……. 생각했던 것보다 내가 얀을 더 좋아했던 것 같아요……."

"이제 나른하고 고단해요! 그리고 마음이 편안해요. 좀더 아빠 엄마 곁에 있고 싶었는데……. 할아버지도 만날 테고……. 엄마! 외할아버지와 외할머니가 나를 알아보실까요? 나를 한 번도 보신 적이 없잖아요……. 저는 늘 식구 곁에 있을 거예요. 몸은 보이지 않지만……."

네 말소리가 점점 흐려져 갔어. 나는 이때 ‘하느님 아버지’ 기도문을 우리와 함께 외우겠느냐고 너에게 물었어. 그래서 네가 이 세상에서 마지막으로 남긴 말이 ‘주기도문’이었어.

네가 깊은 잠에 빠져든 뒤 의사 선생님들과 간호사들은 말없이 자리를 떠났으나 우리 식구들은 네 곁에서 너를 지켜보고 있었어. 그것은 정말 성스러운 순간이었어. 네가 이제야 통증의 괴로움에서 벗어났다는 생각에 오히려 마음이 놓였어. 너는 산소호흡기를 쓰고 조용히 숨만 쉬고 있었어.

그때까지 남아 있던 여의사 선생님이 네 생명이 의식이 없는 상태에서 며칠은 더 갈 것이라고 설명하면서 식구들을 데리고 집으로 가서 좀 쉬도록 하라고 권했어.

그런데 이때 마침 마틴 씨 내외가 찾아왔어. 그래서 할머니와 오빠 그리고 마티아스는 그분들과 함께 먼저 집으로 갔지. 그분들이 크리스찬과 마티아스를 위로해 주었어. 그날 밤 지그프리트 외삼촌도 왔어. 아빠와 나는 네 곁에 그냥 남아 있었어. 우리는 서로 아무 말도 하지 않았지만 그 어느 때보다 우리가 서로 가까이 그리고 깊이 한마음이 되고 있다는 것을 느낄 수 있었단다.

밤이 다가오자 아빠는 너를 혼자 지키겠다며 나한테 집에 가서 쉬도록 하라고 했어. 아빠는 너와 이날 밤 마음속으로나마 많은 이야기를 나누고 싶었던 모양이야.

이튿날 이네스는 네 상태를 모른 채 편지를 보내 주었어.

 사랑하는 이자벨에게.
 왜 그런지 자꾸만 네 생각이 나는구나. 내가 너에게 도움이 될 수 있는 일이 있다면 나에게 얼마 남지 않은 마지막 기력이라도 다

주고 싶어. 너는 의지력과 용기로 그 몹쓸 병을 잘 참고 견딜 것이
라는 것 나는 알고 있어. 식구들과 동무들이 도와주고 있겠지?

　그러나 가장 중요한 것은 너 자신이야. 사람은 운명을 따르지 않
을 수가 없는 것 같애. 너를 위하여 기도 드리고 있어.

1982. 11. 16.
이네스

퇴벨리우스 박사님도 너를 생각하고 멀리 티베트에서 11월
15일자로 엽서를 보내 주셨어. 네가 한 사람 한 사람씩 작별을
하고 있을 때 쓰신 거야. 그 엽서는 장례식 하루 전날 배달되었
어. 엽서의 그림은 커다란 코끼리와 원주민 소년이 있는 사진이
었어. 나는 이 엽서를 너와 함께 묻어 주었지만 마지막 줄 내용
은 아직도 자세히 기억하고 있어. '네가 철없는 짓을 하여 상태
를 더 나쁘게 만들지 않길 바란다'고 했어.

　다음날 아침에는 마티아스가 병원에 가서 깊이 잠들어 있는
너를 지키고 아빠를 집에 가서 쉬도록 했지. 저녁에는 우리 식
구들 모두 네 곁에 모여 있었어. 해가 저물고 라인강과 그 건너
편 산들에 어둠이 깔릴 때 나는 네 일기장을 들고 모두가 들을
수 있게 네 일기를 천천히 읽어 나갔어.

1982. 10. 8.

나는 왜 그런지 자꾸만 슬퍼진다. 내가 이 지긋지긋한 (쾰른의) 병원에 혼자 있고, 거기다 귀가 아파서 그런지도 모르겠다. 이제 이 병원은 몸서리나게 싫다. 벌써 이 병원에 온 지 3주가 되었다. 야콥은 우리 집에는 전화를 했다면서 나에게는 여전히 소식이 없다. 전화 한 번 해 주었으면 내가 얼마나 좋아했을까! 한 번쯤 다녀가 주기를 은근히 기다렸는데……. 그러나 아무런 소용이 없었다.

부모님은 나에게 너무나 잘해 주신다. 오늘 저녁에는 어느 집에 초대받아 가셨다. 그래서 그 집으로 전화를 하여 귀가 아프다고 하였더니 아빠가 곧 오시겠다고 했다. 굳이 오시라고 한 것은 아니었는데……. 그러나 오신다니 정말 다행이다.

오른쪽 귀는 생각을 하면 더 아프다. 생각을 말아야지. 잉군(반동무)과는 친해질 수 있을 것 같다. 그 애가 찾아오면 나는 즐거워진다.

내 오른팔은 정말 멍청한 바보인 모양이다. 또 아프기 시작한다. 이 팔이 정말 나아질 수 있을까? 그렇지 않으면 영원히 테니스를 못 칠 텐데…….

1982. 10. 16.

클라우디아 언니가 죽었다. 하느님, 언니를 보살펴 주시고 언니의 용기를 보상해 주십시오! 언니가 위독하다는 이야기를 나는 월요일 언니의 오빠에게서 들었다. 처음에는 믿을 수가 없었다. 언니만은 몹쓸 이 병과 싸워 이겨 낼 것이라고 믿었고 나도 언니처럼 병과 싸워 이겨 낼 수 있기를 바랐는데…….

죽었다니 정말 믿어지지가 않는다. 언니가 이렇게 죽을 것이라고 누가 생각했을까! 내가 지난 6월, 용기를 잃고 실오라기 같은 희망을 붙들고 있을 때 언니는 나에게 많은 용기를 갖게 해 주었다. 그래서 나는 언니를 끈기와 목표 의식이 강한, 내가 본받아야 할 사람이라고 생각했다.

나중에 알고 보니 언니도 처음에는 그렇지 않았다 한다. 오랫동안 병을 앓으면서 그렇게 변했다고 했다. 하지만 벌써 때는 늦었던 모양이다.

그래도 언니가 보람 없이 죽은 것은 아니다. 언니는 나에게 많은 것을 가르쳐 주었다. 그래서 나도 의사 선생님의 말씀을 더 잘 듣겠다고 노력하게 되었다. 종양이 자라면 나는 통증을 느끼는데 언니는 통증을 별로 느끼지 않았다 한다. 그래서 언니는 오랫동안 치료를 제대로 받지 않고, 심지어 도중에 중단하기까지 했다고 한다. 나는 절대로 그러지 말아야지!

종양이 자라면 나는 금방 통증을 느낄 수 있다. 통증이 생기면 칼로 찢어내듯이 아프다. 어제 저녁에는 무릎도 그렇게 아팠다. 그러나 이 통증이 경종 구실을 하고 있는 셈이니 어쩌면 통증을 고맙게 생각해야 하는 것이 아닐까? 그렇다고 나를 못 살도록 아프게 하는 통증에 고마워할 수는 없는 일이다.

최근에는 통증이 자꾸만 더 심해져 절망감에 빠지지 않을 수 없다. 지난번 받은 검사 결과에 따르면 치료의 효력이 있다고 했고 그래서 당분간은 통증이 없을 줄로 믿고 있었는데…… 그렇기 때문에 실망이 더 크다.

앞으로는 쾰른 병원이 아니고 본 병원에서 치료를 받을 수 있다니 그것만 해도 큰 다행이다. 쾰른에서 줄곧 치료를 받아야 한다면 도살장에 끌려가는 심정이었을 거다.

퇴벨리우스 박사님이 오늘 우리 집에 와서 아빠·엄마와 여러 가지 이야기를 하고 가셨다. 그러니 앞으로는 모든 것이 잘 되겠지!

얀이 오늘 11시에 (캐나다에서) 전화를 해 무려 15분이나 나와 통화했다. 전화해 주어 정말 고맙고 반가웠다.

1982. 10. 18.

오늘은 무릎이 너무 아파 진통제를 많이 먹었다. 그래서 그런지

어지럽기도 하였고 자꾸만 무서운 환상이 떠올랐다. 내가 높은 벼
랑에서 떨어지면 한 청년이 밑에서 안아 받는 환상에 빠지기도 하
고, 또 방 벽이 갑자기 내 앞으로 쏜살같이 밀어닥쳐 오다가 눈앞
에 다가와서는 비켜 나가는 환상에 사로잡히기도 했다.

이런 환상들이 내 눈앞에 실제같이 자꾸 떠올랐다. 그래서 나는
하루 종일 무서운 생각에 사로잡혀 있었다. 이상하게 모든 것이 잿
빛으로만 보였다.

나는 이제 용기를 잃게 되고 치료받는 것도 두려워졌다. 내 자신
이 밉기도 하다. 어제 저녁까지만 해도 그렇지 않았는데 밤이 되면
서 내 자신이 미워졌고 어디론가 멀리 도망가고 싶은 생각도 들었
다. 이놈의 진통제 때문에 내가 이제는 미쳐 버리고 말았나 보다.

글 쓰는 것도 힘이 든다. 통증이 조금은 줄어든 것 같지만 무릎
통증은 여전하다. 이 무릎이 무슨 병에 걸렸는지 의사들이 빨리 알
아 내고 치료라도 좀 해 주었으면 좋겠는데……. 왜 아직도 알아
내지 못할까?

저녁이다. 본의 이 병원에서 첫날을 보냈다. 실망했다. 내 기억으
로는 이 병원 분위기가 전에는 이렇지 않았는데……. 간호사들도
모두 바뀌어 버렸다. 케른 박사님은 오늘 왜 찾아오지 않았을까?
이 병원에서는 내 스스로 해야 할 일이 많을 것 같다.

크리스마스 때 식구들에게 무엇을 선물할 것인지도 미리 생각해
두어야겠다. 엄마에게는 내가 수놓은 밥상보를 드려야지.

1982. 10. 19.

어젯밤에는 잠을 통 자지 못했다. 무릎이 너무 아파 시간마다 잠
을 깼다. 무릎의 통증이 빨리 사라지지 않으면 미쳐 버리고 말 것
같다. 지금은 완전히 반신불수가 된 꼴이다.

간호사들은 중요한 것은 제쳐두고 중요하지도 않은 것만 가지고
수다를 떨고 있다. 종양 치료가 시작될 때까지는 무릎이 좀 나아져
야 할 텐데 정말 걱정이다. 그렇지 않으면 약병을 치켜들고, 거기

다 지팡이까지 짚고 화장실에 가야 되는 꼴이 될 테니 생각만 해도 기가 막힌다. 엄마가 왜 여태 안 오시지? 제발 빨리 왔으면 좋겠다.

엄마가 오고 난 뒤부터는 즐거워졌다. 엄마가 옷을 입혀 주었고 나와 함께 아침을 먹었다. 브리깃트 고모가 와서 함께 (무릎에) 방사선 치료를 받으러 다녀왔다. 그 다음에는 마틴 부인이 오셔서 즐겁게 지냈다. 잉게 아주머니와 켈러 선생님이 우연히 함께 오셨다.

그런데 나는 방사선 촬영하러 또다시 내려가야만 했다. 오늘은 나를 편하게 해 주려고 침대에 누운 채로 다녀오게 해 주었다. 다행이었다.

마틴 부인이 좋은 생각을 일러 주어서 마티아스에게 줄 크리스마스 선물은 결정했다. 나이키 제품을 선물해야지! 다른 사람 선물도 빨리 결정해야 겠는데……

1982. 10. 20.

무릎까지 못 살게 아프니 그렇지 않아도 고통스러운 종양 치료를 아무래도 오래 견뎌 내지 못할 것 같다. 부모님과 퇴벨리우스 박사님은—말씀은 안 하지만—내가 머지않아 죽을 것으로 생각하고 계신 것 같다.

하지만 나는 절대로 죽고 싶지 않다. 죽을 것 같이 느껴지지도 않는다. 내가 매우 허약해진 것은 물론 벌써 알고 있다. 그러나 죽지는 않을 거다. 얼마나 더 오래 치료에 버틸 수 있는지는 이제 나에게 달렸다. 나는 아직 포기하지 않는다.

그런데 사람이 죽게 되면 어떻게 될까? 짐작조차 가는 것이 없다. 아니야, 내가 죽어서는 절대로 안 돼!

부모님이 매우 걱정하고 계신다. 엄마는 오늘 아침 나를 목욕시키면서 마치 내가 더 오래 버티지 못할 듯이 말했다. 그 다음부터 나는 자꾸만 가슴이 떨린다.

왜 그런지 나도 모르겠다. 두려워서 그런 것만은 아니다. 내 폐의 오른쪽과 뒤쪽이 아프기 시작했다. 그래도 나는 죽지 않을 거다.

죽음이 조금씩 나에게 다가오고 있다고 생각하니 두렵다. 그러니 내가 치료를 잘 받으려고 스스로 애를 써야 된다! 오늘 처음으로 이것을 깨닫게 되었다.

카테터를 오늘 또 꽂았다. 금요일에는 치료가 시작될 모양이다. 이제 나에게는 두 가지 길밖에 없다. 방사선 치료로 무릎 통증이 사라지고 또 종양 치료도 효력이 있으면 살아 남을 것이고, 그렇지 않으면 치료를 중단하고 죽는 것뿐이다.

내가 날마다 조금씩 죽어 가고 있는 모습을 부모형제들이 지켜 보아야 한다는 것은 잔인한 것이라고 벨 선생님도 말씀하셨다. 그래서 나는 병을 이겨 낼 수 있다고 자신하고 있기 때문에 걱정할 것이 없다고 말씀드렸다. 그래도 선생님은 하느님에 대한 이야기를 하면서 전능하신 하느님을 믿어야 한다고 말씀하셨다. 그래야 내가 죽게 될 때 내 마음이 평화로워지고 또 우리 식구들도 내 죽음을 이겨 낼 수 있다고 말씀하셨다.

그러나 나는 12월 말까지는 문제 없이 살 수 있을 것으로 믿고 있으며 거기에 맞춰 모든 계획을 세우고 있다. 내가 얼마나 살고 싶어하는지 모두들에게 꼭 보여 주어야 한다. 아직도 나는 계획하고 있는 일이 많고 내 계획이 이루어질 수 없다고는 상상해 본 적이 한 번도 없다.

이 병을 앓으면 죽음이 천천히 숨어들었다가 어느 시기에 갑자기 덮친다는 것은 나도 알고 있다. 클라우디아 언니도 갑자기 쓰러졌다. 나도 두 달 전에는 완전히 건강해질 것이라고 믿고 있었는데 지금은 이 지경에 이르고 만 것이다.

조금 전에 마틴 부인이 전화를 했을 때 나는 수화기에 대고 소리내어 울고 말았다. 아주머니는 지금 당장 달려오시겠다고 했다. 정말 고마운 분이시다. 아주머니와 좀더 의사소통이 잘 되었으면 좋겠다. 심각한 문제를 이야기하기에는 내 영어 실력이 아직도 많이 모자라 답답하다.

1982. 10. 21.

이번 치료도 효력이 없으면, 더 이상 치료를 받느라 쓸데없이 내가 고통을 당하는 일은 하지 않는 편이 좋겠다고 의사 선생님들이 부모님께 이야기하는 것을 엿들었다.

나는 정말 기절할 듯이 놀랐다. 나는 아직 죽고 싶지 않으며 죽음을 상상조차 할 수 없는데 죽음은 벌써 내 가까이에 다가와 있는 모양이다.

통증도 다시 심해졌다. 내가 병과 싸울 것을 포기한다 하더라도 죽음이 나를 굴복시킬 때까지 통증은 따라다닐 것이다. 그러니 병과 싸우지 않고 달리 어떻게 할 수 없는 것이 아닐까? 싸우다가 쓰러지더라도 싸움을 계속해야 하지 않느냐 말이다.

내 스스로 죽겠다고 생각하고 사랑하는 식구들에게 이제 그만 헤어지자고 말한다면 어떻게 될까? 아니다! 나는 아직 절대로 죽고 싶지 않다.

사랑하는 하느님! 더 견딜 수 있는 힘을 저에게 주세요! 플라티넥스 치료를 받게 되는 동안(앞으로 열흘 동안) 말할 수 없이 고통스러울 것 같다. 그래도 나는 꼭 견뎌 내야 한다!

이제는 오른쪽 다리 전체가 못 견디게 아프다. 무릎이 퉁퉁 부어 있는데도 아무도 나를 도와주지 못하고 있으니 미칠 것만 같다. 어쩌면 바늘로 여기저기를 또 찔러 볼지 모르겠다.

오늘 케른 박사도 무릎에 고인 물을 뽑는 것이 지금 할 수 있는 치료의 전부라고 말했다. 조금 전에 맞은 진통제(폴트랄) 주사 탓인지 정신이 몽롱해진다.

1982. 10. 22.

어제 오후에는 너무 고통스러웠다. 진통제 때문에 오후 내내 완전히 내 정신이 아니었다. 움직일 수도 없었고, 말도 할 수 없었으며 심지어 눈도 뜰 수 없었다. 그래도 참아 내었다. 진통제 덕분에 저녁에는 통증이 조금 나아졌다. 불안과 두려움도 지금은 다시 없어졌다. 방사선 치료가 효력이 있었는지 무릎 통증도 꽤 가셨다.
어젯밤에는 그런 대로 잠을 잘 수 있었다. 앞으로 열흘을 견뎌 내
야 한다.

얀에게서 즐거운 소식을 들었다. 나하고 비슷하게 보이고 싶어
자기가 캐나다에서 베레모를 늘 쓰고 있다고 했다. 그리고 자기 누
나 테레사에게—지난 여름에는 자기 생각이 좀 달랐지만—나를
매우 좋아한다고 말했다고 했다. 그리고 내가 보고 싶다고도 했다.
아마 12월 초순에는 오게 되겠지!

1982. 10. 23.

오늘은 엉덩이뼈 밑이 많이 아프다. 이제는 상태가 좋아지는 경
우는 거의 없으니 아무래도 내가 죽게 되는 것이 아닌가 하고 두
려워진다. 목숨이 위태로운 것이 어떤 것인지 점점 똑똑히 느낄 수
있을 것 같다.

내가 사랑하는 사람들을 머지않아 더 이상 못 볼 것이라고 생각
하니 가슴이 메이고 슬퍼진다. 아무래도 크리스마스 때까지는 견뎌
내기 힘들 것 같다. 어제는 조금 안심을 했지만 지금은 당장 내일
이 불안하게 느껴진다. 죽음까지도 이렇게 통증을 앞세우고 다가와
야 한단 말인지?

그러나 나는 아직 죽지 않을 거야! 아직도 내가 하고 싶은 일이
많이 남아 있다. 얀을 만나야 하고 얀의 누나도 만나야 한다. 그리
고 크리스마스를 '검은 숲'에서 보내야 한다. 그러니 아직은 절대로
죽을 수 없다.

그렇지만 만일 이번 치료마저 효력이 없는 것으로 판명되면 나
도 이 이상 통증을 참아 낼 용기를 잃게 되고 말 것이다. 그렇게
되면 나는 완전히 진통제에 절여져 서서히 죽어가게 될 것이다.

만약에 죽음으로 가는 길이 통증이 없는 길이고, 죽을 때까지는
사랑하는 식구들과 즐거움을 나눌 수 있는 길이라면 나는 차라리
모든 것을 접어 두고 이제는 그 길로 들어서 버리고 싶다. 그렇지
만 죽음이 나에게 더 심한 통증을 줄 것이라는 것을 나는 잘 알고

있다. 그러니 어쩔 수 없이 이 치료를 받으면 나아질까, 저 치료를 받으면 좋아질까 하는 희망을 가지면서 버티다가 결국에는 더 많은 고통만 당하다가 죽게 되고 말 것이다.

통증이 다시 한 고비 지나갔다. 지금은 조금 견딜 만하다. 오늘은 엄마와 많은 이야기를 했다. 아빠는 너무 불안해하시기 때문에 이야기하기가 어렵다.

나는 지금 악몽에서 깨어난 심정이다. 갑자기 마음이 편안하고, 음식도 먹을 수 있고 통증도 없어졌다. 하느님, 이렇게 편하게 해 주셔서 감사해요! 오늘 아침에는 죽음이 두려워 떨고 있었어요!

오후에는 마리가 찾아왔다. 마리는 내가 뜨개질한 목도리와 모자를 선물 받고 굉장히 좋아했다. 내 생각에는 감격했던 것 같았다. 우리 둘 모두 목이 메였다.

목욕을 했으면 한다. 지금 같아서는 내가 죽지 않을 것 같다. 죽음을 생각하면 두려워진다. 선생님들이(벨 부인과 니핀드 부인) 나를 위로해 주셔서 고마웠다. 선생님들은 내가 좋다면 언제든지 또 오시겠다고 했다. 내가 언제 다시 악몽 속에 빠져들지 불안하다.

오늘로서 이틀째 치료를 받았다. 정말 치료가 효력이 있는지 궁금하다. 통증은 왔다갔다하고 있다.

지금은 밤 10시다. 통증도 없고 모든 것이 편안하다. 오늘 아침에만 하더라도 너무 통증이 심하여 모든 것을 포기해야 하는 것 아닌가 하고 생각했다. 그러니 내가 아직은 모든 것을 절대로 포기해서는 안 된다. 내일이면 퇴벨리우스 박사님이 다시 찾아오시겠지. 그분이 곁에 계시면 마음이 편안하고 행복하다.

엄마는 오늘 저녁 마리 언니와 함께 테니스 클럽 파티에 가셨다. 재미있게 놀다 오시면 좋겠다.

1982. 10. 24.
오늘은 아침부터 즐거웠다. 간호사가 목욕도 시켜 주었고 통증도

없었다. 어젯밤에는 잠도 최고로 잘 잤다. 이제는 내가 병을 이겨
낼 수 있을 것이란 자신감이 생긴다.

오늘은 하루 종일 즐거웠다. 마리 언니와 엄마가 그리고 오빠도
오랫동안 내 곁에 있었다. 오전에는 요즘 카이로에 살고 계시는 롤
리 외삼촌도 왔다. 어쩌면 마틴 부인도 나중에 오실 것 같고 퇴벨
리우스 박사님도 한 번 더 들리실 것 같다. 마티아스는 틀림없이
올 것이고…….

통증이 깨끗이 사라졌고 다리도 많이 좋아졌다. 이번에는 이 병
원에 아예 오래 있을 생각을 해야겠다. 그래야 나을 수 있는 기회
를 확실히 잡을 수 있을 테니까.

이번에 치료를 받는 동안에는 먹고 마실 수 있어서 얼마나 좋은
지 모르겠다. 오늘은 정신도 아주 맑아 누구누구가 나를 찾아올까
하고 궁금해하며 기대에 부풀기도 했다.

이제 나도 무엇이든 조금 배웠으면 좋겠다. 그런데 내 기억력이
많이 나빠진 것 같다. 어쩌지?

1982. 10. 25.

오늘은 어쩐지 일기를 쓰고 싶은 마음이 없다. 오늘도 지루하지
는 않았다. 벨 선생님, 할머니 그리고 엄마가 왔다. 어젯밤에는 아
빠가 내 곁에서 주무셨다. 아빠와 꿈을 해몽하는 것에 관하여 이야
기했다. 흥미있었다.

1982. 10. 27.

어제는 짜증스러운 날이었다. 너무 많은 사람들이 찾아와 성가시
기도 했다. 잉게 아주머니는 연락도 없이 불쑥 나타나 사람이 죽어
저승에 태어나는 이야기에 관한 책을 가지고 와 읽어 보라고 했다.

아빠도 잉게 아주머니가 못마땅하여 짜증까지 나셨던 것 같았다.
나는 그 책을 읽지 않을 거야!

야콥이 어제 뜻밖에 전화를 했다. 놀랍고 반가웠다. 언제 한번

다시 찾아오겠다고 했다.

오빠가 오늘 저녁에도 왔다. 정말 착하고 다정한 오빠다. 우리 집 보배 덩어리이다!

울리케 간호사도 정말 고맙게 해 준다. 오늘은 이 병원 의사들이 담긴 사진 두 장을 가지고 왔다. 퇴벨리우스 박사님도 보인다. 내가 지금까지 만난 수많은 간호사 가운데에서 울리케 간호사처럼 친절한 사람은 없었다.

오늘 아침에는 케른 박사님을 깨우라고 일러 주었다. 깨워드렸다. 재미있어 정말 많이 웃었다.

1982. 10. 31.

아빠가 재미있는 이야기를 적어 주었다.

옛날에 난쟁이 한 사람이 있었는데 그 사람은 발이 너무 큰 것을 늘 슬퍼했다 한다. 그래서 '하느님, 제발 발을 좀 작게 해 주십시오. 그리고 키를 크게 해 주십시오!' 하면서 열심히 기도했단다. 드디어 기적이 일어나 크리스마스 날 산타클로스 할아버지가 조그마한 슬리퍼를 두고 갔고 난쟁이가 그 조그마한 슬리퍼를 신어 보니 자기의 큰 발이 들어가더란다. 그러고부터 난쟁이는 키가 크고 싶은 소원을 이루어 달라고 아직도 기도하고 있다고 했다.

1982. 11. 4.

이제는 병을 많이 이겨 낸 것 같다. 오늘은 기운도 나고 먹고 싶은 것도 많다. 걷는 것도 또한 많이 좋아졌다. 드디어 살 것만 같다.

나는 퇴벨리우스 박사님을 마음속으로 좋아하고 있다. 박사님이 오늘 세 번씩이나 나를 찾아와 내일이면 티베트에 등산하러 떠난다고 작별을 하고 갔다. 그분도 틀림없이 나를 좋아하는 것 같다. 박사님이 엄마에게 자기가 아직까지 한 번도 젊은 여자 환자에게 ― 나에게처럼 ― 가까이해 보지 않았다고 말했다 한다.

엄마와 어젯밤 늦게까지 이런저런 이야기를 많이 했다. 엄마는 내가 스물다섯 살이 되면 박사님과 어울리는 상대가 될 수 있을 것이고 결혼도 할 수 있을 것이라고 했다. 생각만 해도 행복하다.

버비 박사님도 오늘 (다른 과로 전근되어) 작별하고 갔다. 나는 그 동안 그분이나 케른 박사님과는 매우 친하게 지내고 있었다. 이틀 전에 소동을 일으켰던 내 폐전색증은(디피돌로) 진통제를 너무 많이 투입시킨 탓이었다.

일요일에 야콥이 온다고 했는데 이번에는 과연 나에게 어떻게 대할지 두고 봐야지!

1982. 11. 5.

조금 전에 목욕을 하고 나니 상쾌하다. 오늘 벨틴(학교 동무)에게 전화하여 음반 하나 얻을 수 있는지 물어 보았다.

그 애는 아주 많이 변한 것 같다. 목소리도 어른스럽게 점잖아졌다.

오늘 오전에는 병원 목사님이 다녀갔다. 왜 아무 연락도 없이 불쑥 들어오시느냐고 핀잔을 주었다. 성가신 분이다.

오늘부터 퇴벨리우스 박사님이 휴가에 들어가신다. 당분간 뵐 수 없게 되었으니 서운하다.

지그프리트 외삼촌과 숙모님이 사샤를 데리고 내일 오신다고 했다. 아빠는 마티아스를 데리고 어제 베를린에 가셨다.

1982. 11. 6.

오늘도 즐거운 하루였다. 외삼촌과 숙모님이 사샤를 데리고 오셨다. 사샤는 얼마나 귀여운지 모른다. 오늘은 오랜만에 아이스크림도 먹었다. 요즘은 이상하게 입맛이 살아나 먹고 싶은 것이 많다. 내일은 아빠와 마티아스도 베를린에서 돌아오고 야콥도 오게 되어 있다. 역시 재미있는 하루가 될 것 같다.

팔이 아파서 오늘은 길게 쓸 수가 없다. 내가 명랑하게 그러니까 식구들 모두 좋아하고 있다. 다음 주에는 침대에서 일어나도록 해야지! 크리스마스 선물도 미리 장만해야 되는데……

1982. 11. 7.

조금 전에 아빠가 마티아스와 함께 베를린에서 돌아오셨다. 엄마와 오빠도 있는 자리에서 다녀온 이야기를 많이 하셨다. 프리델 고모가 수요일에 본으로 오신다고 했다. 반갑다.

야콥이 언제 올지 궁금하다. 내가 비몽사몽 헤매고 있던 점심 나절에 전화하여 자기가 기침을 하는데 어떻게 했으면 좋겠느냐고 물었다. 나는 백혈구 수치가 다시 1,900까지 올라갔으니 아무 염려 말고 오라고 했다. 빨리 왔으면 좋겠다.

퇴벨리우스 박사님이 휴가에서 돌아오시면 박사님 사진을 한 장 달라고 해야겠다. 울리케 간호사가 준 사진에는 박사님 얼굴이 잘 보이지 않는다.

야콥이 네 시 반부터 여섯 시까지 와 있었다. 우리는 사랑과 우정에 대하여 진지한 이야기를 나누었다. 그 사람은 플레이보이이고 여자들과 잠자리도 같이 한 경험이 많은 모양이다. 그 사람은 내 몸매가 날씬하고 얼굴이 예쁘다고 했고, 또 내가 남자들이 좋아하고 눈독들일 형이라고 했다.

그 사람은 나를 어린 여자로 대하지 않고 여성으로 대해 주어 더욱 좋았다. 퇴벨리우스 박사님은 나를 아직도 어린 여자로 다룬다. 그것은 박사님이 나이가 많아서 그럴 것이다. 어쨌든 남자 세계를 조금 들여다보는 것은 재미있다. 야콥과 한번 사랑에 빠져 보면 재미있을 것 같다.

어쨌든 멀리서 찾아와 주어 고맙다. 그 사람이 오늘 헤어질 때 내 뺨을 쓰다듬었다. 다음 번에는 어떻게 나올지 두고 봐야지. 다음 주 월요일에 다시 오겠다고 약속했다.

1982. 11. 9.

어제가 마티아스의 생일이어서 오후에는 집에 다녀왔다. 집이 그렇게 즐겁고 좋은 곳인 줄 미처 몰랐다. 마티아스도 내가 온 것을 무척 좋아했다. 부모님과 오빠도 마찬가지였다. 정말 즐겁고 흥겨운 한나절이었다.

그러나 밤이 되면서 집에 다녀온 것이 얼마나 힘겨운 일이었는지 느끼게 되었다. 온몸이 고단하고 쑤셔 잠을 잘 수 없었다. 마음이 불안하고 신경이 날카로워져 (폴트랄) 진정제를 먹었다.

통증이 다시 시작되었다. 역시 병을 이겨 낼 수 없을 것 같은 두려움을 느끼게 되었다. 이 통증이 단순한 근육통인지 아니면 무슨 심각한 증세인지 짐작이 가지 않는다. 온몸이 기운이 빠져 나른하다. 걷는 것도 무척 힘이 들고 숨쉬기도 어렵다. 이러다가 다시 좋아지려는지?

어젯밤 엄마가 나를 병원에 데리고 와 잠자리에 들게 해 주고 나서 내 얼굴을 쓰다듬어 주셨다. 엄마가 그렇게 해 줄 때는 내가 마치 어린애가 된 것 같은 느낌이 들었지만 마음은 편안해진다.

지금은 매우 침울하고 짜증이 난다. 살아 남지 못할 것 같은 두려움도 생긴다. 온몸이 너무 아프다. 아침이 되었으니 엄마가 곧 오시겠지. 빨리 오시면 좋겠다.

1982. 11. 10.

또 한 번 난리가 났다. 내가 세균에 감염되어 감기에 걸린 것이다. 오늘 아침에는 열이 많이 올랐으며 나는 이 열이 종양 때문에 생긴 것이 아닌가 하고 몹시 겁이 났다. 이 열이 종양 때문이라면 그 동안 치료를 받았는데도 종양은 점점 더 커지고 있었다는 이야기가 된다.

그러나 그런 것이 아니고 세균에 감염된 것이라 판명되었다. 정말 다행이다. 물론 이것도 매우 위험한 것이며 내가 죽을 수도 있는 것이다. 그렇지만 나는 꼭 이겨 내고 말 것이다. 퇴벨리우스 박사님에게도 실수를 해서 병을 더 심하게 하지 않겠다고 약속했으니까……

그러면서도 마음속 한편에서는 이제부터 모두들에게 작별의 편지를 써야겠다는 생각을 하고 또 크리스마스 선물도 빨리 서둘러 마련해야겠다는 생각도 하게 되었다. 또 한편으로는 절망감에 빠져 모든 것을 그만두어 버리고 싶은 충동도 생겼다.

오전에는 40.1도까지 올라갔던 열이 지금은 38.3도로 내렸다. 노발긴과 바덴빗켈 덕분이다. 케른 박사님은 카테터를 뽑아 왼팔에 새로 꽂아 주었다. 아마 카테터 바늘 부분에 염증이 생길까 두려워서 그렇게 한 것 같다. 그러나 아직도 내가 위기를 벗어난 것은 아니다. 백혈구가 적기 때문에 쉽게 쓰러질 수도 있다.

아빠는 오늘 아침에 많이 놀라셨던 모양이다. 눈물까지 글썽이셨다. 내가 이제는 죽고 마는구나 생각하셨던 것 같다.

어쨌든 이번 위기는 빨리 이겨 내야 한다. 이 상태로는 내가 밖에 나가 크리스마스 선물을 장만한다는 것은 단념해야 한다. 세 시간 전까지만 해도 모든 것을 그만두어 버릴 생각을 했던 내가 지금은 또 마음이 달라졌다. 왜 이렇게 변덕이 심한지 모르겠다.

지금 내가 오줌을 싼 모양이다. 나도 모르게 그냥 오줌이 나와 버린 것이다. 간호사가 빨리 나를 씻겨 주고 침대보도 갈아 주었으면 좋겠다.

엄마가 아이스크림과 폼프릿트(감자 튀긴 것)를 사 오겠다고 하셨는데······.

나는 오늘 저녁에 케른 박사님와 매우 진지한 대화를 했다. 내가 지금까지 허황된 꿈에 사로잡혀 있었던 것을 비로소 알게 되었다. 나는 플라티넥스 치료를 몇 번 되풀이해 받으면 병이 나아질 것으로 믿고 있었던 것이다. 그런데 오늘 대화를 하면서 그렇지 않다는 사실을 알게 되었다.

플라티넥스 치료는 병을 완전히 퇴치하기 위한 것이 아니었고 어느 부분에서는 효력이 있긴 해도 (내) 폐의 상태는 조금도 좋아지지 않았다고 설명해 주셨다. 그뿐 아니라 이 치료는 받을수록 내 몸 안에 저항력이 많이 생겨 치료를 거듭할수록 효과가 없어진다는 것도 알게 되었다.

다시 말하면 내가 건강해질 수 있는 기회는 시간이 갈수록 자꾸만 작아지고 결국에는 죽게 된다는 이야기였다. 나는 케른 박사님의 이야기를 듣고 비로소 허황된 꿈에서 깨어났지만 놀라움을 금할 수 없었다.

그렇지만 사실을 알게 된 것은 잘된 일이다. 나는 지금 어떤 면에서는—이제는 모든 것이 분명해졌으니—오히려 후련하고 다행이라고도 생각한다. 그렇다고 지금 이 순간부터 모든 것을 포기한다는 것은 결코 아니다.

페트리 박사님과 케른 박사님이 저녁에 나를 다시 찾아오셨다. 그분들은 죽는 고통에 대해서는 겁을 낼 필요가 없다고 나에게 다짐해 주었다. 순간 나는 기뻤다. 그분들은 내가 더 오래 살고 싶다면 치료를 받지 않고도—물론 무릎에는 방사선 치료를 하면서—진통제와 콜티손으로 한 달 정도는 더 살 수 있게 해 줄 수 있다고 했다. 지금 오랜만에 다시 명랑해졌지만 몸은 나른하고 피로하기만 하다. 나는 죽는다는 것을 아직도 생각하지 않고 있다. 아직 기력도 남아 있고 더 살고 싶다.

조금 전에 아빠와 엄마가 집에 가셨다. 그렇지만 엄마는 곧 다시 오실 것이다. 아빠는 오랜만에 내 입술에 키스를 하셨다. 내가 어렸을 때는 그렇게 키스하는 것이 당연했지만 이제는 좀 다르다. 역시 입술에 키스하는 것은 사랑하는 사람끼리 하는 것이다.

나는 지금 너무 고단하다. 눈도 침침하고 손도 잘 움직여지지 않는다. 내일 아침에는 케른 박사님을 꼭 깨워 드려야 한다. 잊지 말아야지.

1982. 11. 11.

바로 1년 전 오늘이 내가 이 병원에 입원했던 날이다. 지금은 새벽 두 시 반이다. 진통제를 많이 맞은 탓인지 느낌이 이상하다. 몸은 많이 고단한데도 잠은 통 오지 않는다. 내가 어떻게 될 것인가 하고 많이 생각해 본다. 그러나 지금은 조리 있게 생각할 수가 없다. 무엇인지 떨쳐 버려야겠다는 마음이지만 구체로 무엇을 떨쳐 버리고 싶어하는지는 나도 잘 모르겠다.

내가 불을 켜두고 이 일기를 쓰기 때문에 엄마가 잠을 깊이 자지 못하신다. 정말 죄송하다.

엄마 아빠, 천 번 만 번이고 고맙게 생각하고 있어요. 부모님이 어떤 희생을 감수하면서 나를 간호하고 계신지 잘 알고 있어요. 저는 엄마와 아빠를 말할 수 없이 사랑하고 있어요! 그리고 부모님 곁에서 언제까지나 오래 살고 싶어요!

나는 지금 이 순간 아주 감상에 젖어 있다. 그렇다고 이런 마음이 좋다든가 또는 싫다고 말할 수도 없다. 그저 너무나 고단하며 자꾸만 눈이 감긴다. 그러나 자려고 하면 잠은 오지 않는다. 내가 머지않아 이 세상에서 사라질 것이라는 게 나는 도무지 믿어지지 않는다. 나는 아직 인생을 즐기고 싶다. 남자들도 많이 사귀어 보고 싶으며 언젠가는 결혼도 하고 싶다. 물론 퇴벨리우스 박사님과 결혼했으면 좋겠다고 생각한다. 우선 그분 곁에 있으면 말을 하지 않아도 모든 것이 편안하게 느껴지기 때문이다.

지금 나에게 한 가지 소원이 있다면 박사님을 만나고 박사님이 나를 정답게 위로해 주는 것이다. 나는 말할 수 없이 더 살고 싶지만 나를 살도록 해 줄 기적은 일어나지 않을 것 같다. 나는 이제 너무 고단하여 글 쓰는 것도 중단하고 하느님에게 단잠에 빠져 좋은 꿈을 꿀 수 있게 해 달라고 빌어야겠다. 하느님, 제발 이 소원을 이루게 해 주십시오!

나는 즐겁고 행복하게 느끼다가 금방 또 죽어 버리고 싶을 정도의 우울증에 빠지기를 되풀이하고 있다. 어제 케른 박사님과 이야기한 뒤부터는 마음이 걷잡을 수 없이 혼란스러워졌다. 그렇지만 이제야 모든 것을 정확하게 알게 된 것이다.

조금 전에는 발레리와 동무들 다섯이 내 방에 와서 성 마틴의 노래를 불러 주었다. 나는 말할 수 없이 즐거웠으며 옛 추억이 되살아나 감동되어 울지 않을 수 없었다. 다행히 브리깃트 고모가 나를 위로해 주었다.

내가 죽는 시기로는 2월 초가 제일 적합할 것 같다. 그렇게 된다면 즐거운 크리스마스도 지낼 수 있고 퇴벨리우스 박사님과 얀도 만날 수 있으며 마음도 좀 정리할 여유가 생길 것 같다. 그렇지만 석 달 동안이나 끌다가 죽는다는 것은 식구들에게 잔인한 짓이다.

1982. 11. 12.

지금은 이른 새벽이다. 간밤에는 아빠와 많은 이야기를 했다. 나는 아직도 기적을 믿고 기다리고 있다. 내가 더 살지 말아야 할 까닭이 무엇이란 말인가?

어제 저녁에는 키키(학교 동무)와 브리지테가 왔다. 키키는 내 모습을 보고 몹시 충격을 받은 것 같았다.

왜 내가 요놈의 종양을 못 이겨 내지? 내가 요놈들에게 본때를 보여 주기 위해서라도 내 마지막 오기를 보여 주어야겠다. 내가 종양을 이겨 내어, 이것을 부모님에게 크리스마스 선물로 드려야겠다.

폐렴이 되지 않을까 하고 겁이 난다. 그렇게 되면 퇴벨리우스 박사님이나 얀이 오기 전에 내가 죽고 말 것이다. 지금이 새벽 다섯 시인데 아빠가 어디서 환타를 사 오셨다. 어디서 사셨을까? 얼마나 고마운지. 정말 아빠 곁을 떠나고 싶지 않다.

역시 폐렴이 되고 말았다. 폐렴이야 어떻게 이겨 낼 것 같지만 그러나 오래 살지는 못 할 것 같다. 이제 또다시 플라티넥스 치료를 받고 싶은 생각은 조금도 없다. 나는 내 자신을 또 한번 고문과 다름없는 그런 치료에 내맡겨야 하는 것이 두렵다. 그렇지만 모두들 앞에서는 아직도 살고 싶은 의지가 있는 것처럼 큰소리쳤다. 그러니 내가 치료를 이제 와서 거부하게 되면 나는 비겁한 강아지 꼴이 되고 만다. 그렇지만 우선은 폐렴부터 당장 이겨 내야 한다. 만약에……, 만약에 내가 치료를 받지 않고도 12월까지 살 수 있다면……. 그렇다면 퇴벨리우스 박사님도 만날 수 있고 얀도 만날 수 있을 것이다. 치료를 안 받아야지!!! 그러나 우선은 12월까지 살아야 하니……. 이 문제는 폐렴부터 이겨 내고 난 뒤에 생각하도록 해야겠다!

사람이 죽었을 때 시체를 어떻게 처리하느냐고 말렌 간호사에게
물었더니 그 여자는 킥킥거리며 웃기만 한다. 엄마는 그 여자가 무
서워서 그랬을 것이라지만 나에게는 이상하게만 보인다.

퇴벨리우스 박사님과는 아마 내 시체 처리 문제에 대하여 의논
할 수 있을 것 같다. 화장을 해 버리는 것이 좋지 않겠느냐고 의논
해 보아야겠다. 박사님에게만은 모든 것을 털어놓고 이야기하고 싶
다. 박사님도 내가 좋아서 의논에 응해 주시는 것인지 그것은 알
수 없다.

나는 박사님에게는 투정도 부리고 싶고 또 위로도 받고 싶다. 그
렇게 해도 박사님이 좋아하실까? 내가 그렇게 할 수 있게끔 그때
까지 살아서 그분에게 한번 안겨 볼 기운이나 있을는지?

하느님! 박사님을 한 번 더 만날 때까지는 의식을 잃지 않게 해
주세요!

나는 기적을 진심으로 믿고 있다! 그리고 그 믿음을 버릴 수 없
다! 내가 폐렴에서 헤어나지 못할 까닭이 없다! 그리고 다음 번
(세 번째) 플라티넥스 치료를 견뎌 낼 기력이 없어야 할 까닭도
없다! 폐렴을 이겨 내고 또 다음 치료까지 견뎌 낸다면…… . 그때
는 나에게도 새로운 용기가 생겨 네 번째, 다섯 번째 치료까지도
받아 볼 수 있을 것이다. 적어도 내가 만 열일곱 살이 될 때까지
는 살고 싶다.

나는 지금 더 오래 살고 싶은 욕망에 사로잡혀 있다. 내가 크리
스마스 때 선물을 많이 받고 난 다음 바로 죽게 된다면 그것은 너
무 억울한 일이다. 어쩌면 내 강인한 의지력이 치료보다 더 효과가
있을지도 모른다. 그리고 또 다른 치료 방법이 아직도 더 있는지
모르는 일이다.

조금 전에 페트리 박사님과 케른 박사님이 회진을 하고 갔다. 내
상태가 좋아졌다고 했다. 내일은 두 박사님 모두 근무하지 않지만
그래도 나를 찾아와 주시겠다고 약속했다.

조금 전에 마티아스와 죽음에 대하여 이야기했다. 그 애와 그런
이야기를 할 수 있어서 다행이었다. 그 애는 죽음이라는 것이 어느

동화 이야기처럼 좋은 것인지도 모른다고 말했다. 그 애와 이야기한 뒤로 나는 즐거워졌다.

그 다음에는 버비 박사님도 찾아왔다. 나는 그분과 이야기를 많이 하였다. 그분은 평소에도 나에게 더없이 친절히 대해 주셨으며 오늘은 앞으로 내 뜻이 존중되도록—내가 스스로 치료를 그만두겠다고 하더라도—도와주겠다고 약속했다.

버비 박사님이 돌아간 뒤 기침을 하면서 가래를 많이 뱉어낼 수 있었다. 그 뒤부터 많이 상쾌해졌고 병을 이겨 낼 것 같은 자신감이 생겼다. 그러나 지금 이 순간에는 또다시 침울해졌다. 어쩌면 기침하는 데 기력을 많이 써 버린 탓인지도 모르겠다.

오른손이 또다시 자꾸 떨린다. 글씨를 보면 누구나 그걸 알 수 있을 것이다. 왼쪽 무릎이 다시 아프기 시작한다. 그러나 오른팔은 움직일 수 있으니 글 쓰는 데는 걱정할 것이 없다. 기적을 믿어도 될 것 같다. 하느님, 고맙습니다!

본이 지난번 찍은 사진을 보내 주었다. 내 얼굴이 사진에 잘 나오지 않았다. 그 애는 잘 나왔지만……. 그 애에게 고맙다고 한마디 써야지……. 이젠 좀 쉬어야겠다.

조금 전에 P박사님과 통화했다. 마음속 깊이 간직한 이야기를 주고받을 수 있었다. 그분은 수혈을 잘못해 건강이 위험하다고 했다. 그분은 건강이 매우 좋지 않은 탓인지 차라리 죽었으면 좋겠다고 했다. 그분도 후세의 삶을 믿고 계신다. 심지어 그분은 죽은 자기 아들과도 마음으로 연락할 수 있다고 하셨다. 또 전화드리겠다고 약속했다. 오늘은 정말 드물게 행복감에 젖어 보았다.

1982. 11. 13.

지난 밤에는 잠을 잘 잤는데도 오늘은 즐겁지가 않다. 마음이 어쩐지 몹시 뒤숭숭하고 불안하다. 그런데 이상하게도 너무나 배가 고프고 입맛이 당겨 샌드위치를 두 개나 먹었다. 그랬더니 조금 살 것 같다. 오늘부터 퇴벨리우스 박사님에게 편지를 쓰기 시작했다.

써야 할 말이 너무 많다. 11시에는 도리스가 찾아왔다. 그 애와 심각한 내용의 대화를 마음을 열고 솔직하게 할 수 있어 흐뭇했다. 그 뒤로는 마음이 안정되었고 숨쉬는 것도 한결 편해졌다. 나는 우리가 서로 주고받은 편지를 각자 자기 것을 되돌려 받아 보관하자고 제안했고 그 애도 찬성했다. 그 애가 돌아간 뒤 기력도 다시 살아나는 것 같았다.

오늘은 내가 가지고 있는 물건을 선물하고 싶은데 어떤 것을 원하느냐고 여러 사람에게 물어 보았다. 왜 그랬을까? 이상하다. 아마 내가 죽을 것이라고 생각하기 때문에 그랬던 것 같다. 그러다가 내가 죽지 않게 되면 좀 난처해지겠지? 어쨌든 내 운명을 하느님 손에 맡겼으니 이제는 아무래도 상관없다.

얀이 조금 전 (캐나다에서) 전화를 했다. 매우 반가웠다. 얀이 올 때까지 살아 있겠다고 약속했다. 얀이 무척 보고 싶다.

그리고 본에게 편지를 썼다. 사진도 고맙다고 했다. 이제 그 애가 무슨 소리를 또 할까? 두고 보아야지.

요한네스가 와서 한 시간 반이나 있었다. 그 애는 내가 자기에게 매우 중요한 존재라고 말하였다. 나도 그 애를 우리 또래 아이들 가운데에서 가장 좋아한다고 했다. 우리는 우정과 이성끼리의 교제에 대하여 이야기하고 후세에 관한 이야기도 했다. 그 애는 오늘같이 진지한 이야기를 해 본 일이 없었다고 했다.

나는 또 그 애를 한동안 사모했던 적이 있었다고 고백했다. 그 애도 어떤 여자아이를 사모한 일이 있었다고 했다. 그 애가 그럴 것이라고는 한 번도 생각해 본 일이 없었는데! 이때 아빠가 방에 들어오셔서 말을 좀 너무 많이 하는 것 아니냐고 말씀하셨다. 아니라고 대답했더니 무뚝뚝하게 문을 닫고 나가셨다. 화가 나신 것 같았다. 그래서 요한네스와 이야기를 끝내지 않을 수 없었다. 그 애는 헤어지기 전에 두 손으로 나의 손을 꼭 쥐고 다시 찾아오겠다고 했다. 그 애가 나를 끌어안고 키스라도 하고 싶어하는 것을 느낄 수 있었다.

오늘은 이상하게도 내가 건강해질 것이라는 느낌이 든다. 그렇지
만 치료받을 것을 생각하면 두렵다. 어쩌면 기적이 일어나 내 의지
력만으로 건강해질지 모른다. 하느님, 저를 도와주세요! 저는 의지
가 강하여 모두들 저를 당나귀 고집이라고 부른답니다.

밤 11시 30분
아빠가 도와 주셔서 가래가 많이 나왔다. 대성공이다.

1982. 11. 15.

오늘은 오른팔이 너무 아파서 글도 쓸 수가 없다. 아마 주말에
방사선 치료를 받지 않아서 그런가 보다. 그래서 엄마에게 내 생
각을 불러 주고 대신 글을 써 달라고 부탁했다. 나는 엄마에게는
무슨 이야기라도 주저없이 다 할 수 있다. 또 내가 죽고 나면 엄
마가 내 일기장을 보아야 하기 때문에 대신 써 주시는 것도 상관
이 없다.

토요일 저녁에는 가래를 많이 뱉어 내었고 그래서 잠도 잘 잘
수 있을 것으로 생각했으나 그러지를 못했다. 아빠와 내가 밤새도
록 가슴을 열고 여러 가지 문제를 이야기했기 때문이다.

며칠 전 미묘해진 집안 분위기에 대하여 엄마와 이야기한 끝에
내가 아빠와 한번 이야기해 보겠다고 약속한 일이 있었다. 엄마는
부모 자식 사이가 그 동안 많이 서먹서먹해졌고 그 결과로 엄마
만 피해를 본다면서 여러 가지로 섭섭하게 느꼈던 일들을 예로
들었다.

그래서 만약 오빠와 마티아스가 아빠에게 서운한 마음을 가졌다
고 한다면 어떻게 하시겠느냐고 그날 밤에 여쭈어 보았던 것이다.
그러자 아빠는 자세하게 이야기를 하라고 하셨고 나는 아빠가 오
빠와 동생에게 마음을 터놓고 이야기하시지 않는다고 대답했다. 그
랬더니 아빠는 매우 신경질 섞인 반응을 보이시면서 모두 엄마가
공연히 부리는 투정이며 나도 엄마 말만 믿고 하는 소리라며 짜증
을 내셨다. 나는 아빠에게 이러시라 저러시라 하려는 것이 아니고

다만 아빠가 마음을 더 열어 주십사 하는 뜻이었는데 아빠가 내 마음을 이해하지 못하시기 때문에 매우 서운했다. 그래서 내가 표현을 잘 못했다든가 또는 직접 내 일이 아닌 일에 관여한 점을 우선 잘못했다고 말씀드리고 나에게 화를 내지 마시라고 애원하다시피 했다. 그리고 나서 내가 죽고 난 다음에 아빠가 이 문제를 오빠와 동생에게 추궁하실 것이라 생각하니 마음이 아프다고 말씀드렸다. 그러자 아빠는 절대로 그런 일이 없을 것이라고 다짐하셨고, 나는 아빠가 두 아들과 더 원만해지도록 마음을 쓰신다면 내가 죽고 난 뒤라도 기뻐할 것이라고 말씀드렸다.

그 밖에도 내가 천국에서 식구들을 언제나 지켜볼 것이며 마음은 식구 곁에 늘 머물러 있을 것이라고 말씀드렸다. 아빠와 나는 내가 죽은 뒤에는 날마다 저녁 10시에 마음으로나마 만나 늘 일체가 되도록 하자고 약속했다. 그리고 내가 죽고 나면 아빠가 엄마를 더 많이 이해해 주게 될 것임을 믿는다고 말씀드렸다. 사랑하는 자식을 잃은 고통이 부모님을 더욱 굳게 맺어 주리라고 믿고 있기 때문이다.

아빠와 나는 거의 잠을 자지 못했다. 그 영향은 다음날(11. 14) 아침에 곧 나타났다. 아침을 먹고 난 다음 오른쪽 팔에 견딜 수 없이 심한 통증이 왔다. 이때가 10시였고 케른 박사님이 출근하기 전이었다. 그래서 당직 의사에게 연락하였고, 그는 진통제 주사를 놓아 주었으나 발작증에 가까운 통증이 자꾸 이어졌다. 나는 겁이 났다. 나는 아직 죽음에 대한 마음 준비가 되어 있지 않다. 그 사이 케른 박사님이 와서 진정제 주사를 놓았고 아빠는 내 발을 쓰다듬어 주셨다. 그 뒤 나는 곧 잠에 빠져 두 시간 반을 잘 수 있었다. 다행히 전화도 오지 않았다. 오후 두 시 반이 되었을 때 엄마가 와서 아빠와 교대하였고 아빠는 주무시러 집에 가셨다.

엄마가 와 있는 동안 나는 생각해 두었던 내용을 엄마에게 불러주며 대신 써 달라고 부탁했다. 나는 그 동안 나를 돌봐 주신 분들에게 몇 가지 물건을 기념으로 선물하고 싶어 이것도 엄마에게 적어 달라고 부탁했다.

엄마가 곁에 있던 이날 밤에는—물론 몇 번 잠이 깨기는 하였지만—7시간이나 잘 수 있었다.

여기까지가 네 일기였어. 그리고 네가 마지막으로 보지 못한 사람들에게 남기고 싶은 몇 통의 편지를 불러 주었어.

사랑하는 할머니에게.

제가 천국에 가기 전에 한 번 더 할머니를 뵙지 못할 것 같아요. 사랑하는 할머니! 저는 할아버지를 곧 만나게 될 거예요. 할아버지가 늘 지켜보셨을 테니 우리 이야기는 따로 말씀드릴 것도 없겠지요? 앞으로는 저도 할아버지와 함께 할머니와 식구들을 지켜보고 곁에 언제나 있을 거예요.

아직은 죽지 않고 좀더 할머니 곁에 있고 싶어 발버둥치고 있어요. 어쩌면 하느님께서 기적을 일어나게 하실지 모르지요. 제가 시간을 새로 받는다면 다시 편지 드릴게요.

11. 15.
할머니의 손녀 이자벨

사랑하는 로우 아주머니!

저가 아주머니와 아주머니 식구들을 얼마나 좋아했는지 아시지요? 아주머니 댁에서 보냈던 즐거운 날들을 잊을 수 없어요. 그리고 언제나 고맙게 생각하고 있어요. 시간이 없어 아주머니께만 편지를 드리니 한 사람 한 사람에게 제 마음을 전해 주세요.

캐롤린과는 언제나 친형제같이 지냈어요. 서로 표정만 봐도 마음을 알 수 있었어요. 어떤 친구와도 그렇게 다정하게 지내 보지 못했어요. 저는 캐롤린을 영원히 잊지 못할 거예요. 앞으로도 캐롤린이 가끔 저의 사랑을 곁에서 느끼게 될 거예요.

악셀 오빠는 제가 한동안 오빠를 사모한 사실을 알고 있을 거예요. 저는 오빠를 몹시 사랑했고 지금도 좋아하고 있어요. 오빠와 눈만 마주쳐도 가슴이 두근거렸지요. 그리고 자주 오빠 꿈을 꾸었어요. 오빠도 저를 꿈에서 보았는지 모르겠어요.

사랑하는 아주머니! 저는 아주머니가 말할 수 없이 좋았고 그래서 아주머니에게는 정말 허물없이 대했어요. 앞으로도 행복하시길 빌고 있어요. 언제나 곁에서 지켜보고 있을게요.

알버트 아저씨나 마뉴엘라 언니, 그리고 케티 언니도 좋아했어요. 언제나 모두 행복하시길 빌어요. 여러 가지로 고마웠어요.

11. 15.
이자벨 드림

사랑하는 얀에게.
나는 자기를 사랑해! 그리고 나에게 보여 준 호의 고마워!

11. 15.
이자벨

사랑하는 마리에게.
나는 언니를 친언니같이 사랑하고 있어요. 언니 생각을 하면 언제나 행복했지요. 언니는 나에게 많은 것을 가르쳐 주었어요. 고마워요, 언니! 우리 천국에서 다시 만나길 바라며!

11. 15.
이자벨

추신 식구들과 부엌 아주머니에게 인사해 주세요. 그리고 늘 카드를 보내 주신 어머님께 특별히 고마운 마음 전해 주세요!

일기장 맨 끝장에는 밀봉된 편지가 꽂혀 있었고 그 봉투에는 사랑하는 퇴벨리우스 박사님 앞'이라고 쓰여져 있었어. 모두들 호기심을 가지고 편지를 쳐다보았지. 나는 편지를 집어들고
"이 편지의 내용은 이자벨만 알아! 이자벨과 박사님 두 사람만의 비밀이야"
하고 말하며 일기장을 덮었어.

우리는 밤이 깊도록 네 침대 곁을 지키고 있었어. 이윽고 네 임종이 다가왔을 때 우리는 서로 손을 맞잡고 네 침대를 둘러싸고 서 있으면서 네가 우리를 앞으로도 언제나 굳게 엮어 줄 것이라고 느꼈어. 네가 하느님의 품으로 떠난 것이 바로 단식과 기도의 날인 11월 17일 새벽 다섯 시였어.

지그프리트 외삼촌이 와서 크리스찬과 마티아스를 집으로 데리고 가 돌보아 주었단다.

우리에게는 아직도 할 일이 남아 있었어. 나는 울리케 간호사와 함께 네 몸을 씻겼고, 그리고 네가 정해 둔 흰옷을 입혔어. 너는 죽고 나면 지난 5월 마티아스의 견진성사 뒤 성찬 미사에 참석할 때 입었던 흰옷을 입혀 달라고 죽기 이틀 전에 부탁했잖니. 연한 하늘색 머릿수건으로 머리도 곱게 싸 달라고 했지! 죽고 난 뒤에도 너는 예쁘게 보이고 싶었던 거야. 심지어 손톱에 매니큐어도 칠해 달라고 했잖아! 하지만 그 것만은 못 해 주었어. 그것이 유일하게 내가 네 요구대로 못 해 준 것이었어.

다행히 의사 선생님들이 네 주검을 저녁까지 병실에 그냥 두게 허락해 주셨어. 얼마나 고마웠는지……. 아빠와 나는 네 침대 둘레를 꽃으로 단장하였지. 흰옷을 입고 침대 위에 고요히 누워 있는 네 모습은 천사와 같았고 네 영혼이 네 몸에서 떠나갔다는 것이 도저히 믿기지 않았어. 우리는 벽에 걸려 있던 네 사진과 옷장 안에 있던 물건들을 정리하기 시작했지. 네가 지시한 대로 간호사들에게 몇 가지 나누어 준 다음 나머지 물건들을 챙겨 병원을 나선 것이 아침나절이었어.

집에 와서 보니 크리스찬과 마티아스는 다행히 잠이 들어 있었어. 아빠와 나는 오후에 식구들과 함께 영결 행사를 하기로 계획을 세우고 몇 시간 눈을 붙이기로 했단다. 우리는—우리가

생각했던 것보다—지난 1년을 용케도 잘 견뎌 내었다는 생각이
들었어.

우리가 몇 시간 잠을 자는 사이 지그프리트 외삼촌과 할머니
는 가까운 친지들에게 네가 죽었다고 알려 주었어. 오후가 되어
우리는 친지들과 함께 그 동안 네가 정들어 지냈던 입원실에서
영결 행사를 할 수 있게 되었지.

우리는 모두 울먹이며 기도를 드린 다음 잠든 듯이 누워 있는
너에게 작별을 했지. 죽은 사람에게 병실을 하루 종일 쓸 수 있
게 해 준 예를 우리는 한 번도 본 일이 없었어. 정말 고마운 일
이었어. 이것도 또한 모두 네 덕분이라는 것을 느낄 수 있었어.

너는 죽음을 새로운 시작으로 알고 숭고하게 죽어 갔던 거야.
우리 식구들을 위로하러 찾아왔던 친지들은 마지막 네 모습에
대한 이야기를 전해 듣고 모두들 감명을 받았어. 너는 운명을
겸손하게 받아들였고 아무런 한을 남기지 않은 채 이 세상을 떠
나갔던 거야.

우리는 너에게 언제나 진실을 숨기지 않으려고 애썼어. 의사
선생님들도 치료와 검사의 결과를 너에게 숨김없이 모두 말해
주었고 또 너와 직접 모든 것을 의논할 수 있었어. 이러한 분위
기들이 너로 하여금 여한 없이 이 세상을 떠날 수 있게 해 준
것 같았어.

너도 역시 우리에게 그 동안 네 모든 생각을 거리낌없이 이야
기해 주지 않았니? 말로 다 할 수 없이 고통스러운 투병 과정을
거치면서 너는 아무나 가질 수 없는 마음의 힘을 쌓아 갔고 그
래서 죽음을 담담하게 받아들일 수 있게 되었던 거야.

네가 우리 곁을 떠났다는 것은 우리에게 몹시 서운한 일이었
어. 그러나 한편으로는 너같이 자랑스러운 딸을 가졌던 사실에

우리는 자부심을 느낄 수 있었어. 그 어려웠던 1년 동안 네 자신의 운명을 원망하지 않고 이겨 내지 않았니? 너는 겨우 열여섯 살밖에 되지 않았으면서도 피해갈 수 없는 운명임을 깨닫고 모든 것을 좋은 쪽으로 받아들였어. 얼마나 고마운 일이니!

비록 너는 죽었지만 많은 사람의 기억 속에 남은 네 모습은 좋은 모범이 되었던 거야.

심지어 장례 절차에 대해서까지 너는 자세하게 부탁했지. 장례식은 성대하게 치러 달라, 오고 싶은 사람은 누구나 참석할 수 있게 해 달라, 장례 미사는 마티아스를 견진성사 받게 지도해 주신 신부님이 집전하되 장소는 우리 본당으로 해 달라와 같은…….

장례 미사를 부탁 받은 호프만 신부님이 협의하러 찾아오셨을 때 나는 설명 대신 네 일기장을 보여 드렸어. 사실 그 신부님은 너를 성찬 미사 때 잠깐 본 일밖에 없었으니 너를 잘 모르셨어. 그러나 네 일기를 읽고 난 다음 신부님도 감명을 받으신 것 같았어.

장례식은 네가 운명하고 9일째 되는 날 거행되었어. 크리스찬의 시험이 끝나는 날이었지. 크리스찬은 네 운명으로 충격을 받긴 했지만 시험에 무사히 합격했지. 우리는 그 애가 마음을 진정하고 상공회의소에서 치르는 자격시험을 잘 칠 수 있을까 무척 가슴을 졸였단다. 다행히 그 애는 시험에 합격하였고 시험장에서 곧바로 장례 미사가 거행되는 성당으로 숨을 헐떡이며 달려왔어.

그날 호프만 신부님이 하신 강론 내용이 무엇이었는지 조금도 생각이 나지 않아. 그러나 성당 합창단이 '주 찬미'와 '크리스마스 노래'를 불렀던 것은 또렷이 생각 나.

영결 미사가 끝난 뒤 장지에 갔을 때 우리는 비로소 문상객이 얼마나 많이 왔는지 알 수 있었어. 수많은 조화들 가운데에는 울긋불긋한 것들도 있었어. 네가 그런 것을 원했잖니?

"아빠, 엄마! 내 묘지는 침울하지 않게, 예쁘게 가꾸어 주세요! 그리고 자주 찾아와 주세요!"

하고 말했잖아. 네 관 위에는 흰 들장미로 만든 십자가 모양의 꽃다발이 놓여 있었어.

얀도 캐나다에서 와 참석했단다. 네가 살아 있을 때 한 번 더 만나지 못한 것을 그 애는 몇 년이 지난 뒤에까지 마음 아파했어. 할머니에게서 선물 받아 네가 늘 목에 걸고 있던 일본 부적 목거리를 우리는 얀에게 선물했어. 네가 그렇게 부탁했잖니. 얀은 어른이 된 지금도 그 목걸이를 늘 지니고 있어.

그날 묘지에서는 얼마나 많은 사람들이 너를 좋아했는지 한눈에 알아볼 수 있었어. 네 학교 동무들은 물론이고 심지어 할머니의 일본 친구들까지 몇 사람 왔어. 우리는 뿌듯한 긍지를 느꼈으며 너도 앞으로 우리 때문에 똑같이 긍지를 느낄 수 있도록 해 주어야겠다고 저마다 마음을 다졌단다.

마티아스는 학교에서 거행된 장례 미사 때 학생들 앞에 나아가 네 마지막 모습을 학생들에게 들려 주었어.

"누나는 죽는 것을 겁낼 필요가 없다고 말했습니다. 누나는 저승에서 다시 태어나 우리들을 만날 수 있다고 굳게 믿으면서 그날 새벽 모든 고통에서 해방되어 조용히 그리고 평화스러운 모습으로 자기의 천국으로 갔습니다."

의젓하게 학생들 앞에 서서 말하던 마티아스의 모습을 보고 너도 분명히 긍지를 느꼈을 테지!

네 죽음을 애석하게 생각한 사람은 비단 네 학교 동무들과 우

리 집 친지뿐이 아니었어. 테니스 클럽의 회보에도 너를 애도하
는 글이 실렸어.

　우리 클럽의 회원이었던 이자벨 차헤르트 양이 열여섯 살의 나
이에 우리 곁을 떠나갔다. 이자벨은 지난 일 년 동안 가장 몹쓸 병
가운데 하나인 암과 끈질기게 싸웠으나 끝내 이 세상을 떠나고 말
았다. 이자벨은 치료가 없는 틈을 이용하여 지난 성심강림절에는
우리 클럽에서 열렸던 클럽대항 청소년 테니스 대회의 운영을 도
와주기도 했으며, 그 밖에도 클럽 회보에 자주 글을 실어 주었다.
더구나 청소년 후진 양성에 이자벨은 아주 큰 관심을 갖고 많은
성원을 보내 주었다.
　우리는 이자벨을 영원히 잊지 못할 것이며 우리 곁을 떠난 것을
아쉬워 할 것이다.
　　　　　　　　　　　—시빌(이자벨의 옛 테니스 코치)

L교수는 그것을 시로 써서 주었어.

이자벨
　너는
　먼저 살다
　우리보다 먼저
　이 세상과
　하직하였네.
　그래도
　너는 선택받아
　너의 모든 고통에서
　벗어났어.
　어둠 속에서도
　모든 것을
　알고 있은 듯
　네 눈빛은
　성숙되어 있었지

앞으로 죽어갈
　모든 사람들에게
　모범이 되고
　영원히 잊혀지지 않을
　선구적인
　너
　영원히 우리 곁에 있을
　이자벨

1982. 11.
H. L.

장례식을 마친 다음날 우리 식구는 일 주일 예정으로 '검은 숲'에 갔어. 네가 우리에게 신신당부하지 않았니. 그래서 마티아스도 학교에서 허락을 받고 함께 갔어.

'검은 숲'에 닿아서야 비로소 그 동안 우리가 얼마나 긴장하고 지냈는지 느낄 수 있었어. 우리는 갖가지 추억을 더듬으며 온종일 산책을 했어. 우리 식구가 '검은 숲'에 간 것이 그때가 마지막이었어.

우리는 그해부터 크리스마스를 '검은 숲'에서 지내지 않기로 했어. 그러나 아빠와 나는 언젠가는 '검은 숲'에 가서 다시 산책도 하게 될 거야.

퇴벨리우스 박사님이 티베트에서 돌아왔을 때 나는 네 편지를 ─장미 스케치 그림도 함께─ 전해 드렸어. 지금은 박사님과 우리는 네 희망대로 아주 가까운 친구가 되었으니 너도 기뻐하고 있겠지.

그해 12월 22일이 아빠와 나의 스물한 번째 결혼기념일이었어. 우리는 다시 마테르누스 식당에 갔어. 그것이 네가 죽은 뒤 우리들이 처음으로 사람들이 모이는 곳에 나들이한 것이었어. 이날 할머니도 오셨고 너도 우리와 자리를 같이 하고 있다는 것을 느낄 수 있었어.

너 없이 처음으로 맞은 그해 크리스마스는 몹시 심란했어. 오후에 우리 식구 모두가 네 묘지에 가서 크리스마스 트리를 예쁘게 정성껏 장식했어. 우리는 네 묘지를 돌아보면서 위안을 받을 수 있어. 그해 송년회는 로우 아주머니가 우리를 초대하여 우리 모두 앙트와프에 갔었어. 다른 친구들도 우리를 자주 초대해 주어 우리 마음에 많은 도움이 되었어. 그러나 네가 죽고 난 다음 처음 몇 주 동안은 어떻게 지냈는지 기억이 희미할 뿐이야.

1월과 2월로 접어들면서부터 우리 생활도 차츰 제 자리를 찾기 시작했어. 두 아들이 건강하다는 위안과 그 애들을 돌보아야 하는 책임감이 도움이 된 것이지. 그 애들을 위해서라도 우리는 다시 생활에 전념해야 한다고 느끼기 시작했어. 우리가 그렇게 느끼도록 네가 깨우쳐 주었던 것 같애.

우리는 2월에 접어들어 로우 아주머니 집 식구 전부를 본으로 초대했어. 그해는 눈이 많이 와서 라인강 건너 산악지대(지벤게빌게)에는 눈이 많았어. 그래서 우리는 그 집 식구들과 눈썰매를 타고 즐기기로 계획했고 그날 온종일 아름다운 자연에서 신선한 공기를 마시며 눈 속에서 뛰어놀았어. 타고나기를 명랑하게 태어난 그 집 식구들과 어울리는 것은 삶에 대한 의욕을 되찾는 데 도움이 되었어. 크리스찬과 마티아스는 물론이고 아빠와 나도 삶에 대한 즐거움을 새로 찾게 되었어. 저녁에는 라인강변의 어느 시골 식당에서 미리 주문해 두었던 전통 농촌 음식을 먹었어. 왜 밀가루 반죽에 돼지고기 삼겹살과 소시지를 넣어 큰 화덕에 세 시간이나 걸려 구워 내는 음식 있잖니? 하루 종일 눈 속에서 뛰어놀아 잔뜩 시장했던 우리들에게는 꼭 맞는 음식이었어.

그날은 모두들 정말 즐겁게 지냈어. 더구나 크리스찬과 마티아스에게는 그 동안 쌓였던 마음의 짐을 벗어 버리는 데 큰 도움이 되었던 것 같았어. 그래서 그 다음 주말에도 다른 한 친구의 식구를 초대하여 그 동안 우리에게 베풀어 준 도움에 고마움도 전하면서 한 번 더 썰매를 타고 즐겼어. 덕분에 우리 집에 있던 썰매가 완전히 망가지고 말았구나.

우리는 자연 속에서 마음껏 웃으면서 너 또한 우리 곁에서 함께 즐기고 있다는 것도 느낄 수 있었어.

네가 벌써 모든 것을 자세히 알고 있을 것 같으니 그 다음에 우리가 무엇을 했는지는 더 이상 이야기하지 않아도 되겠지. 하지만 한두 가지는 꼭 알려 주어야 내 마음이 편할 것 같구나.

네 소꿉 친구인 마렌도 네가 죽은 지 넉 달 뒤 세상을 떠났어. 네가 잠에 빠져들면서 무의식 속에서 권유했던 대로 그 애도 그 병원에서 운명했어. 마렌의 부모와 우리는 너희들 둘이 지팡이와 휠체어를 팽개치고 이제는 천국에서 마음껏 뛰놀고 있는 모습을 그려 보고 있어.

그리고 네 대모였던 이네스도 2년 뒤에 세상을 떠났어. 이네스가 죽기 전에 나에게 전화를 하였기에 내가 뮌헨에까지 가서 마지막으로 한 번 더 보고 왔단다.

네가 죽고 난 3년 뒤인 1985년 어느 날이었어. 크리스찬이 WDR 텔레비전 방송에서 네가 그렸던 그림을 보았다고 하더구나. 암에 걸린 아이들이 죽음을 예견하고 그린 그림들에 대한 다큐멘터리 프로였어. 나는 곧장 방송국에 수소문하여 이 프로의 작가인 판콜브 부인을 알아 내었지.

그분은 P박사에게서 네 이야기를 벌써 많이 들었다면서 만날 것을 제의하였어. 그래서 만나게 된 그 부인은 암을 앓는 아이들의 부모들이 경험한 여러 가지 숨은 이야기를 인터뷰 프로에 나와 소개해 달라고 부탁했어.

처음에는 나도 주저하였지만 그 부인의 요청도 매우 간곡하였고 또 한편으로는 내 경험을 소개하는 것이 제도를 개선하는 데 도움이 되고, 또 여론 조성하는 일에 도움이 될 것 같아 인터뷰에 응하기로 하였어. 나는 크리스찬과 마티아스가 여름 휴가를 떠나고 없는 때를 골라서 약속했지. 그 애들에게 쓰라린 추억을 다시 되살리게 해 주고 싶지 않았기 때문이었어.

인터뷰를 하는 과정에서 판콜브 부인은 나에게서 많은 이야기를 듣고 감명을 받았던 모양이야. 그 부인은 얼마 뒤 너에 관한 텔레비전 영화를 하나 찍어도 되겠느냐고 나에게 물었어. 영화가 마음에 들지 않으면 방영을 거부할 수 있는 권리가 우리에게 있다면서 나를 설득했어.

그래서 네 인생의 마지막 1년의 이야기가 — 이름과 장소는 밝히지 않고 — 영화로 만들어졌단다. 주인공 이름은 역시 이자벨이었고, 영화 제목은 〈어느 별에서 만나요〉였어. 이 영화는 1987년에 처음으로 WDR 방송에서 방영되었고 시청자의 요청에 따라 그 동안 세 번이나 재방송되었어. 이 영화가 뜻밖에 많은 호응을 받은 것에 용기를 얻어 내가 지금 이 책을 쓰게 된 거야.

또 하나 네가 좋아할 소식이 있어. 쾰른 병원에 함께 입원해 있던 미카엘이라는 대학생을 며칠 전 우연히 만나게 되었어. 10년이 지난 그날 그 사람은 나에게 자기 처와 세 살 난 아들을 소개했어. 나는 너무나 반가운 나머지 그 사람을 끌어안고

"암과 싸워 기어코 이겼군요!"

하고 소리쳤어.

2주 전에는 P박사님과 통화하면서 내가 너에 관한 책을 쓸 계획인데 어떻게 생각하느냐고 물었어. 그랬더니 P박사는

"그렇게 하세요! 꼭 쓰셔야 합니다. 아주머니는 기필코 해낼 수 있을 거예요!"

하며 나를 격려해 주었어. P박사님은 그날 다시 수술받기 위하여 입원하러 가는 길이라 했어.

그 동안 아빠와 나는 서로를 더욱 이해할 수 있게 되었어. 우리에게는 착하고 자랑스러운 두 아들이 있고, 또 네가 — 비록

이 세상에는 없지만—곁에서 우리를 더욱 굳게 엮어 주는 것을 늘 느끼고 있어.

너는 네가 죽고 난 뒤에도 우리가 즐겁고 행복하게 살아가기를 바라지 않았니. 네가 원하던 대로 우리 모두 지금 행복하고 저마다의 보람 있는 삶을 살아가고 있단다.

사랑하는 이자벨!

나는 지금 발코니에 앉아 너와 내가 함께 쓴 이 책이 성공할 것이라는 꿈에 부풀어 있어. 어제 아빠가 이곳 알덴까지 찾아오셨어. 밖에는 비가 많이 내렸었지. 아빠와 나는 벽난로 앞에 앉아 그 동안 내가 기억을 더듬으며 쓴 글을 함께 읽었어.

아빠는 매우 감명을 받았다며 만족해하고 계셔. 나는 이 글을 쓰면서 다행히 눈물의 늪을 헤매지 않았어. 아니야, 이 글을 쓰는 동안 너와 즐거운 대화를 나눌 수 있어 오히려 하루하루 더 명랑해졌단다. 이 책은 네 편지와 일기를 내가 조금 보완한 것에 지나지 않아. 그러니 이 책은 바로 네가 쓴 책이며 또한 네 추모탑인 셈이야. 나는 이 순간 어떤 큰 빚을 갚은 심정이야! 네 삶과 고통에는 많은 뜻이 담겨져 있었고 네 죽음은 결코 헛된 것이 될 수 없어. 죽음은 모든 사람들이 언젠가는 겪어야 하는 숙명이며 중대사야. 그리고 누구나 살아 있는 한 죽음을 두려워하고 있는 거야. 그러기 때문에 네 죽음은 다른 사람에게 많은 것을 암시할 수 있고 도움이 될 수 있을 것으로 믿고 있어.

지금은 일요일 낮 12시란다. 멀리서 성당의 종소리가 한가롭게 울려 퍼지고 있어. 나는 그 동안 이 글을 쓰면서 너와 함께 있었고 그래서 행복함을 느꼈어. 이젠 다시 내 일상 생활로 돌

아가야 돼. 그런데 너에게 꼭 물어 보아야 할 것이 있어! 네가
퇴벨리우스 박사님에게 보낸 편지를 어떻게 할까? 네가 10년
전에 쓴 편지를 박사님이 나에게 돌려 주셨어. 그래서 그 편지
의 내용을 나도 알게 되었어. 박사님은
"아주머니가 이자벨에 대한 책을 쓰신다니 그 애가 나에게 준
편지도 내어 놓겠어요"
하시며 내가 이 곳에 오기 전에 주셨어.

네가 자신의 운명을 보람 있게 마감했다는 것을 독자들이 믿
기를 너도 바라고 있지 않니? 박사님에게 쓴 네 편지 안에서 네
해답을 찾아볼 수 있었어.
"저는 많은 사람들에게 용기를 주고 싶고 저의 담담한 모습이
—죽음에 대한—많은 사람들의 두려움을 조금이라도 지워 줄
수 있기를 바랍니다"
고 했잖아.

사랑하는 퇴벨리우스 박사님에게.
저는 박사님에게 제 마음속 깊은 감정을 털어놓지 않을 수 없습
니다. 이제 제가 박사님께 더 이상 성가시게 하지 못할 것을 스스
로 알고 있습니다. 그래서 제 마음을 더욱 털어놓아야 한다고 생각
했습니다.
박사님만은 저를 언제나 이해해 주실 것 같고 어쩌면 이 편지를
받고 기뻐하실 것 같은 생각이 들어 외람되나 이 글을 드리는 거
예요.
박사님이 계시지 않는 동안 병이 더 나빠지지 않도록 조심하겠
다고 약속드렸지요? 그런데 결국은 문제가 생기고 말았으니 박사
님께 죄송할 뿐입니다. 그렇지만 박사님이 돌아오시는 날까지 버틸
수 있도록 모든 노력을 다 해 볼 것입니다.

박사님이 곁에 계시고 저와 단둘이 이야기를 나눌 수 있다면 힘이 생겨 제가 더 잘 버틸 수 있을 것 같아요. 하지만—적어도 제 마음만은—박사님이 오실 때까지 저 혼자서 버텨 낼 수 있을 것 같아요.

제가 박사님을 날마다 볼 수 있었던 것이 그 동안 저에게는 가장 좋고 행복한 순간이었어요. 밤이면—제가 박사님을 좋아하는 만큼—박사님도 저를 좋아하신다면 얼마나 좋을까 하는 꿈에 젖어 보기도 했어요. 저같이 어린것이 점잖으신 박사님을 좋아한다는 것이 건방진 착각이라는 것과 제가 박사님에게는 아직 어울리는 상대가 될 수 없다는 것도 잘 알고 있어요. 더구나 지식 수준에서 박사님의 만족할 만한 대화 상대자가 아니라는 것도 알고 있어요.

그렇지만 박사님이 우리 식구의 좋은 친구가 될 수 있다고 믿고 또 그것을 바라고 있었어요. 그렇게 되면 제가 자라는 동안 박사님도 저에게 점차 관심을 갖게 되시고 어느 시기에 가서 박사님의 선택을 받을 수 있겠다고 꿈꾸고 있었던 거예요.

그것은 앞에서 말씀드린 대로 하나의 꿈이었고 그래서 감히 박사님께 말씀을 못 드린 거예요. 저는 그 꿈이나마 깨어지지 않길 간절히 바라고 있었거든요.

벌써 편지 앞부분에 말씀드린 대로 박사님이 돌아오시는 날까지 살아 버티고 있도록 모든 노력을 다 할 거예요. 그러나 꼭 버틸 수 있다는 보장이 없기 때문에 제가 박사님을 사랑하고, 믿고, 존경하고 있었다는 사실을 글로써나마 남기고 싶은 것이지요.

저는 박사님이 저를 붙들어 주고 용기를 주실 것이라는 소망을 자주 가져 보았어요. 그런 뜻에서 제가 장미꽃 한 송이와 봉오리를 그렸어요. 아름답고 힘이 넘치는 장미는 박사님이고 저는 앞으로 피어날 봉오리예요.

사랑하는 박사님! 제가 죽게 된다면—틀림없이 그렇게 될 것 같아요!—저는 이 세상에 한 가지 아쉬움을 남기고 죽게 되는 것입니다. 그것은 박사님을 사랑하지 못하고 또 결혼도 하지 못하고 죽는 아쉬움이지요.

박사님은 어떻게 생각하실지 몰라도 저는 박사님과 제가 잘 어울리는 부부가 될 수 있다고 믿고 있었어요. 너무 어처구니없다고 탓하지 마세요! 이런 저의 마음이라도 알려 드려야 저의 마음이 편할 것 같아요. 이 편지 내용은 아무도 몰라요. 저희 부모님도 물론 모르세요. 그러니 오로지 박사님만 아시는 거예요!

저는 죽음을 두려워하지 않고 있어요. 박사님과 다른 박사님들이 죽음에 따른 고통에 대한 제 두려움을 씻어 주셨어요. 지난 며칠 동안은 전에 없이 행복하게 느꼈어요. 대부분의 사람들이 죽음을 두려워하는데 저만은 그렇지 않으니 모두들 놀라고 계세요. 그러나 저는 저승이 반드시 있고 저승에서는 저의 모든 꿈이 이루어질 것이라고 믿고 있어요. 거기가 저의 천국일 거예요. 저의 천국에서 박사님을 기다리고 있을 거예요!

그렇지만 저는 이 세상에서 아직은 좀더 살고 싶답니다. 만약 제가 더 살게 된다면 이런 제 마음을 아셨으니 박사님이 난처하게 생각하실 수 있겠지만 조금도 그런 걱정은 하실 필요가 없습니다. 저는 절대 입 밖에 내지 않을 테니까요.

그러니 박사님은 자유의 몸이세요. 저는 다만 제 감정을 말씀드린 것뿐입니다. 박사님도 저를 좋아한다고 엄마에게 말씀하셨다는 이야기를 들었습니다. 그래서 박사님도 이 편지를 받고 기뻐하실 것으로 믿고 있습니다. 그리고 박사님이 돌아오실 때까지는 꼭 살아 있어야겠다고 다짐하고 있습니다. 박사님이 돌아오시는 날까지 실수를 저지르지 않겠다고 약속도 드린 바 있지 않아요?

그렇지만 혹시 그 사이에 제가 죽게 되는 경우가 생기더라도 박사님이 제 곁에 계시지 않는 것을 원망하지 않을 것입니다.

그러나 저는 아직도 기적을 믿고 있습니다. 제 의지가 이렇게 강한 이상 종양이 손을 들고 항복하지 않고 배겨 낼 재주가 없을 것으로 믿고 있습니다. 하지만 치료는 너무 고통스러워 이 이상 더 받지 않기로 결정했습니다. 왜냐하면 하느님은 제가 치료를 받고 안 받고에 관계없이 —원하신다면— 저를 살 수 있게 해 주실 수 있으니까요! 저는 꼭 더 살고 싶지만 죽게 될 것 같은 두려움을 자꾸만 느끼고 있습니다. 혹시 저의 소원이 이루어져 박사님을 한 번 더 뵙게 되고 박사님이 저의 손을 잡고 지켜보시는 가운데 임종할 수 있게 되면 참으로 행복하겠습니다.

그리고 박사님이 제 이 편지를 잘못 이해하시지 않게 해 달라고 하느님께 기도 드리고 있습니다. 또 박사님이 제 감정을 이해하실 만큼 아직은 젊으신 것으로 믿고 있습니다. 저는 지금 이 순간 모든 것이—저가 이렇게 위독한 것도—하느님의 뜻이라고 생각하니 힘이 솟아나는 것 같고 통증도 느끼지 않습니다. 저는 많은 사람들에게 용기를 주고 싶고 제 담담한 모습이—죽음에 대한—많은 사람들의 두려움을 조금이라도 지워 줄 수 있기를 바랍니다.

11. 15. 저녁 6시 30분

박사님을 한 번 더 꼭 만나고 싶었습니다.
저의 천국에서 다시 만나게 되기를 빌어요.

진심으로 사랑하는 박사님의 이자벨

우리와 고통을 함께해 주었고
우리가 운명에 따르는 데 도움을 주신
모든 친구들에게
고마운 마음을 전합니다.

1992년 11월

크리스텔과 한스 차헤르트
크리스찬과 마티아스

옮긴이의 말

너무나도 아름다운 이 계절에
있는 힘과 지혜를 다하여 암과 싸우면서
죽음을 두려워하는 당신에게
나는 이 책이 당신의 머리맡에 놓아지는
좋은 친구가 되길 바라면서 번역했습니다.
그리고 환자 못지 않게 옆에서
그 고통을 함께하고 괴로워하는 환자 주변 사람들을 위하여
이 책을 번역하였습니다.
흔히들 행, 불행은 생각하기 나름이라지만
갑자기 들이닥친 '암 선고'를 받았을 때
당신은 그 엄청난 사실을 어떻게 받아들였나요?
이 책의 주인공, 이자벨과 그녀의 어머니는
이자벨이 암선고를 받고 죽음을 직면하면서도
삶의 마지막 순간까지 너무나 아름답게 대처하였기에

이 이야기는 당신을 돌아보는 좋은 기회가 될 것입니다.
세계 최초의 어린 소녀의 암 투병기여서가 아니더라도
인생을 살면서 함께 나누고 도전하는 신념과 용기를
당신에게도 나누어 주고 싶습니다.
결코 수려한 문장과 대문호가 쓴 그런 역작이 아님에도
책이 세상에 나오자 독일에서는 바로 베스트셀러가 되고
오랫동안 그 위치를 지킬 만큼 감명을 주어
독자의 심금을 끌어안았습니다.
지금까지 20쇄를 거듭하는 가운데
무려 50만 부가 독일에서 팔렸습니다.
더욱 놀라운 것은 지구상의 스물다섯 나랏말로 번역되어
가는 곳마다 좋은 친구가 되고 지침이 되고 있다는 사실입니다.
뿐만 아니라 텔레비전에 영상화되어
독일은 물론 유럽에 방영되어 감동을 안겨주었습니다.
열다섯을 헤아리는 꽃봉오리 같은 나이!
어른도 갖기 힘든 투병의지와 긍정적인 사고방식으로
인간적인 차원을 넘어 천사와 같이
많은 사람들의 심금을 울렸습니다.
신은 당신 옆에 항상 함께하고 있습니다.
우리는 그 누구도 신의 섭리를 거부할 수 없는 미약한
자들입니다.
희비가 엇갈리는 삶의 한가운데서
모든 것이 절망의 나락으로 떨어졌을 때
이 책은 당신에게 구원의 등불이 되어 당신을 밝혀줄 것입니다.
외롭고 괴로울 때 진정한 위로자가 되어 주리라는 믿음으로
당신에게 이 책을 드립니다.

당신은 이 책을 통하여 경건한 감동을 채집할 것입니다.
그리하여 당신의 고통을 이길 수 있는 용기와 평화를
당신은 얻을 것입니다.
좋은 삶이 값진 것이라면 좋은 죽음 또한 값진 것입니다.
비록 짧디 짧은 이자벨의 삶이었지만
더없이 아름답게 살았고
더없이 아름답게 삶을 마감하여
죽은 자이면서 살아 있는 자이기도 합니다.
왜냐하면 당신뿐만 아니라 이 책을 읽는 모든 사람 마음속에
이자벨은 살아 있기 때문입니다.
영원히 말입니다.

끝으로 이 책을 읽어주실 독자님들 아울러 아이엠에프의 엄청난
한파에도 귀중한 작품으로 알뜰하게 만들어 주신 지식산업사 사
장님과 그곳 식구들에게 진심으로 감사드립니다.

1999년 5월
서 정 희